Lotte Minck

Venuswalzer

Lotte Minck (* 1960) ist von Geburt halb Ruhrpottgöre, halb Nordseekrabbe. Nach 50 Jahren im Ruhrgebiet und etlichen Jobs in der Veranstaltungs- und Medienbranche entschied sie sich, an die Nordseeküste zu ziehen. Erst kürzlich überkam sie heftiges Heimweh, als sie nach Jahren auf dem Land zum ersten Mal in einen echten Stau geriet, der aus mehr als sieben Autos vor einer Ampel bestand und sich diese Bezeichnung dank einer halben Stunde totalen Stillstands redlich verdient hatte.
Mit ihrer Krimödien-Reihe um die Astrologin Stella Albrecht beweist Lotte Minck abermals, dass sie ein echtes Ruhrpottkind ist.

Besuchen Sie Lotte Minck im Internet:
www.facebook.com/lotte.minck
www.lovelybooks.de/autor/Lotte-Minck/
www.roman-manufaktur.de

Ruhrpott-Krimödien mit Stella Albrecht bei Droste:
Planetenpolka

Ruhrpott-Krimödien mit Loretta Luchs bei Droste:
Radieschen von unten
Einer gibt den Löffel ab
An der Mordseeküste
Wenn der Postmann nicht mal klingelt
Tote Hippe an der Strippe
Cool im Pool
Die Jutta saugt nicht mehr
Voll von der Rolle
Mausetot im Mausoleum
3 Zimmer, Küche, Mord

Lotte Minck

Venuswalzer

Eine Ruhrpott-Krimödie mit Stella Albrecht

Droste Verlag

Figuren und Handlung dieses Romans sind frei erfunden. Ähnlichkeiten mit lebenden Personen sind rein zufällig und nicht beabsichtigt.

Bibliografische Informationen der Deutschen Nationalbibliothek
Die Deutsche Nationalbibliothek verzeichnet diese Publikation in der Deutschen Nationalbibliografie; detaillierte bibliografische Daten sind im Internet über http://dnb.d-nb.de abrufbar.

Umschlaggestaltung: Droste Verlag unter Verwendung einer Illustration von Ommo Wille, Berlin
Satz: Droste Verlag
Druck und Bindung: CPI – books GmbH, Leck
ISBN 978-3-7700-2018-8

www.drosteverlag.de

Prolog

Es war ein prachtvoller Tag.

Die Sonne schien, und Kevin Wehling war der König der Welt. Von ihnen unbemerkt blickte er auf die Menschen hinab, während er hoch über ihnen thronte. Manchmal gönnte er sich den kleinen Spaß, hinunterzuspucken, und lachte sich ins Fäustchen, wenn er tatsächlich jemanden traf. Wie dämlich diese ahnungslosen Würstchen dann aus der Wäsche guckten, wenn ihnen sein Rotz über die Stirn lief! Köstlich!

Kevin liebte seinen Job. Er hatte Maler und Lackierer gelernt, und seit mehreren Jahren arbeitete er nun bei der Firma, die sich darauf spezialisiert hatte, Häuser anzustreichen. So nannte er es, aber bestimmt gab es einen vollkommen blödsinnigen, modernen Begriff dafür, so etwas wie *facade refurbishment management,* damit es beeindruckender klang. Nein – er strich Häuser an, fertig. Er war rundum zufrieden mit seiner Arbeit und wäre niemals auf die Idee gekommen, sich weiterzubilden oder gar auf eine Meisterschule zu gehen – das war was für Streber und Blödiane. Er war Ende dreißig, glücklicher Single und verdiente genug, um sich gut zu amüsieren und Weiber rumzukriegen.

Meist hatte er mehrere gleichzeitig am Start, wie es sich für einen echten Kerl gehörte. Bloß nicht festlegen, das taten nur Waschlappen. Manchmal schnappte er sich eine Frau nur deshalb, damit er sich anderen noch überlegener fühlte – aktuell zum Beispiel seinem Meister, dessen Tochter er bumste, ohne dass der Alte es ahnte. Allerdings wurde die Kleine gerade ziemlich lästig. Aber Kevin verfügte über jede Menge Strategien, um sich Frauen, die zu viel von ihm wollten, vom Hals zu halten.

Sein Ruf in dieser Hinsicht war wie Donnerhall, zumal er montags im Kollegenkreis gern mit den Eroberungen vom Wochenende prahlte. Oder mit den scharfen Frauen, die ihn angeblich direkt vom Gerüst in ihre Wohnung eingeladen und dort bereitwillig ihren Schlüpfer ausgezogen hatten. Das machte ihn nicht gerade zum Wunschkandidaten für den Posten des Schwiegersohnes, aber derlei Ambitionen hegte er ja ohnehin nicht.

Das Baugerüst war Kevins Königreich, über das er souverän herrschte und das ihn über die anderen Menschen erhob. Er war zwar von wuchtiger Gestalt, aber gelenkig, flink und vor allem schwindelfrei. Wenn er wollte, konnte er das Gerüst innerhalb weniger Sekunden erklimmen oder in luftiger Höhe seinen Standort verändern.

Diese Fähigkeit half ihm bei seiner Lieblingsbeschäftigung während der Arbeit: Leute in ihren Wohnungen beobachten. Frauen, um genau zu sein. Natürlich keine alten oder fetten Weiber, die guckte sich ja kein Mann freiwillig an – es sei denn, er war pervers. Nein, er war ein ganz normaler Mann und sah sich am liebsten junge, knackige Frauen an.

Es war erstaunlich, wie langsam die Leute sich daran gewöhnten, dass ein Gerüst am Haus stand. Unbeirrt zogen sie weiterhin ihre Morgenroutine durch, die zu Kevins Vergnügen oft genug daraus bestand, als Erstes die Vorhänge zu öffnen – und das häufig nur höchst unzulänglich bekleidet. Was er da schon alles gesehen hatte! Durchsichtige Negligés, viel zu kurze T-Shirts als einziges Kleidungsstück oder gleich totale Nacktheit.

Manchmal allerdings war es etwas anderes, das ihn dazu herausforderte, vor einem bestimmten Fenster Position zu beziehen.

Manchmal machte es ihm einfach Spaß, jemanden zu ärgern, immer und immer wieder.

Wie zum Beispiel diese Rotzgöre im zweiten Stock, die es gewagt hatte, ihn auszulachen. Das ließ ein Kevin Wehling sich selbstverständlich nicht gefallen; was bildete diese kleine Ratte sich ein? Wie die schon aussah – wie ein zwölfjähriger Punker: struppige, bunte Haare, zerrissene Jeans, T-Shirts mit Bandnamen, von denen er noch nie gehört hatte. Die war doch nicht mal eine richtige Frau! Bestimmt stand sie auf Weiber, denn einen Mann kriegte sie bei diesem Look garantiert nicht ab. Jedenfalls keinen, der was auf sich hielt.

Auf jeden Fall aber war sie eine Emanze, das bewies schon dieses Weiberzeichen, das an der Scheibe ihres Arbeitszimmerfensters baumelte.

Kevin hatte dieses Symbol – ein Kreis auf einem Kreuz – schon häufiger gesehen. Natürlich immer im Zusammenhang mit Lesben oder Emanzen. Oder sie waren gleich beides. Denn für Kevin war klar: Emanzen törnten Männer ab, also wurden sie natürlich ganz automatisch zu Lesben. Es war ihm ein Rätsel, warum die sich ausgerechnet ein Symbol ausgesucht hatten, das wie ein Handspiegel aussah. So hässlich, wie die alle waren, wussten die garantiert nicht, wozu ein Spiegel benutzt wurde: um zu kontrollieren, ob man hübsch genug für die Männerwelt war.

Das Beste an der ätzenden Tusse im zweiten Stock war: Sie arbeitete zu Hause. Den ganzen Tag lang saß sie an ihrem

Schreibtisch am Fenster, glotzte auf ihren Monitor und versuchte, sich zu konzentrieren. Das allein war Grund genug für Kevin, besonders viel Lärm zu machen und ständig vor ihrer Nase herumzuturnen.

Aber es gab noch einen Grund, der deutlich schwerer wog: Sie hatte ihn nicht nur ausgelacht, sondern es auch noch gewagt, sich über ihn zu beschweren. Wegen sexueller Belästigung. Statt froh zu sein, seinen prachtvollen Penis in voller Größe zu Gesicht zu bekommen, schrie sie Zeter und Mordio.

Selbstverständlich hatte er alles abgestritten. Andererseits hatte die Beschwerde ihn nur noch mehr angestachelt. Er war schlau genug, seine kleine Vorstellung nur in unregelmäßigen Abständen zu präsentieren; er wollte nicht, dass sie vorbereitet war. Mal ließ er einige Tage vergehen, mal zog er seine Show an zwei aufeinanderfolgenden Tagen ab. Heute war es mal wieder so weit.

Kevin grinste, als er ihren Wecker leise piepsen hörte. Gleich würde sie auftauchen und die Vorhänge öffnen – so trotzig war sie immerhin, diese Gewohnheit nicht zu ändern. »Du Wichser wirst es nicht schaffen, dass ich mein Leben ändere! Diese Macht gebe ich dir nicht!«, hatte sie bei ihrem letzten Zusammentreffen gekreischt.

Nun, dann wollen wir doch mal sehen, wer von uns beiden der Stärkere ist, dachte Kevin, als er vor ihrem Fenster Position bezog. Allein die Vorstellung, wie sie sich gleich wieder aufregen würde, machte ihn heiß.

Heute war ihr letzter Tag auf dieser Baustelle; es waren nur noch einige kleine Details auszubessern, ansonsten waren sie fertig mit diesem Haus. Schon morgen würden sie das Gerüst abbauen. Grund genug, die kleine Lesbe heute zum Abschied mit einer ganz besonderen Vorführung zu verwöhnen.

Langsam zog er den Reißverschluss an der Hose herunter und befreite seinen besten Freund aus seinem dunklen Gefängnis.
Showtime.

Ruby war längst wach, als der Wecker klingelte, obwohl sie bis in die frühen Morgenstunden am Rechner gesessen hatte, damit diese verfluchte Website endlich online gehen konnte. Einmal hatte sie die Deadline bereits nachverhandelt; ein zweites Mal stand nicht zur Debatte. Nicht nur, weil es ihrem Arbeitsethos widersprach – überdies wollte sie den Kunden keinesfalls verlieren.

Seit Wochen litt sie unter den Sanierungsarbeiten am Haus. Sie war kurz davor, Amok zu laufen. Jeden Morgen um halb acht begann der Terror, wenn die Malerbrigade anrückte. Damit auch ja niemand im Haus diesen wichtigen Moment verpasste, wurde umgehend ein plärrendes Radio eingeschaltet, was wiederum dazu führte, dass die Handwerker sich lautstark miteinander verständigen mussten.

Aber das war noch nicht das Schlimmste. Ruby hatte wochenlanges Hämmern und Bohren bereits überstanden, und die Malerarbeiten am Haus waren nun nicht nur vergleichsweise leise, sondern sie markierten überdies den baldigen Abschluss der Sanierungsarbeiten.

Eigentlich hätte sie darüber froh sein müssen – wäre da nicht dieser Prolet von Maler, der es sich offenbar in den Kopf gesetzt hatte, sie in den Wahnsinn zu treiben. Dummerweise stand ihr Schreibtisch am Fenster, und ständig turnte dieser Halbaffe draußen herum und provozierte sie.

Einige Male hatte er es sogar gewagt, ihr seinen Pimmel unter die Nase zu halten.

Beim ersten Mal hatte sie souverän reagiert. Sie hatte losgeprustet und gefragt: »Und *darauf* sind Sie stolz?«

Damit hatte sie das Tor zur Hölle aufgestoßen.

Anstatt sich von ihrer spöttischen Reaktion abschrecken zu lassen, hatte er seine Show wiederholt, und das nicht nur einmal. Sie hatte einsehen müssen, dass sein Auftritt genau ein einziges Mal halbwegs witzig gewesen war.

Mittlerweile befand sie sich am Rande einer ernsthaften Nervenkrise.

Natürlich hatte sie sich über ihn beschwert, aber der Typ hatte alles abgestritten. Zufällig hatte sie gehört, wie er seinem Meister gegenüber gesagt hatte, im Gegenteil hätte sie ihn belästigt und sei nun frustriert, dass er nicht auf ihre Avancen eingegangen sei; nur deshalb würde sie diese Dinge behaupten.

Ob er heute wieder dort stehen würde?

Da sie häufig nachts am Rechner saß und dann bis mittags schlief, hatte sie blickdichte Verdunkelungsvorhänge am Schlafzimmerfenster. Der Baulärm hatte es ihr tagsüber unmöglich gemacht, sich auf ihre Aufträge zu konzentrieren. Normalerweise schätzte sie es, zu Hause zu arbeiten, aber während der letzten Monate hatte sie es oft genug verflucht, Freiberuflerin zu sein.

»Ganz ruhig, Ruby«, murmelte sie, »du bist Herrin der Lage, wenn du es willst. Er ist nur ein armes Würstchen, das sich an deiner Wut aufgeilt. Er hat keine Macht über dich, Ruby. Du hast es in der Hand. Ignoriere ihn einfach. Oder lach ihn aus.«

Diesen Rat hatte ihr Stella Albrecht gegeben, Astrologin

und beste Freundin ihres Kumpels Ben. Der hatte ihre Verzweiflung über die Bauarbeiten und besonders über diesen übergriffigen Maler irgendwann nicht mehr ertragen und sie zu Stella geschickt.

Sie hatten sich lange unterhalten, und dann hatte Stella ihr das Venus-Symbol geschenkt, das nun an ihrem Fenster hing. »Venus steht in der Astrologie für die unabhängige Frau. Du siehst sie am Himmel als Morgen- und Abendstern. Sie schenkt Lebensfreude, Sinnlichkeit, Genuss und Harmonie«, hatte die Astrologin gesagt, »aber wenn man sie nicht wertschätzt, verlierst du deine Liebe zum Leben und zu dir selbst, und das kann zu Verbitterung und Einsamkeit führen. Schätze deine Weiblichkeit, Ruby – sie kann dich sehr stark machen.«

Ruby atmete tief durch und zählte langsam bis zehn, dann stand sie auf und ging zum Fenster. Mit einem Ruck zog sie die Vorhänge auseinander – und starrte auf ein erigiertes Glied. Sie blickte hoch und sah ins feiste, unrasierte, grinsende Gesicht dieses Proleten.

Sie konnte buchstäblich hören, wie sie die Fassung verlor – es klang wie ein leises Klirren in ihrem Kopf. Dann durchströmte es sie siedend heiß.

Sie riss einen Flügel des Fensters auf und brüllte: »Es reicht! Ich bringe dich um, du dummes Schwein!«

In diesem Moment – sie konnte es kaum fassen – hatte er einen Samenerguss, und sie wurde von einem Tropfen an der Stirn getroffen. Sie schrie auf und floh ins Badezimmer, um sich zu säubern. Um ein Haar wäre sie über den Staubsauger gestolpert, der mitten im Zimmer lag.

Sein hämisches Lachen folgte ihr, bis sie die Tür hinter sich geschlossen hatte.

Kevin stopfte seinen Penis zurück in die Unterhose und schloss den Hosenstall. Das war deutlich besser gelaufen als erhofft, hatte es ihm doch einen unerwarteten Orgasmus beschert. Was für ein wundervoller Tag!

Sinnend starrte er aufs offene Fenster – es zu schließen, hatte die Blauhaarige in ihrer Panik vergessen. Eigentlich könnte er in die Wohnung klettern und sie noch einmal überraschen, aber für heute hatte er genug Spaß gehabt.

Er reckte sich wohlig und drehte sich um. Dann spürte er im Rücken einen Stoß – hatte sich dieses Punkmädchen etwa leise angeschlichen und …

Der Schubs ließ ihn gegen das Brett taumeln, das die Arbeiter sichern und davor bewahren sollte, vom Gerüst zu stürzen. Zu seiner grenzenlosen Verblüffung tat es nichts dergleichen, sondern gab unter seinem Gewicht splitternd nach. Eine halbe Sekunde lang rang er armrudernd um sein Gleichgewicht, doch letztendlich siegte die Schwerkraft. Zu verblüfft, um zu schreien, segelte er gen Abgrund.

Die Schreie der entsetzten Passantin, zu deren Füßen sein Schädel an der Bordsteinkante aufplatzte, hörte er nicht mehr.

Kapitel 1

Wie jeden Morgen während der letzten drei Wochen wurde Stella Albrecht von Lärm geweckt. Sie stöhnte und hielt sich die Ohren zu, wohl wissend, dass der Lärm trotzdem bleiben würde. Zwar etwas leiser und gedämpfter, aber er war nach wie vor da. Obwohl sie das Dachgeschoss der Villa bewohnte, hatte sie das Gefühl, mitten auf der Baustelle vor dem Haus zu schlafen.

»Venus, gib mir Kraft«, murmelte sie.

Wie lange konnte es eigentlich dauern, die verdammte Auffahrt neu zu pflastern? Zugegeben, sie war nicht gerade kurz, aber trotzdem …

Ihre Mutter hatte sich nach wochenlangen Diskussionen schließlich durchgesetzt und den entsprechenden Auftrag erteilt. Dann, eines Tages, war der Bautrupp angerückt, und mit der Ruhe war es vorbei gewesen. Erst hatten sie die alte Pflasterung herausgerissen, dann ausgeschachtet, dann mit irgendetwas aufgefüllt – und jetzt waren sie endlich dabei, neue Steine zu setzen. Leider mussten diese mit einem grausamen Gerät befestigt oder in den Boden gestampft oder was auch immer werden, was infernalischen Krach verursachte. Dank Ben wusste sie, dass dieses Ding aus der Hölle ein sogenannter Rüttler war, aber das brachte sie auch nicht weiter.

Sie selbst hatte ja gefunden, dass die Auffahrt noch vollkommen in Ordnung war. Gut, das alte Kopfsteinpflaster hatte erforderlich gemacht, dass man ein wenig genauer hinsah, wohin man trat, und es hatte mittlerweile in den Ritzen Moos angesetzt, aber sie hatte das eigentlich sehr charmant gefunden.

Nicht so Felicitas, ihre Mutter. Bei der letzten familiären Zusammenkunft zu diesem Thema hatte sie gesagt: »Mir reichen diese endlosen Diskussionen jetzt. Die Auffahrt sieht mittlerweile richtig verwahrlost aus. Man muss sich ja schämen. Außerdem sind diese alten Steine bei Nässe glatt wie Eis. Ich habe keine Lust, mir den Hals zu brechen. Oder dafür zu zahlen, wenn Besucher ausrutschen.«

»Unsinn. Du übertreibst mal wieder maßlos. Kopfsteinpflaster hat es nun mal so an sich, dass man ein wenig vorsichtig sein muss. Außerdem: Wenn bisher noch nichts passiert ist …«, hatte Maria, Stellas Großmutter, mit einem Achselzucken erwidert, und Stella hatte genickt.

»Also, ich verstehe euch nicht. Täglich geht hier eure Kundschaft ein und aus. Deren Sicherheit sollte euch wirklich am Herzen liegen.«

Innerlich hatte Stella gegrinst. Interessanterweise sprach ihre Mutter in diesem Zusammenhang von ›Kundschaft‹ und nicht von ›Patienten‹, wie sie es sonst zu tun pflegte. So sehr sie sich ansonsten über Stellas und Marias Profession aufregte, so opportun erschien es ihr offensichtlich nun, auf die dringend nötige Sicherheit der ›Kundschaft‹ hinzuweisen.

Nie würde Felicitas, die seriöse Oberstudienrätin, sich damit abfinden, dass Stella als Astrologin und Maria sogar als Madame Pythia in Kaftan und Turban mit Glaskugel, Tarotkarten und Pendel als Wahrsagerin arbeitete. Nur zähneknirschend akzeptierte sie, dass die beiden ihre Kundschaft in der Orangerie im großen Garten der Villa empfingen – aber jetzt war genau das ein schlagkräftiges Argument, um ihre Mitbewohnerinnen von der Notwendigkeit der Sanierung zu überzeugen.

»Wenn es euch ums Geld geht: Auch wenn wir normalerweise alle Ausgaben fürs Haus dritteln, bin ich bereit, hierfür die Hälfte der Kosten zu tragen«, hatte Felicitas noch hinzugefügt.

Vehement hatte Maria den Kopf geschüttelt. »Kommt mir nicht in die Tüte. Du ein Drittel, ich zwei Drittel. Ich übernehme Stellas Anteil.« Sie hatte sich an Stella gewandt, die gerade protestieren wollte. »Davon werde ich nicht abzubringen sein. Und du kennst mich – ich kann sehr, sehr stur sein. Du bist zwar als Astrologin gut etabliert, aber das wäre ein zu großer Brocken für dich. Ich würde es dir leihen, du würdest es abstottern – darauf habe ich keine Lust. Bestimmt kannst du dich irgendwann einmal dafür revanchieren.« Mit einem Seufzen hatte sie dann zu Felicitas gesagt: »Du sollst deinen Willen kriegen. Das ist mir lieber, als mir bis in alle Ewigkeit dein ständiges Genörgel über die angeblich ach so gammelige Auffahrt anzuhören. Von mir aus lass unser wunderbares, historisches Kopfsteinpflaster durch sterile Betonplatten oder was auch immer ersetzen.«

Und genau das passierte gerade. Stella nahm die Hände von den Ohren und ergab sich ihrem Schicksal. Immerhin war ein gutes Dreiviertel der Auffahrt mittlerweile fertiggestellt – das Ende der Arbeiten war also absehbar. Der Rüttler würde noch für ein paar Tage Radau machen, dann musste die neue Pflasterung noch mit Sand eingeschlämmt werden – das hatten die Bauarbeiter ihr erklärt –, und dann war der Terror vorbei. Die paar Tage würde sie jetzt auch noch aushalten.

Stella beschloss, ihren Morgenkaffee in der Orangerie zu trinken, denn dort wurde der Lärm nicht nur durch die dazwischenliegende Villa, sondern zusätzlich durch die Bäume und das Buschwerk des Gartens gedämmt. Außerdem konnte sie Musik anmachen und versuchen, zu ihrer üblichen Gelassenheit zu finden.

Wie immer grüßten die Bauarbeiter freundlich, als sie aus der Haustür kam. Immerhin – höflich waren sie. Auch hatten sie stets mit Engelsgeduld alle Fragen beantwortet, mit denen Stella sie gelöchert hatte, und ihr jeden der notwendigen Arbeitsschritte genau erklärt.

Stella war heilfroh, dass sie an diesem Vormittag keine Termine hatte. Je nach Tagesform ertrug sie die Bauarbeiten mal besser und mal schlechter – und heute war sie von innerem Gleichgewicht weit entfernt.

Sie fühlte sich sofort besser, als sie die lichtdurchflutete Orangerie betreten hatte, und kochte sich in ihrer kleinen Büroküche eine große Tasse Milchkaffee. Im Kühlschrank hatte sie immer Brot und etwas Käse, also konnte sie sich ein kleines Frühstück zubereiten. Sie trug Kaffee und belegte Brote zu der Sitzgruppe aus gemütlichen Rattanmöbeln, wo sie sonst ihre Kunden empfing.

Nachdem sie eine CD mit Meditationsmusik eingelegt hatte, ließ sie sich mit einem Seufzen in einen Sessel fallen und blickte durch die verglaste Wand hinaus in den weitläufigen Garten, in dem es jetzt, auf der Schwelle vom Sommer zum Herbst, noch immer üppig blühte. Sie trank kleine Schlucke von ihrem Kaffee, dann schlug sie die Tageszeitung auf. In diesem Moment gab ihr Handy einige Piepstöne von sich und signalisierte damit, dass jemand ihr eine Textnachricht geschickt hatte.

»Ich bin in der Nähe. Hast du spontan Zeit für mich? Es ist dringend!!!«, las sie.

Die Nachricht kam von ihrem besten Freund Ben, der als Journalist für den Ruhrgebiets-Anzeiger arbeitete. Drei Ausrufezeichen, dachte sie und grinste, bestimmt hat er wieder einmal die Frau seines Lebens kennengelernt und benötigt dringend meinen astrologischen Rat.

»Komm vorbei, ich bin im Büro«, schrieb sie zurück und biss in ihr Käsebrot.

Kaum zehn Minuten später kam Ben zur Tür herein. »Die sind ja immer noch nicht fertig mit der Auffahrt!«, sagte er empört. »Wie lange brauchen die denn noch?«

»Willkommen in meiner Welt«, erwiderte Stella und deutete auf den freien Sessel. »Setz dich. Kaffee?«

Ben schüttelte den Kopf. »Nee, ich kann nicht lange bleiben. Ich möchte dich um einen Gefallen bitten.«

»Das hab ich mir schon gedacht. Wie heißt sie und wo habt ihr euch getroffen?«

Aus Bens Blick sprach pure Verblüffung, dann begriff er. »Ach, du denkst, ich hätte meine Traumfrau getroffen? Nein, leider nicht. Es geht um eine Freundin. Also, nicht, was du jetzt vielleicht denkst. Keine romantische Freundin, verstehst du? Ich hatte nie was mit ihr. Untenrum, meine ich. Und das wird auch nie …«

Stella hob die Hand. »Hab's kapiert. Keine romantische Freundin. Was ist mit ihr?«

»Sie ist kurz vorm Durchdrehen. Sie muss dringend mal mit jemandem über ihren derzeitigen Stress reden. Sie braucht ein paar gute Ratschläge. Und wenn ich es recht bedenke – das Thema passt sehr gut zu deiner momentanen Situation. Ruby wird dir nicht viel erklären müssen, schätze ich.« Mit dem Kopf machte er eine Bewegung, die vage in Richtung der Auffahrt deutete.

Ruby? Stella erinnerte sich schwach, den Namen schon gehört zu haben, wenn Ben von seiner Arbeit erzählte.

»Sie arbeitet bei dir in der Redaktion, nicht wahr?«

Ben schüttelte den Kopf. »Nicht ganz. Ruby – eigentlich heißt sie Andrea Rubikon – ist EDV-Spezialistin. Manchmal recherchiert sie für mich. Sie hat … hm … gewisse Fähigkeiten.«

»Verstehe. Sie beschafft dir Informationen, an die du sonst nicht rankommen würdest.«

»Könnte sein. Rein theoretisch, natürlich.«

»Natürlich. Warum benötigt sie meinen Rat?«, fragte Stella. »Und was hat das mit den Bauarbeiten an meiner Auffahrt zu tun?«

»Ganz einfach: Ruby leidet seit Wochen darunter, dass ihr Haus saniert wird. Genau wie du hat sie ihren Arbeitsplatz zu Hause. Obwohl …«, er hob den Kopf, lauschte und fuhr dann fort: »Hier ist ja fast nichts von dem Krawall zu hören.«

»Mir reicht gerade, was ich mitkriege, wenn ich in meiner Wohnung bin«, sagte Stella. »Ich bin manchmal kurz davor, gewalttätige Fantasien zu entwickeln. Dieser permanente Lärm geht an die Substanz. Und damit aufzuwachen, ist der Horror. Ich habe noch nie so viel Zeit hier unten verbracht wie in den letzten Wochen.«

Ben nickte. »Immerhin hast du die Möglichkeit, dem Lärm auszuweichen. Derart privilegiert ist Ruby leider nicht.«

»Aber was soll ich denn für sie tun? Ich werde ihr nicht vorhersagen können, wann der Terror aufhört. So funktioniert Astrologie nicht.«

»Weiß ich doch. Die Sache ist die: Der Lärm ist nicht das

Schlimmste. Jedenfalls nicht *mehr.* Die Arbeiten, die Krach machen, sind bereits beendet. Mittlerweile wird die Fassade neu gestrichen, und unter den Bauarbeitern ist einer, der sie belästigt. Sexuell. Der Dreckskerl steht morgens auf dem Gerüst vor ihrem Fenster und hat seinen dreckigen Schwengel in der Hand.«

Stella traute ihren Ohren nicht. »Wie bitte? Du machst hoffentlich Scherze.«

»Ich wünschte, es wäre so. Sie hat sich auch schon über das Schwein beschwert, aber der Typ streitet natürlich alles ab. Aussage gegen Aussage. Ich weiß nicht, wie lange sie das noch aushalten kann, ohne durchzudrehen. Es geht ihr wirklich nicht gut.«

»Aber was kann ich tun?«

»Kannst du nicht in ihr Horoskop gucken und ihr klarmachen, wo ihre Stärken liegen oder so was? Sie war immer so stark und lustig und selbstbewusst, aber mittlerweile schwankt sie nur noch zwischen rasender Wut und totaler Verzweiflung. Ich befürchte wirklich ...« Ben stockte.

»Was befürchtest du? Dass sie über kurz oder lang zusammenbrechen wird? Ist sie depressiv? So sehr, dass sie selbstmordgefährdet ist?«

Er schüttelte den Kopf. »Nein, im Gegenteil. Ich befürchte, dass sie eines Tages ausrastet und zurückschlägt. Sie wird den Kerl für das, was er ihr antut, bezahlen lassen, todsicher. Ohne Rücksicht auf Verluste. Oder Konsequenzen für sie.«

»Was soll er machen? Sie wegen Körperverletzung anzeigen, weil sie ihn ohrfeigt?«

Ben schwieg eine Zeit lang, dann sagte er: »Ich fürchte beinahe, dazu könnte er dann nicht mehr imstande sein.« Seine Stimme klang düster.

Stella gelang es nicht, ein Grinsen zu unterdrücken. »Oha. Dann doch Kastration?«

»Das ist nicht komisch, Stella! Ich mache mir echte Sorgen um Ruby. Sie ist für mich so was wie …« Er überlegte, dann fuhr er fort: »Sie ist für mich wie eine kleine Schwester. Seit Wochen und Wochen hat sie diesen Stress. Erst der ständige Lärm, als einige Wohnungen im Haus saniert wurden. Dass sie überhaupt ihre Arbeit noch geschafft hat, ist für mich ein reines Wunder. Ich wäre schon längst durchgedreht. Aber sie ist diszipliniert und hat die Zähne zusammengebissen. Als die Maler anrückten, glaubte sie es geschafft zu haben. Wie viel Lärm konnte es schon machen, die Fassade zu streichen?«

»Aber es ist nicht der Lärm …«, murmelte Stella.

Ben nickte. »Exakt. Es ist dieser Kerl, der sie belästigt. Und das ist Stress auf einer ganz anderen Ebene.«

»Ich sehe, was du meinst. In Ordnung, sie kann zu mir kommen, wenn sie das möchte. Hast du ihre Daten?«

»Noch nicht. Ich wollte zuerst mit dir sprechen. Ob du grundsätzlich dazu bereit bist und so. Ich kann auch nicht einschätzen, ob sie … nun ja, besonders esoterisch scheint sie mir nicht zu sein, wenn du verstehst.«

Stella zuckte mit den Schultern. »Finde es heraus. Sie soll mich anrufen, wenn sie dazu bereit ist.«

»Du bist die Beste.« Er blickte auf seine Armbanduhr. »Ups, schon so spät, ich muss los. Danke für deine Zeit. Du hast was gut bei mir.«

Stella kicherte. »Ich schreibe es zu den anderen Sachen auf die Liste.«

Mit einer Tasse Tee setzte Stella sich auf die Bank vor der Orangerie. Sie fragte sich, wie sie selbst wohl auf diese Form von Belästigung reagieren würde. Nun, sie würde sich wehren, ganz sicher. Oder den Kerl auslachen, was auch immer, schließlich war sie stark und selbstbewusst. Allerdings waren das Attribute, die Ben seiner Freundin Ruby auch zugeschrieben hätte – normalerweise. Konnte es sein, dass der wochenlange Baulärm die junge Frau derart mürbe gemacht hatte, dass sie den Kontakt zu ihrer inneren Stärke komplett verloren hatte und sie deshalb den Übergriffen dieses Mannes hilflos ausgeliefert war?

Ihre Großmutter kam um die Ecke. Sie war im kompletten Madame-Pythia-Ornat. Das bedeutete, dass sie einen Kunden erwartete, denn nur aus diesem Grund brezelte sie sich mit wallendem Kaftan, Samtturban und viel Klimperschmuck auf. Sie stutzte, als sie Stella auf der Bank entdeckte.

»Nanu, du siehst aber nachdenklich aus.«

»Das bin ich auch, Oma.« In kurzen Worten berichtete Stella von Ruby und deren Problemen.

»Wie bitte?« Die Pfauenfeder auf Marias Turban zitterte vor Empörung. »Na, dem würde ich aber die Flötentöne beibringen.« Maria schnaubte.

»Was würdest du tun?«

»Dem würde ich den Schniedel abschneiden. Oder ihn vom Gerüst werfen.«

»Nein, ernsthaft. Was würdest du tun?«

Maria grinste. »Sag ich doch: Ich würde ihn vom Gerüst schubsen. Und dann so tun, als wäre es ein Unfall gewesen. Ist doch ganz einfach. Tollkühne Männer in schwindelnder Höhe … da passiert schon mal was. Zack, liegt er unten auf der Straße.«

»Red keinen Quatsch«, erwiderte Stella lachend, »das würdest du nicht tun. Aber deine Fantasien sind von beeindruckender Gewalttätigkeit, das muss ich dir lassen. Ich denke allerdings, du würdest ihn eher verfluchen oder so was. Ich wette, damit kennst du dich aus. So insgeheim.«

»Ach. So denkst du also über mich, ja? Ist ja interessant. Aber das ist tatsächlich eine hübsche Idee, Schätzchen. Ich muss gleich mal nachsehen, ob ich noch einige Spinnenbeine und Blut von jungfräulichen Fledermäusen vorrätig habe; dann könnte ich dir für das arme Mädchen einen Zaubertrank brauen.«

»Und damit soll sie dann *was* machen?«

»Ist doch klar: ihn besprenkeln, damit er vom Gerüst fällt. Nur das Beste für unsere Kunden. Oder ich bastele eine Voodoo-Puppe von dem Kerl. Anatomisch korrekt natürlich. Und die Nadel könnte man dann genau …«

Stella hob die Hände. »Genug, keine weiteren Details, bitte. Schon klar, wohin die Nadel gehört. Aber sag mal: Wieso bist du eigentlich hier?«

»Ach ja, genau. Hast du Zucker für mich? Meiner ist mir ausgegangen, und ich bekomme gleich Besuch. Die Dame mag ihren Kaffee sehr süß, und ich bin nicht dazu gekommen, einzukaufen.« Sie errötete und fügte hinzu: »Genauer gesagt: Otto hat mich davon abgehalten. Er ist gerade erst gegangen.«

Otto – das war Otto Korritke, Marias alter Weggefährte aus ihrer Zeit beim fahrenden Volk. Er kam häufig zu Besuch, und meist zogen sich die beiden dann in Marias alten Kirmeswagen zurück, der in der Remise stand.

Stella grinste. »Ihr seid mir schon zwei Turteltäubchen.« Sie ging hinein, um den Zucker zu holen.

Kapitel 2

Ruby war froh, dass sie mal rauskam.

Eigentlich hatte sie keine Zeit, weil sich auf ihrem Schreibtisch die Arbeit stapelte, und zwar höher als der Kilimandscharo. *Un*eigentlich allerdings war sie froh über jede Ablenkung, und so hatte sie sofort zugesagt, als Ben Glaeser angerufen hatte, um sie zum Frühstück ins Café einzuladen.

Sie mochte nur wenige Menschen, und noch weniger kannte sie persönlich oder durften in ihre Wohnung, aber Ben gehörte definitiv dazu. Sie hatte kein romantisches Interesse an ihm, und zu ihrer Erleichterung beruhte das auf Gegenseitigkeit. Ab und zu recherchierte sie für ihn. Aber vor allem half sie Ben, wenn er technische Probleme mit seinem Laptop hatte. Darauf waren viel zu viele vertrauliche Informationen gespeichert, als dass er den Computer jemand anderem anvertraut hätte – schließlich hatte sie etliche der brisanten Daten selbst für ihn herausgefunden.

Sie stieg die Kellertreppe hinab, um ihr Fahrrad zu holen. Beinahe alle Wege ließen sich damit zurücklegen, und für die anderen benutzte sie öffentliche Verkehrsmittel.

Sie drückte die Klinke der Hintertür herunter und öffnete sie, hielt aber inne, als sie Stimmen und Gelächter hörte. Der Malertrupp machte ausgerechnet jetzt Frühstückspause im Hof, verdammt. Auf keinen Fall wollte sie an den Männern vorbeigehen, das würde sie nicht ertragen. Sie wollte die Tür schon wieder schließen, als sie begriff, dass über sie gesprochen wurde.

»Du solltest es mit der Kleinen im zweiten Stock nicht zu weit treiben, Kevin«, sagte einer der Männer gerade.

Kevin – so hieß das Schwein, das sie immer wieder sexuell belästigte, das hatte sie bereits mitbekommen. Sie erstarrte, als sie Kevin hämisch lachen hörte.

»Das lass mal meine Sorge sein«, erwiderte er mit gesenkter Stimme. »Du willst mir doch wohl keine Ratschläge erteilen, oder? Wenn wir weiterhin zusammenhalten, kann nichts passieren, das wisst ihr doch. Wir haben unseren Spaß, und die Weiber auch, wenn sie schlau sind. Zeig mir eine echte Frau, die nicht auf echte Männer wie mich steht. Und auf ihre Kronjuwelen.«

Brüllendes Gelächter. Ruby hätte sich auf der Stelle übergeben können. Ihre *Kronjuwelen* … würg. Glaubten die tatsächlich, ihre armseligen Pimmel wären derart toll?

»Würdest du die blauhaarige Lesbe etwa nageln?«, fragte ein dritter Mann. »Die ist doch nun wirklich nicht der Typ Weib, auf den du sonst stehst.«

»Na und? Ich würde es ihr schon deshalb besorgen, damit sie mal erfährt, was sie verpasst. Wetten, die Blauhaarige würde danach keine Frau mehr anpacken? Die würde jeden Morgen am Fenster stehen und betteln.«

Wieder dieses Gelächter.

»Aber bei der nächsten Baustelle bin ich mal dran«, sagte ein vierter Mann. Seine Stimme klang jünger als die der anderen, das musste der Auszubildende sein, der allerdings auch bereits circa Mitte zwanzig war.

Ruby hielt den Atem an. Was sollte das denn bedeuten? Hieß das etwa, dass die Männer jedes Mal ausknobelten, wer seinen Pimmel zeigen durfte?

»Schau mal an – unser kleiner Timmy will auch mal. Na,

mal sehen«, sagte Kevin gönnerhaft. »Nur, wenn du es dir verdient hast. Aber ich denke, deine Chancen stehen gut. Vor allem, weil du den Alten so schön davon ablenkst, dass ich seine Tochter ficke. Solange der weiterhin denkt, dass du auf seine kostbare Susi stehst ...«

»Ach, hier habt ihr euch verkrochen!«, rief ein weiterer Mann plötzlich quer über den Hof. »Kaum bin ich mal nich da, schon lungert ihr rum. An die Arbeit, ihr faulen Säcke, eure Frühstückspause ist seit zehn Minuten vorbei. Die Zeit holt ihr nach, verstanden? Heute habt ihr zehn Minuten später Feierabend.«

Ruby hörte, wie Schritte sich entfernten, dann sagte der Chef der Truppe: »Kevin, bleib mal da. Ich hab wat mit dir zu besprechen.«

»Um was geht es denn?«

»Um diese Frau aus dem zweiten Stock. Die Blauhaarige. Sie hat sich wieder über dich beschwert.«

»Über mich? Versteh ich nicht. Sind wir zu laut?«

»Quatsch«, zischte der Chef. »Sie sagt, du würdest ihr deinen Pimmel unter die Nase halten.«

»Schon wieder diese alte Leier? Seltsamerweise ist sie die Einzige, die das behauptet. Oder gibt es noch andere? Natürlich *nicht*. Das sagt doch schon alles.«

»Wer bitte sollte sich sonz beschwern? Sie ist doch die Einzige, die tagsüber im Haus is. Alle anderen Mieter gehen morgens zur Arbeit.«

Kevin stieß ein hämisches Lachen aus und sagte: »Die spinnt, Meister, ehrlich. Eine frustrierte Les... äh, eine frustrierte, allein lebende Frau, die sich Geschichten ausdenkt, um ein bisschen Aufmerksamkeit zu bekommen, das ist alles. Die hockt den ganzen Tag vor ihrem Computer. Kein

Wunder, dass ihr die Decke auf den Kopf fällt. Übrigens ...« Jetzt flüsterte Kevin beinahe, und Ruby musste die Ohren spitzen, um ihn zu verstehen. »Ich habe es noch nicht erwähnt, weil ich die Blauhaarige nicht bloßstellen wollte, aber es ist tatsächlich so, dass sie uns anmacht. Du kannst die anderen fragen. Hotte und Tim ist es auch schon passiert. Dann stolziert die in einem Bademantel rum, der sich wie zufällig öffnet ... Und jetzt ist sie sauer, weil keiner von uns ranwill. Deshalb erzählt die diese Scheiße.« Er kicherte und fügte hinzu: »Willst du wissen, ob die Farbe von ihrem Schamhaar zu der auf ihrem Kopf passt?«

Ruby biss sich auf die Unterlippe, um nicht loszuschreien. Sie war heilfroh, dass keine geladene Knarre in Reichweite war, sonst wäre sie jetzt und sofort rausgestürmt und hätte diesen dreisten Lügner abgeknallt.

»Nein, dat will ich *nicht* wissen«, gab Kevins Chef brüsk zurück. »Du bis ekelhaft, Wehling. Lass dich nie von mir bei irgendwat von dem erwischen, wat diese Frau behauptet, denn dann hätte ich endlich einen Grund, dich zu feuern – und dat wäre mir eine große Freude. Und jetzt anne Schüppe, Wehling, aber zackig.«

Die Männer gingen weg, und Ruby holte tief Luft, um sich wieder zu beruhigen. Sie lauschte einige Minuten lang nach draußen, um sich zu vergewissern, dass die Männer wirklich vom Hof verschwunden waren, dann schleppte sie ihr Fahrrad die Hintertreppe hoch und schob es durch die Hofeinfahrt nach vorne.

Sie wollte es nicht, aber es passierte von ganz allein: Sie blickte hoch. Ganz oben auf dem Gerüst stand Kevin Wehling und winkte ihr grinsend zu. Er machte eine Bewegung mit dem Kopf, die sie zunächst nicht einordnen konnte. Instinktiv sprang sie ein Stück zur Seite und beobachtete fassungslos, wie ein dicker Flatschen Spucke neben ihren Füßen aufs Pflaster spritzte. Erneut blickte sie hoch, aber ihr Peiniger war verschwunden.

Im Höchsttempo radelte sie durch die Stadt und erreichte vollkommen abgehetzt das Café. Sie rannte hinein. Ben war schon da und lächelte ihr entgegen, dann veränderte sich sein Gesichtsausdruck zu Bestürzung.

»Wie siehst du denn aus?«, fragte er, als sie sich ihm gegenüber auf einen Stuhl fallen ließ. »Als hättest du gerade einen Geist gesehen.«

»Das Schwein hat auf mich gerotzt!«, rief sie so laut, dass alle Gespräche im Café abrupt verstummten. Bestimmt glotzten alle sie an, aber das war Ruby egal. »Auf mich gerotzt«, wiederholte sie, diesmal etwas leiser. »Das muss man sich mal vorstellen.«

»Großer Gott. Hat er dich getroffen?«

Ruby schüttelte den Kopf und fuhr sich durch ihren blauen Irokesen. »Bäh. In dem Fall hätte ich jetzt eine Glatze. Ich konnte seinem ekelhaften biologischen Kampfstoff gerade noch ausweichen. Dieser widerliche Wichser.«

»Versuch, dich zu beruhigen. Hunger? Ich habe uns ein Frühstück für zwei bestellt. *Für zwei Verliebte,* wenn ich die Frühstückskarte zitieren darf. Mit Erdbeeren, Prosecco, Lachs und allem Pipapo. Ich dachte, das würde dich amüsieren.«

Wider Willen musste Ruby grinsen; das freute Ben.

»Erdbeeren und Prosecco – mehr Klischee geht wohl nicht«, sagte Ruby. »Die haben zu viele schlechte Softpornos aus den Achtzigern geguckt.«

Ben lachte. »Vermutlich. Oder haben in den Achtzigern diese Filme geguckt und halten neckische Spielereien mit Erdbeeren und Sekt noch immer für den Höhepunkt zwischenmenschlicher Erotik.«

»Jeder, wie er will.« Ruby bestellte bei der Kellnerin einen großen Milchkaffee und wandte sich dann wieder Ben zu. »Schwierig wird es nur, wenn der eine seine vermeintliche, fehlgeleitete Erotik jemand anderem aufdrängt, der das gar nicht will.«

»Hat es wieder einen Vorfall gegeben?«

»Ja. Gestern Morgen. Und vorhin habe ich zufällig etwas gehört, das mir die Sprache verschlagen hat. Die stecken alle unter einer Decke, Ben. Dieser ganze Trupp.«

»Was meinst du damit?«

Ruby berichtete ihm von dem kurz zuvor belauschten Gespräch zwischen den Malern. Als das opulente Frühstück serviert wurde, schwieg sie, aber dann fuhr sie fort: »Nicht nur, dass die zusammenhalten wie Pech und Schwefel – der Hammer war, dass dieser Kevin seinem Chef gegenüber behauptet hat, ich hätte *ihn* angemacht. Und weil er mich abgewiesen hätte, würde ich jetzt behaupten, dass er mich belästigt.«

»Unfassbar.« Bens schüttelte den Kopf und reichte ihr das Sektglas. Dann nahm er seins hoch und stieß mit ihr an. »Komm, den hast du dir jetzt redlich verdient. Eigentlich wäre ein ordentlicher Schnaps fällig, aber dazu ist es echt noch zu früh.«

Während Ben nur nippte, leerte Ruby das Glas in zwei Zügen. Während der nächsten Zeit sprachen sie nicht, sondern widmeten sich – bis auf einen kurzen Disput um die letzte Scheibe Lachs, den Ruby gewann – ganz dem Frühstück.

Irgendwann schob Ruby ihren Teller beiseite und klopfte sich mit der flachen Hand auf den Magen. »Mann, bin ich vollgefressen. Zu Hause würde ich jetzt meinen Hosenknopf aufmachen. Aber ich weiß schließlich, was sich gehört.« Sie lehnte sich zurück und starrte sinnend auf die kümmerlichen Überreste des Frühstücks. Dann blickte sie ihr Gegenüber ernst an. »Weißt du, was ich einfach nicht verstehe?«

Ben grinste breit. »Nein, aber du wirst es mir sicher gleich sagen.«

»Warum gibt es solche Menschen wie diesen Kevin? Und warum muss ich mich mit diesem Abschaum rumplagen? Wenn das Karma sein soll, dann muss ich in meinem letzten Leben ein verrückter, massenmordender Diktator gewesen sein.«

Das war sein Stichwort. »Vielleicht kenne ich jemanden, der dir helfen kann. Eine enge Freundin von mir.«

»Ach, und die ist zufällig Auftragskillerin? Und nicht allzu teuer? Dann immer her mit ihrer Adresse.«

»Na, na, na. Damit scherzt man nicht. Nein, Stella ist keine Auftragskillerin, aber vielleicht hat sie Antworten auf deine Fragen.«

Ruby verschränkte die Arme vor der Brust und grinste. »Na, da bin ich aber neugierig. Und diese ominöse Stella weiß die Antworten, weil …?«

»Weil sie Astrologin ist. Und weil sie … na ja … Weil sie sich mal dein Horoskop ansehen und dann vielleicht sagen könnte, was bei dir gerade los ist. Manchmal hilft das schon.«

»Du willst mich verarschen.«

»Auf gar keinen Fall. Du hast doch bestimmt von dem Todesfall bei den von Breidenbachs gehört, das ist ein paar

Monate her. Und da hat Stella gleich Lunte gerochen und letztendlich den Fall aufgeklärt, und zwar mithilfe der Astrologie. Das ist zwar etwas vereinfacht formuliert, stimmt aber im Großen und Ganzen. Da war was in den Sternen, und sie hat sogar die Polizei irgendwann überzeugt.«

Die Kellnerin erschien am Tisch, um abzuräumen, und beide bestellten noch einen Espresso, der umgehend serviert wurde.

»Also, was ist?«, fragte Ben dann. »Was hast du zu verlieren? Gar nichts. Betrachte es als Experiment. Du probierst sonst doch auch alles mal aus. Wenn es ein Flop ist – gut. Ich brauche für Stella nur deine genauen Geburtsdaten. Dann macht sie dein Horoskop, und ihr könnt euch unterhalten.«

Ruby runzelte die Stirn. »Ich weiß nicht recht. Das ist mir echt zu viel Hokuspokus.«

»Nichts dergleichen, glaub mir. Hokuspokus kriegste nebenan bei Stellas Großmutter, die ist Wahrsagerin. Mit Glaskugel und allem Brimborium, das man sich so vorstellt. Stella ist ganz anders. Sie macht eher so eine Art … wie soll ich sagen … das ist eher Lebensberatung. Glaub mir, sie kann dir helfen. Und dich stärker machen. Damit du diesen Mann überstehst, ohne durchzudrehen.«

Ruby rang sichtlich mit sich, dann gab sie sich einen Ruck. »Also gut. Schlimmer kann es schließlich nicht mehr werden, oder?«

»Sie hat mir ihre Daten gegeben«, sagte Ben später am Telefon zu Stella.

»Freiwillig oder musstest du Gewalt anwenden?«

Ben lachte, dann sagte er: »Sie ist skeptisch. Aber die Situation spitzt sich aktuell zu. Sie hat mir erzählt …«

Stella unterbrach ihn sofort. »Stopp. Ich will nichts weiter wissen, das könnte mich in meiner Interpretation beeinflussen. Sie kann selbst entscheiden, was sie preisgeben möchte.«

»Okay. Wie lange … also, ich will dich nicht drängen, aber sie braucht wirklich Hilfe.«

»Ich mache mich sofort an die Arbeit«, sagte Stella.

Kapitel 3

Susanne Braukmann stand in ihrem Zimmer vor dem Spiegel und legte letzte Hand an. Energisch bürstete sie ihre schulterlangen braunen Haare, bis sie richtig glänzten. Die Jeans saß knackig eng, so wie Kevin es mochte.

Kritisch musterte sie die duftige geblümte Rüschenbluse, für die sich entschieden hatte. Viel zu brav, entschied sie nun, schließlich wollte sie nicht wirken wie eine Klosterschülerin. Fürs Büro okay, für ein leidenschaftliches Treffen mit dem heimlichen Geliebten – auf keinen Fall.

Sie knöpfte die Bluse auf und zog sie aus. War ihr Büstenhalter vielleicht zu bieder? Immerhin – er war schwarz und mit Spitze besetzt, das gefiel Kevin. Sie ging zum Kleiderschrank und starrte hinein. Was könnte sie anziehen? Mit einem resignierten Seufzen zog sie das enge schwarze Oberteil mit dem großen Ausschnitt heraus, das sie schon mehrmals bei ihren heimlichen Treffen getragen hatte.

Eigentlich war es ja auch egal, was sie anhatte, denn ihre Kleidung würde ohnehin so schnell wie möglich auf dem Fußboden von Kevins Schlafzimmer landen.

»*Das Lied vom Glück erklingt, wenn der Venuswalzer in verliebte Herzen dringt …*«, sang sie vor sich hin und lächelte. Das war der Schlager, den Kevin immer für sie gesungen hatte, als er sie noch umworben hatte. Venuswalzer – so nannte er es, wenn sie miteinander schliefen.

Sie setzte sich an ihr Schminktischchen, um sich verruchte *Smokey Eyes* zu malen. Sie war heilfroh, dass es im

Internet unzählige Filmchen darüber gab, wie man das machte. Ohne diese Hilfe würde sie höchstens aussehen wie ein trauriger Panda.

Kevin hatte sie dazu gebracht, sich zu schminken, denn normalerweise tat sie es nicht – erst recht nicht im Büro; dort würde es vollkommen deplatziert wirken. Und die Reaktion ihres Vaters wollte sie sich lieber nicht vorstellen.

Sorgfältig zog sie die Lippen mit einem knallroten Lippenstift nach – erstaunlich, wie ein wenig Schminke das Aussehen veränderte.

Nach einem Blick auf die Uhr nahm sie ihre Handtasche und verließ das Zimmer. Wie üblich um diese Zeit saß ihr Vater im Wohnzimmer vor der Glotze, eine Flasche Bier in der Hand. Mit gerade mal fünfzig Jahren führte er schon ein Leben wie ein alter Mann, fand sie. Arbeiten, nach Hause kommen, Jogginghose und Schlappen an, am Esstisch in der Küche stumm die Mahlzeit, die sie gekocht hatte, verputzen, dabei Zeitung lesen, dann ab ins Wohnzimmer und irgendwann vor der Glotze einschlafen.

Kevin war da ganz anders. Zwar ging er bereits auf die vierzig zu, aber das merkte man ihm nicht an, so jugendlich war er unterwegs. Immer coole Klamotten, lustig und charmant. Und sehr sexy, wie sie fand.

»Ich bin dann gleich weg«, sagte Susanne.

Johannes Braukmann löste seinen Blick von der Mattscheibe und sah seine Tochter in der Wohnzimmertür stehen. »Wie siehst du denn aus? Is heute Karneval oder wat soll die Clownsmaskerade?«

Susanne verdrehte die Augen. »Papa, nicht schon wieder. Das haben wir doch schon ausführlich diskutiert. Manchmal schminke ich mich eben ein bisschen.«

»Ein bisschen? Dat is knapp vor *Ich-nehm-nen-Fuffi-für-Handentspannung.*«

»Papa!«

Braukmann winkte ab. »Nix für ungut. Wenn deine Mutter so rumgelaufen wär … na ja. Dann hätte ich gedacht, so eine is nix für fest. Aber heutzutage is dat wohl anders.« Er nahm einen tiefen Schluck aus der Flasche und rülpste.

»Du tust gerade so, als wärest du hundert Jahre alt«, sagte Susanne. »Ich glaube, Frauen haben sich auch schon vor meiner Geburt geschminkt.«

»Aber nicht so dolle. Und wenn, dann warn dat nur bestimmte Frauen. Die, die keinen Ruf zu verliern hatten. Wie auch immer. Wat hast du vor? Holt der Timmy dich ab?«

Susanne nickte. »Wir wollen ins Kino. Und danach vielleicht noch was essen gehen. Mal sehen.«

»Der Timmy is 'n guter Junge. Ich freu mich, dat ihr zwei euch gefunden habt. Der is fleißig und hat wat auf dem Kasten. Ist dat eigentlich wat Festes mit euch beiden? Habt ihr Zukunftspläne? Heiraten und so?«

Susanne zählte innerlich bis zehn. Dann sagte sie: »Keine Ahnung, Papa. Über so etwas haben wir noch nicht geredet. Außerdem ist das meine Sache.«

»Schon, aber irgendwie auch nich. Ich mach mir mittlerweile Gedanken, wat aus meiner Firma werden soll, wenn ich mal alt bin. Den Timmy könnt ich mir gut als Nachfolger vorstellen. Und wenn dat dann noch mein Schwiegersohn wär … dat wär doch spitze. So bleibt alles in der Familie.«

Toll, dachte Susanne, und ich sitze bis an mein Lebensende in diesem miefigen Büro rum. Erst räume ich meinem Vater alles hinterher und dann übergangslos meinem langweiligen Ehemann.

Diese Vorstellung ließ sie schaudern. Sie hatte zwar keinen exakten Plan für ihr Leben, aber dass sie *das* nicht wollte, stand fest.

»Allerdings sollteste mal 'n bisschen auf den Timmy aufpassen. Dat nur als Tipp.«

Obwohl es sie nicht interessierte – und für sie ohnehin nicht von Belang war –, fragte sie nach, weil ihr Vater es bestimmt erwartete. »Auf Timmy aufpassen? Wie meinst du das?«

»Der hängt in letzter Zeit ziemlich viel mit dem Kevin rum, hab ich den Eindruck. Und dat is kein guter Einfluss für den Jungen. Der Kevin is 'n fauler Sack, der tut nur, wat unbedingt nötig ist. Und der is 'n Frauenheld, wat man so hört. Nich, dat der Timmy sich dat von dem abguckt. Der is schließlich mit dir zusammen, und du bis die Tochter vom Chef. Die verarscht man nich.«

Wenn du wüsstest, dachte Susanne, der Kevin hat jetzt mich, der hat es längst nicht mehr nötig, anderen Frauen hinterherzusteigen.

Aber die Worte ihres Vaters erinnerten Susanne daran, warum er nie etwas von ihrem Verhältnis mit Kevin erfahren durfte – was die heimliche Liebschaft überhaupt erst so richtig aufregend machte. Und sie erinnerten sie ebenfalls daran, warum Tim, der ersehnte Schwiegersohn und potenzielle Kronprinz, ihren festen Freund mimte.

Wie diese Sache sich einmal auflösen sollte, wusste sie nicht, und es war ihr auch egal. Irgendwann würde ihr Vater sich damit abfinden müssen, dass Timmy und sie niemals heiraten würden.

Sie hörte ein Hupen und sagte: »Timmy ist da. Wir sehen uns vermutlich erst morgen früh. Bis dann.«

»Viel Spaß euch beiden«, erwiderte Johannes Braukmann, der bereits wieder von den Vorgängen auf dem Fernsehbildschirm gefesselt war. »Und tut nix, wat ich nich auch tun würde.«

Mit laufendem Motor wartete Timmy vor dem Haus, in dem Vater und Tochter Braukmann den ersten Stock bewohnten; im Erdgeschoss befanden sich die Büros der Firma und ein Lager.

»Hei, Timmy«, sagte Susanne, als sie eingestiegen war.

Timmy sah sie an. »Guten Abend, Susi. Schön siehst du aus. Wohin soll ich dich bringen? Zu Kevin?«

Susi nickte, und Timmy fädelte sich in den spärlichen Verkehr ein. Während er sich aufs Fahren konzentrierte, musterte sie ihn unauffällig aus dem Augenwinkel.

Bildete sie es sich nur ein oder stand er insgeheim auf sie? Er machte ihr Komplimente, wenn sie ins Auto stieg, war dann aber oft besonders abweisend, wenn er sie vor Kevins Haus oder an einem anderen Treffpunkt rausließ. Er verabschiedete sie nur knapp, als könnte er es nicht aushalten, dass sie zu einem anderen Mann ging. Ob er eifersüchtig war?

Innerlich winkte sie ab – selbst, wenn er Interesse an ihr hatte: Er hatte keine Chance. Im Vergleich zu Kevin war er ein kleiner Junge. Und was noch schlimmer war: Ihr Vater hielt ihn für den passenden Schwiegersohn. Das allein disqualifizierte ihn restlos.

Kevin Wehling trug lediglich einen Morgenrock aus Satin, als er Susi die Wohnungstür öffnete. Er hatte sich nicht die Mühe gemacht, ihn zu schließen, so konnte Susi sofort sehen, wie sehr er sich auf sie freute.

Oder wie dringend er Erleichterung benötigte, je nach Perspektive.

Um ehrlich zu sein: Eigentlich war sie ziemlich langweilig. Weder war sie besonders unterhaltsam, noch war sie eine Granate im Bett. Sie machte zwar willig alles mit, aber etwas mehr Initiative ihrerseits hätte er durchaus begrüßt. Noch machte es ihm Spaß, sie hinter dem Rücken des verhassten Chefs zu bumsen, aber vor ihren Treffen brachte er sich mittlerweile mit Pornos in Stimmung, damit es auch ganz bestimmt klappte.

Und jetzt war er so heiß wie eine glühende Herdplatte.

»Kevin …« Sie kicherte mädchenhaft, als sie seine enthusiastische, nonverbale Begrüßung bemerkte, und ließ sich von ihm ins Schlafzimmer bugsieren, ohne Widerstand zu leisten.

»Darf ich zum Tanz bitten? Es ist Zeit für den Venuswalzer, Süße«, sagte er, während er ihr das Shirt auszog. Ihre zaghaften Versuche, ihn zu küssen, ignorierte er geflissentlich. »Ich bin so unglaublich scharf auf dich … ich muss nur an dich denken und schon …«

Vielsagend deutete er zwischen seine Beine. Herrgott, konnte sie sich nicht ein bisschen schneller aus ihren Klamotten pellen? Endlich war sie aus der Jeans gestiegen, und er warf sie rücklings auf sein Bett. Er sah ihr tief in die Augen, während er ihren Slip herunterzog. Mit den Händen spreizte er ihre Beine, dann legte er sich auf sie und stieß zu.

Nach kaum fünf Minuten war es vorbei. Er war zufrieden – ob sie es war, interessierte ihn nur am Rande. Langatmige Vorspiele waren nichts für ihn, das brauchte er nicht. Wenn eine Frau vorher seinem besten Stück ein wenig Aufmerksamkeit schenken wollte, sagte Kevin natürlich nicht Nein, er war ja nicht blöd. Aber wenn sie dann eine Gegenleistung einforderte: Die Nächste, bitte! Susi war viel zu unerfahren, um dergleichen von ihm zu verlangen. Sonst hätte er sie vermutlich auch schon längst fallen lassen.

Susanne war allerdings die Einzige, mit der er danach noch ein wenig kuschelte. Besser gesagt: Er akzeptierte es ganz gegen seine sonstige Gewohnheit, dass sie kuscheln wollte. Er konnte sie ja auch schlecht nach zehn Minuten wieder vor die Tür setzen.

Jetzt lag sie an seiner Brust, während er bereits ungeduldig auf die Uhr linste. In der Kneipe warteten die Jungs auf ihn, immerhin war Freitagabend.

»Ich bin so glücklich mit dir«, sagte sie plötzlich.

»Du bist auch nicht schlecht«, erwiderte er, natürlich so neutral wie irgend möglich, ohne sie zu beleidigen.

Er würde sich hüten, ihr irgendwelche Liebesgeständnisse vorzuheucheln, das ging immer übel aus. Stets achtete er darauf, dass der klassische finale Satz: »Ich habe nie gesagt, dass ich dich liebe«, auch wirklich der Wahrheit entsprach.

»Ich bin spät dran«, sagte sie.

»Hm … was hast du denn deinem Vater gesagt, wann du nach Hause kommst?«

»Das meine ich nicht«, erwiderte sie leise. »Meine Menstruation ist spät dran.«

Mit aller Macht kämpfte Kevin dagegen an, sofort aus dem Bett zu springen und sie rauszuschmeißen. Für immer. Schwanger? Das fehlte ihm gerade noch. Nicht mit ihm, nicht mit Kevin Wehling. Ihm hängte kein Weib ein Kind an, nicht einmal die Tochter des Chefs.

Er rang seine aufkommende Panik nieder, dann fragte er ruhig: »Hast du schon einen Test gemacht?«

An seiner Brust spürte er, dass sie den Kopf schüttelte. Puh, dann bestand also noch Hoffnung.

»Du hast doch gesagt, du nimmst die Pille. Dann kannst du gar nicht schwanger sein, Susi. Bestimmt kriegst du deine Regel bald. Keine Panik.«

Welch ein Witz, dass er ihr riet, nicht in Panik zu geraten, während er einen Adrenalinschub nach dem anderen hatte. Wenn sie wirklich schwanger war, musste sie es natürlich wegmachen lassen, das verstand sich von selbst. Bisher hatte er noch jede Frau dazu überreden können, die ihn mit einer Schwangerschaft konfrontierte.

Kevin hatte keinerlei Zweifel daran, dass er der Vater wäre, denn Susi würde ihn niemals betrügen.

»Ich war doch krank, erinnerst du dich?«, sagte sie. »Diese Magen-Darm-Sache. Vielleicht habe ich die Pille … als ich mich übergeben habe …«

Herrgott, konnten diese Weiber denn nicht aufpassen? Waren sie sogar dazu zu dämlich? Es war verdammt noch mal die Aufgabe der Frau, für Verhütung zu sorgen. Noch keine hatte ihn dazu gebracht, ein Gummi überzustülpen. Er hatte zwar keine eigenen Erfahrungen, aber man *wusste* schließlich, dass man dann nichts mehr spürte. Dann könnte er es auch gleich ganz bleiben lassen. Er war so wütend, er hätte ihr eine scheuern können.

»Wir schaffen das schon«, sagte er beherrscht und tätschelte ihre Schulter, die verräterisch zuckte. »Du kannst dich auf mich verlassen.«

»Wirklich?« Sie schniefte leise.

Klar, dachte er, und morgen werde ich Kaiser von China.

Es war schon halb elf, als er endlich die Kneipe erreichte. Vorher hatte er Susi nach Hause gefahren und einen unendlich rührseligen Abschied über sich ergehen lassen.

Dass ihr Vater ihn vor dem Haus sah, war nicht zu befürchten, denn der Alte stand jeden Morgen um fünf Uhr auf und schlief spätestens um halb zehn vor der Glotze ein. Irgendwann schleppte er sich dann schlaftrunken ins Bett oder wurde – wie heute vermutlich auch – von seiner heimkehrenden Tochter geweckt. Außerdem gingen sowohl das Wohnzimmer als auch das Schlafzimmer des Alten nach hinten raus.

Kevin holte sich am Tresen ein Pils und setzte sich dann zu seinen Kollegen. Die Kneipe war rappelvoll, und aus den Boxen schallte Ballermann-Musik. Sascha, Hotte und Timmy hatten schon einiges intus, wie er anhand der am Tisch vorherrschenden Fröhlichkeit feststellte.

»Na? Hast du es der Kleinen ordentlich besorgt?«, grölte Sascha und blickte Beifall heischend in die Runde.

Alle stimmten in sein dröhnendes Gelächter ein.

Kevin leerte sein Glas mit einem Zug bis zur Hälfte und knallte es auf den Tisch. »Klar. Obwohl ich diese Frage eigentlich nicht beantworten müsste. Bei mir hat sich noch keine beschwert, wie ihr wisst. Allerdings … die Sache wird allmählich unbequem. Heute kam die Susi mir tatsächlich damit, dass ihre Regel spät dran ist.« Er fing einen undefinierbaren Blick von Tim auf. »Was ist los mit dir, Timmy?«

Der zuckte mit den Schultern. »Ich weiß nicht. Sie ist immerhin die Tochter vom Chef.«

Kevin lachte schallend. »Na und?«, prustete er, nachdem er sich halbwegs wieder beruhigt hatte. »Deswegen ist sie noch lange nichts Besonderes. Damit will sie mich an die

Kette legen, das ist alles. Und das wird sie nicht schaffen, glaubt mir. Keine wird das jemals schaffen.«

»Und darauf trinken wir«, sagte Sascha und hob sein leeres Schnapsglas, um der Kellnerin zu signalisieren, dass am Tisch Nachschub benötigt wurde.

Keine Minute später brachte sie vier Pinnchen mit Wodka. Als Kevin ihr mit der flachen Hand auf den Hintern patschte, grinste sie nur und drohte ihm neckisch mit dem Finger, bevor sie wieder an den Tresen eilte.

»Das ist eine echte Frau!«, rief Kevin. »Die versteht wenigstens Spaß und dreht nicht gleich durch!«

Er hob sein Schnapsglas, und die anderen taten es ihm nach. Dann kippten sie den Wodka auf Ex weg.

Ein Handy auf dem Tisch bewegte sich vibrierend ein paar Zentimeter, und Hotte verdrehte die Augen. Er nahm das Telefon hoch, während seine Kollegen sich gegenseitig kichernd anstießen wie kleine Jungen.

»Ich muss drangehend«, sagte Hotte, und die anderen nickten prustend. »Ja, Liebling? … Ich sitze mit den Jungs in der Kneipe, das hab ich dir doch gesagt. … Wie lange noch? Keine Ahnung. … Hm … Bitte, nicht weinen, Liebling. … Hm … Okay, in einer halben Stunde bin ich zu Hause.«

Er legte das Telefon wieder auf den Tisch, und Kevin machte eine Geste, als würde er mit einer Peitsche knallen.

»Du bist so ein armseliger Lutscher«, sagte Kevin dann. »Es ist eine Schande, wie du mit dir umspringen lässt. Von Krokodilstränen erpressen lassen, also echt. Hast du denn immer noch nicht geschnallt, dass Weiber auf Kommando heulen können?«

Hotte stand auf und steckte das Telefon in die Tasche. Er war sichtlich wütend. »Halt den Rand, Kevin. Das ist meine

Sache, kapiert? Deine Bemerkungen werden nicht lustiger, wenn du sie ständig wiederholst.«

Grinsend hob Kevin beide Hände. »Ist ja schon gut. Und jetzt sieh zu, dass du zur Misses nach Hause kommst, sonst muss sie wieder weinen. Und du vermutlich auf dem Sofa pennen, bis sie dich wieder ins Bettchen lässt.«

Hotte nickte knapp in die Runde und verließ eilig die Kneipe.

»So«, verkündete Kevin und rieb sich die Hände, »endlich unter uns, was, Jungs?« Er beugte sich zu Timmy und fuhr fort: »Das war gerade ein Beispiel dafür, wie du *nicht* werden willst, hab ich recht? So eine armselige Lusche, die nach der Pfeife seiner Frau tanzt.«

Timmy schüttelte den Kopf. »Auf keinen Fall.«

»Das ist mein Timmy. Dann ist das jetzt deine erste Lektion: Lass dich niemals von den Tränen einer Frau erweichen, merk dir das. Die machen das nur, damit du ein schlechtes Gewissen kriegst und ihnen aus der Hand frisst. Also: immer schön stark bleiben.«

Sascha nickte bestätigend, und Timmy grinste. »Das werde ich, versprochen.«

Jovial klopfte Kevin ihm auf die Schulter. »Sehr gut. Wie siehts aus, Jungs – ziehen wir weiter in die Disco? Dort warten noch jede Menge Blümchen, die unbedingt von uns gepflückt werden wollen. Bleib immer schön in meiner Nähe, Timmy, dann kannst du heute Nacht noch einiges von mir lernen.« Er gackerte und fügte hinzu: »Das gilt natürlich nur, solange ich noch nichts am Start habe. Dann wäre ich mit der Dame gerne alleine, wenn du verstehst, was ich meine.«

Er zwinkerte Timmy zu, und die Männer brachen wieder in dröhnendes Gelächter aus.

Kapitel 4

Das ist also Ruby, dachte Stella.

Die schmale Gestalt, die mit hängenden Schultern an der Fensterfront der Orangerie entlangging, trug Springerstiefel, eine an vielen Stellen zerrissene Jeans und einen schwarzen Strickpullover mit Löchern. Der Gurt einer olivgrünen Tasche, die offensichtlich aus dem Bundeswehrshop stammte, lief quer über ihre Brust. Die Hände hatte sie in den Jeanstaschen vergraben.

Stella ging zur Tür, um ihren Gast dort in Empfang zu nehmen.

»Frau Albrecht?«, fragte die junge Frau.

Stella nickte. »Die bin ich. Herzlich willkommen, Frau Rubikon. Bitte treten Sie ein.«

Sie schüttelten sich nicht die Hände. Manche Menschen waren halt keine Händeschüttler, wie Stella aus langjähriger Erfahrung wusste. Stets wartete sie ab, ob ihr Gegenüber die Hand ausstreckte – und wenn nicht, dann eben nicht. Nicht jeder schätzte die Berührung eines fremden Menschen.

»Kann ich Ihnen etwas zu trinken anbieten?«, fragte Stella, nachdem sie an der Sitzgruppe angekommen waren. »Kaffee oder lieber Tee?«

»Wasser reicht«, sagte Andrea Rubikon. »Gerne Leitungswasser. Das trinke ich zu Hause auch.«

Als Stella mit zwei Gläsern Wasser aus der kleinen Küchennische zurückkehrte, stand ihr Gast an der zum Garten liegenden Glaswand und blickte hinaus.

»Wie wunderbar friedlich es hier ist. Ich beneide Sie um diesen Arbeitsplatz.«

»Ich habe großes Glück, ich weiß«, erwiderte Stella und stellte die Getränke auf dem niedrigen Tisch ab.

Andrea Rubikon drehte sich zu ihr um. »Leben Sie in der Villa?«

Stella nickte. »Ja. Zusammen mit meiner Mutter und meiner Großmutter. Allerdings nicht als Wohngemeinschaft. Jede von uns hat eine Etage für sich. Die Villa sieht pompös aus, aber der Grundriss ist nicht besonders groß.«

Ihr Gast kam herüber und setzte sich in einen der beiden Sessel. »Sie wohnen bestimmt unter dem Dach. Damit Sie über sich nur noch den Himmel haben.« Sie trank einen Schluck Wasser und fuhr fort: »Ich weiß eigentlich gar nicht, was ich hier soll. Ich glaube nicht an Astrologie. Ich glaube an beweisbare Fakten. Aber Ben meinte, ich soll mal mit Ihnen reden, weil ich momentan ziemlich fertig bin.«

Und genau das war ihr anzusehen, wie Stella bereits festgestellt hatte. Das fein geschnittene Gesicht unter dem knallblauen Irokesenschnitt war blass und wirkte verhärmt. Da sie kein Make-up aufgetragen hatte, waren die dunklen Augenringe überdeutlich zu sehen. Ihr Leidensdruck war offensichtlich.

»Sie sind Freiberuflerin und arbeiten zu Hause, nicht wahr?«, sagte Stella. »Von Ben weiß ich, dass Sie seit vielen Wochen unter den Sanierungsarbeiten in Ihrem Haus leiden.«

»Haben Sie schon mal versucht, konzentriert an einem *vibrierenden* Schreibtisch zu arbeiten? Wenn das gesamte Haus wackelt, weil mit Bohrhämmern Fliesen von den Wänden einiger Nachbarwohnungen gestemmt werden? Der

Lärm ist unbeschreiblich. Und allgegenwärtig. Und *dabei* musste ich arbeiten. Die Nachbarn mit normalen Jobs haben davon gar nichts mitgekriegt. Die sind morgens aus dem Haus gegangen, bevor die Handwerker anrückten, und abends wiedergekommen, wenn wieder alles ruhig war. Aber ich? Ich hatte die verfluchte Arschkarte.«

»War es keine Option, dass Sie so lange irgendwo anders arbeiten? Es gibt doch diese Bürogemeinschaften, bei denen man sich wochenweise einen Schreibtisch mieten kann.«

Andrea Rubikon zuckte mit den Schultern. »Das hatte Ben auch angeregt und mir sogar einen Kontakt gemacht. Eine Woche lang habe ich es probiert; es hat nicht funktioniert. Ich brauche meine gewohnte Umgebung, sonst kann ich mich nicht konzentrieren. Ich hatte also die Wahl zwischen Kreativblockade und Radau. Um genau zu sein: die Wahl zwischen Pest und Cholera.«

Sie verfiel in Schweigen und starrte aus dem Fenster.

Zeit, zum Thema zu kommen, fand Stella. Sie ließ ihrem Gast noch ein paar Minuten, dann sagte sie leise: »Aber der Lärm ist mittlerweile nicht mehr das Problem, richtig?«

Andrea Rubikon zuckte kaum merklich zusammen. »Da ist dieser Mann. Er … er belästigt mich. Sexuell. Er steht auf dem Gerüst vor meinem Fenster und entblößt sich. Das hat Ben Ihnen bestimmt erzählt, oder?«

»Ja, aber keine Details. Und Sie müssen nicht darüber sprechen, wenn Sie das nicht wollen.« Stella lächelte. »Ich möchte Ihnen jetzt erst einmal etwas über Ihr Horoskop erzählen. Es kann gut sein, dass Sie Ihre aktuelle schwierige Situation im Verlauf unseres Gesprächs aus einem neuen Blickwinkel betrachten. Und wir können dann, wenn Sie es möchten, gemeinsam nach Lösungen suchen, wie Sie mit der Lärmbelästigung und den Belästigungen durch die Bauarbeiter umgehen können.«

»Das würde mir sehr helfen«, murmelte Andrea Rubikon. Sie wirkte etwas nervös.

»Sie sind vom Sonnenzeichen her Wassermann, das heißt, dass die Sonne als einer von zehn Planeten im Tierkreiszeichen Wassermann steht. Ihr Aszendent ist ebenfalls Wassermann. Kurz charakterisiert könnte man sagen, dass Sie eine sehr freiheitsliebende Person sind, die sich ihre eigenen Regeln gibt, eher unangepasst ist und querdenkt. Außerdem findet sich in Ihrem Horoskop eine starke Steinbockbetonung, hier stehen vier Planeten, aber am wichtigsten sind Venus und Mars. Außerdem befindet sich dort im Steinbock Ihr zwölftes Haus, das für Rückzug steht, und zwar den Rückzug von der Hektik der Außenwelt. Im zwölften Haus suchen wir die Stille, um zu regenerieren und Erfahrungen zu verarbeiten. Menschen mit einer starken Betonung dieses Hauses suchen gerne die Einsamkeit und sind eher introvertiert als extrovertiert. Ich kann mir gut vorstellen, dass Sie Ihre Wohnung als persönlichen Schutzraum betrachten, in den Sie sich zurückziehen und wo Sie inneren Frieden finden. Sie arbeiten dort an Ihrem Computer, und wenn Sie es wollen oder Ihnen danach ist, können Sie Ihre Kommunikation mit dem Draußen über elektronische Kanäle abwickeln, ohne Menschen begegnen zu müssen …« Sie bemerkte, dass ihr Gegenüber etwas sagen wollte, und nickte auffordernd.

Andrea Rubikon lächelte verlegen. »Ich habe keine Ahnung, wie ich mir das merken soll.«

»Müssen Sie nicht.« Stella deutete auf ihr Handy, das zwischen ihnen auf dem Tisch lag. »Ich nehme alles auf und schicke Ihnen eine Audiodatei davon. Dann können Sie es sich noch einmal ganz in Ruhe anhören. Soll ich weitermachen?« Andrea Rubikon nickte, und Stella fuhr fort: »Sie haben diesen Ort hier als ›friedlich‹ bezeichnet. Das ist mir gleich aufgefallen, denn die meisten Leute nennen es eine Idylle oder ein Gartenparadies oder bewundern den Teich mit seinen Wasserlilien. Sie aber haben gleich die Atmosphäre dieses Ortes erfasst, das ist eine andere Ebene als die äußere Schönheit. Aus eigener Erfahrung wissen Sie, wie wichtig ein solcher Ort für das innere Gleichgewicht ist; deshalb können Sie woanders als zu Hause nicht arbeiten. Ihre friedliche Oase oder astrologisch gesprochen Ihr zwölftes Haus wird aber derzeit heftig attackiert, denn Planet Pluto ist als Transit in Ihr zwölftes Haus getreten. Dies manifestiert sich in Ihrem Fall über die Bauarbeiten und die Bauarbeiter, die – vereinfacht formuliert – eine massive Störung Ihres Bedürfnisses nach Rückzug bedeuten.«

Andrea Rubikons Brauen wanderten hoch. »Wie bitte? Was für ein Transit? Und wer ist Pluto?«

»Ich hole mal ein bisschen aus«, sagte Stella. »Die Planeten bewegen sich seit Ihrer Geburt mit unterschiedlichen Geschwindigkeiten durch das Horoskop. Dabei berühren sie die Konstellationen in Ihrem Geburtshoroskop und zeigen, wie sich Menschen von Geburt an beständig weiterentwickeln. Das nennen wir Transit, und je nach Planet haben diese Transite unterschiedliche Auswirkungen. Der Mond – der allerdings kein Planet, sondern ein Trabant der Erde ist – saust innerhalb von 28 Tagen einmal um die Erde herum. Die Erde braucht ein Jahr für ihre Laufbahn um die Sonne, Jupiter knapp zwölf Jahre, Saturn bereits 29 Jahre – je weiter weg die Planeten von der Sonne sind, desto länger brauchen sie. Pluto benötigt ganze 248 Jahre für eine Umrundung, und deshalb berührt seine Bahn – gemessen an unserer durchschnittlichen Lebensspanne – nur einige Häuser unseres Horoskops. Aus diesem Grund haben Pluto-Transite durch die Häuser eine besondere Bedeutung. Jedes Haus steht für einen bestimmten Bereich unseres Lebens; den des zwölften Hauses habe ich vorhin angerissen.«

»Und Pluto ist schuld an den Bauarbeiten?«

Lächelnd schüttelte Stella den Kopf. »Ohne den Transit keine Bauarbeiten? Nein, so einfach ist es nun doch nicht. Der Zusammenhang ist kein *ursächlicher.* Aber der Transit von Pluto steht immer für ein Stirb und Werde, etwas Altes will losgelassen werden. Jede Plutozeit im Leben beginnt mit dem Abstieg in die Unterwelt. Zwar winkt am Ende die Erneuerung, aber währenddessen haben wir manchmal das Gefühl, in einem dunklen Tunnel festzustecken. Wir spüren Ohnmacht und Hilflosigkeit; die Mystiker des Mittelalters nannten es ›die dunkle Nacht der Seele‹. Wir begegnen unseren eigenen Dämonen, die wir eigentlich nicht so gerne treffen, denn sie sind ja nicht ohne Grund tief in uns verborgen.«

»Zum Beispiel?«

»Zum Beispiel Wut über diese Hilflosigkeit. Oder Aggressionen, die wir von uns nicht kennen. Gerade so etwas kann uns große Angst machen. Unbequeme, aber ehrliche Fragen tauchen plötzlich auf. Vielleicht fragen wir uns zum Beispiel, wie viel mehr an Macht wir gerne hätten.«

Andrea Rubikon starrte sie entgeistert an, dann sagte sie: »Ich brauch mal frische Luft. Das ist alles ein bisschen viel.«

Ohne Stellas Antwort abzuwarten, stand sie auf und verließ die Orangerie.

Stella ließ sie gewähren und beobachtete sie dabei, wie

sie langsam durch den Garten ging. Ab und zu strich sie mit den Fingern über eine Blüte. Am Teich blieb sie schließlich stehen und starrte ins Wasser. In ihrem Gesicht zeigte sich keine Regung – nichts, was Stella hätte deuten können.

Sie ist es gewohnt, ihre Gefühle nicht zu zeigen, dachte Stella, es muss eine enorme Belastung für sie sein, dass dieser Mann sie derart aus der Fassung bringt.

Ruhig wartete sie darauf, dass die junge Frau sich sammelte und dazu bereit war, noch mehr zu hören. Oder vielleicht auch nicht. Vielleicht würde sie die Beratung ja gleich abbrechen, das war mit anderen Klienten durchaus schon vorgekommen. Manche Menschen hielten es nicht aus, sich in dieser Form mit sich selbst zu beschäftigen. Und dass sie manchmal Dinge vor den Latz geknallt kriegten, die sie sich bisher nicht hatten eingestehen wollen.

Wie diese Frage nach mehr Macht, zum Beispiel. Das hatte eindeutig ins Schwarze getroffen. Klar, dass die junge Frau das erst einmal verdauen musste.

Außerdem, fand Stella, zeugte es von gesundem und funktionierendem Selbstschutz, sich dieser Situation für einen Moment lang zu entziehen und durchzuatmen.

Nach ungefähr zehn Minuten wandte Andrea Rubikon sich vom Teich ab und kam zurück in die Orangerie.

»Bitte entschuldigen Sie«, sagte sie, »aber ...«

Stella hob die Hand. »Kein Grund, sich zu entschuldigen. Das war völlig in Ordnung.«

»Sagen Sie ...«, Andrea Rubikon zögerte kurz und fuhr dann fort: »Können wir uns nicht nach draußen setzen und dort weitermachen?«

»Natürlich. Suchen Sie sich einen Platz aus. Es stehen mehrere hübsche Ecken zur Verfügung.«

Ihr Gast nahm die beiden Wassergläser, und Stella griff nach dem Telefon und den Unterlagen für die Beratung. Zielstrebig steuerte Andrea Rubikon eine Sitzgruppe aus zwei Klappstühlen und einem eisernen Gartentisch an, die nahe am Teich stand.

»Hoffentlich habe ich als Bonus ein wenig Vogelgezwitscher auf der Aufnahme«, sagte sie, »bei mir zu Hause gibt es weder Bäume noch Vögel. Sie wachen bestimmt jeden Morgen mit einem Zwitscherkonzert auf.« Sie seufzte. »Hier ist nicht zufällig eine kleine Wohnung frei? Oder kann ich eine der Garagen an der Auffahrt mieten? Ich benötige nicht viel Platz. Nur für ein Bett und ein Eckchen für den Computer.« Sie winkte lachend ab und fügte hinzu: »Keine Sorge, war nur 'n Witz.«

Das würde ich an deiner Stelle jetzt auch sagen, dachte Stella, aber sie hatte zwischen den Zeilen gelesen.

Andrea Rubikon sehnte sich zwar nicht unbedingt nach einer Ortsveränderung, aber nach Ruhe und Frieden. Die Abgeschiedenheit der Villa und des Gartens mussten ihr wie die Erfüllung ihrer Träume vorkommen.

Andrea Rubikon atmete tief durch. »Okay, ich bin bereit. Sie haben recht: Ich hätte gerne Macht. Und zwar die Macht, diesen schrecklichen Mann aus meinem Leben verschwinden zu lassen.«

»Kein Wunder«, erwiderte Stella. »Vorhin hatte ich Venus und Mars erwähnt. Diese beiden Planeten liegen in Ihrem Horoskop sehr, sehr eng beieinander, man nennt das eine Konjunktion. Archetypisch steht Mars, der Kriegsgott, für den inneren Mann, und Venus, die Göttin der Schönheit und Harmonie, für die innere Frau. Natürlich sind dies Prinzipien, die sich widersprechen. Bei einer Konjunktion ist es oft so, dass eines dieser Prinzipien zugunsten des anderen geopfert wird, und bei Ihnen hat, so vermute ich, Venus gewonnen.«

Andrea Rubikon prustete los. Als sie sich wieder beruhigt hatte, sagte sie: »Weniger weiblich als ich kann eine Frau wohl kaum aussehen!«

»Das sind lediglich Äußerlichkeiten. Wir sprechen von Ihrer *inneren* Frau. Ihrem Bedürfnis nach Harmonie und Frieden. Der Venus werden Charme und die Fähigkeit zur Diplomatie zugeschrieben, und dies kann sich auf ganz unterschiedliche Art äußern. In Ihrem Fall tut sie es eher nüchtern und vielleicht sogar spröde; das ist der Steinbock-Einfluss. Sie sind halt nicht das typische Weibchen, das vielleicht herumzickt und Spielchen spielt. Nein, ich weiß von Ben, dass Sie absolut zuverlässig und verantwortungsbewusst sind. Sie leben zurückgezogen, und bestimmt sind die meisten Ihrer Beziehungen virtuell, aber daran ist natürlich nichts Verwerfliches. Wo keine Menschen sind, ist kein Streit. Sie verabscheuen Streit, dessen bin ich sicher. Kann es sein, dass in Ihrem Elternhaus …«

Andrea Rubikons Miene verdüsterte sich. »Meine Eltern haben permanent gestritten. Sie waren dabei sehr laut und grob zueinander. Es hat keine körperlichen Auseinandersetzungen gegeben, das nicht. Aber für mich war das permanenter Psychoterror. Ich habe lieber überhaupt keine Beziehung als so eine. Das hat mich zu dem gemacht, was ich heute bin. Manchmal komme ich mir fast autistisch vor.«

»Das muss eine riesige Belastung für Sie gewesen sein«, sagte Stella. »Es wundert mich nicht, dass Sie Streit vermeiden möchten, wenn es eben irgendwie geht, aber das heißt auch, dass Sie Ihren Mars nicht leben. Astropsychologisch ist es für uns allerdings ein großes Dilemma, wenn eine innere Person – in diesem Fall der kriegerische, ungestüme Mars – nicht gelebt werden kann. Und damit kommen wir zum Kern der Sache: Dieser ungelebte Planet neigt dazu, sich im Außen zu manifestieren, auch weil wir alles Ungelebte und damit gleichzeitig unsere Schattenseiten auf die Welt projizieren. Dies passiert vor allem dann, wenn eine Konstellation im Horoskop sozusagen *reif* ist, als Problem wahrgenommen zu werden, und bearbeitet werden will. Genau das geschieht unter dem Einfluss von Transiten der äußeren Planeten, und in Ihrem Fall ist es Pluto.«

Stella machte eine Pause, um Andrea Rubikon für den Moment nicht mit noch mehr Informationen zu überfordern.

Diese griff nach dem Wasserglas, trank einen Schluck und stellte es wieder ab. Sie schlang die Arme um ihren Oberkörper, als wäre ihr kalt, und blickte auf den kleinen Teich, über dem zwei große Libellen sich gegenseitig jagten. Das Sonnenlicht zauberte gleißende Reflexe auf die Wasseroberfläche, und die hängenden Äste einer alten Trauerweide bewegten sich leise raschelnd und anmutig im leichten Wind.

»Hier ist es wie in einer anderen Welt«, sagte Andrea Rubikon verträumt, »hier kann ich alles vergessen.« Sie straffte die Schultern und wandte sich Stella zu. »Dieser Maler, das ist Pluto, nicht wahr?«

Stella schüttelte den Kopf. »Nein. In diesem Maler manifestiert sich Ihr ungelebter Mars – unter plutonischen Vorzeichen. Der Mann ist ja beinahe schon eine Mars-Karikatur, aber leider keine besonders lustige. Er quält Sie auf ekelhafte, physische Weise, indem er Ihnen sein Geschlechtsorgan präsentiert. Damit greift er Sie als Frau ganz direkt an, dringt in Ihre Privatsphäre ein und zerstört die Sicherheit Ihres Heims auf eine Weise, wie es der ganze Terror durch die Sanierungsarbeiten nicht vermochte. Das ist wie eine Vergewaltigung. Er weiß, dass Sie nicht fliehen können, und nutzt das auf boshafteste Weise aus, um sich männlich zu fühlen. Das ist unglaublich armselig, aber das hilft Ihnen nicht weiter. Mir ist klar, dass Sie schon viel zu zermürbt sind, um sich zu wehren. Ich wünschte Ihnen, Sie könnten ihn auslachen oder schlicht ignorieren, aber mittlerweile fehlt Ihnen die Kraft dazu. Verständlicherweise. Erst wochenlanger infernalischer Lärm, der allein schon krank macht, und dann noch dieser Kerl.«

»Ich weiß nicht, wie lange ich das noch aushalte, ohne auszuflippen«, sagte Andrea Rubikon. »Wie kann ein Mensch so grausam sein? Wissen Sie, beim ersten Mal habe ich tatsächlich darüber lachen können und ihn sogar verspottet.«

»Was haben Sie zu ihm gesagt?«, fragte Stella.

Über Rubys Gesicht flog ein kurzes Grinsen. »*Und darauf sind Sie stolz?* Das habe ich gesagt.«

»Bravo.«

Ruby zuckte mit den Schultern; es wirkte resigniert. »Aber damit habe ich nur Öl ins Feuer gegossen. Ich wünschte, ich könnte mich damit beruhigen, dass er bedeutungslos ist und über kurz oder lang aus meinem Leben verschwinden wird, aber ich schaffe es nicht. Das Schlimmste ist, dass ich allmählich Gewaltfantasien entwickle. Richtig grausame, und dann ekle ich mich vor mir selbst. Ich hasse ihn dafür, dass er mich dazu bringt.«

»Diese Fantasien zu haben, ist völlig in Ordnung, denn jeder Mensch braucht ein Ventil. Nur umsetzen sollten Sie

sie möglichst nicht, aber das muss ich Ihnen nicht erklären. Gewalt liegt überdies nicht in Ihrer Natur. Besinnen Sie sich unbedingt auf *Ihre* Mars-Anteile: Stärke, Durchhaltevermögen und Ausdauer. Glauben Sie mir bitte, Sie sind *wesentlich* stärker als dieser Mann, der es nötig hat, sich auf diese verachtenswerte Weise seine Selbstbestätigung zu holen. Das zeigt, wie schwach er ist, auch wenn es sich für Sie momentan ganz anders darstellt.«

»So habe ich es bisher nicht gesehen«, murmelte Andrea Rubikon. »Ich wünschte, ich könnte einen Schutzschild um mich herum errichten und unsichtbar sein. Oder einen Abwehrzauber anwenden.«

»Schauen Sie mal.« Stella schlug den Papphefter auf, in dem das Horoskop und einige schriftliche Erklärungen lagen. Außerdem befand sich darin ein großes Venus-Symbol. Es war aus hauchdünnem Holz gesägt und altrosa lackiert; oben gab es eine kleine Schlaufe. »Das ist für Sie. Ich möchte, dass Sie es an Ihrem Fenster aufhängen. Es soll Sie an Ihre Stärke erinnern, an die starke Venus in Ihnen. Benutzen Sie es als den Schutzschild, den Sie sich gerade gewünscht haben.«

Mit den Fingerspitzen strich Andrea Rubikon behutsam über das hölzerne Symbol. Dann sah sie Stella an; in ihren Augen standen Tränen.

»Danke. Das bedeutet mir sehr viel. Ich würde am liebsten noch hierbleiben, aber ich muss los. Vielen Dank für alles.« Sie stand auf.

Stella wusste, dass die junge Frau nicht die Wahrheit gesagt hatte. Sie musste nicht aufbrechen, sie wollte es. Einerseits, weil sie fürchtete, Stellas Gastfreundschaft überzustrapazieren. Und andererseits, weil sie jetzt für sich sein musste, um über das Gehörte nachzudenken.

Stella schloss die Mappe und reichte sie Andrea Rubikon. »Es hat mich sehr gefreut, Sie kennenzulernen. Ich kann gut verstehen, dass Ben Sie sehr mag. In der Mappe sind noch einige Informationen zu Ihrem Horoskop; die Audiodatei schicke ich Ihnen noch heute oder spätestens morgen. Denken Sie in Ruhe über alles nach, und rufen Sie mich bitte an, wenn Sie noch Fragen haben.«

Ein knappes Nicken, dann ging Andrea Rubikon eiligen Schrittes über den Rasen davon.

Kapitel 5

Bens Handy klingelte; Rubys Name stand auf dem Display. Er nahm das Gespräch an und hörte zunächst nur lautes Weinen und unverständliche Worte. Er hielt die Luft an. Was konnte passiert sein, das sie derart außer Fassung gebracht hatte?

»Ruby! Du bist es doch, oder? Beruhige dich bitte! Ruby! Ich kann dich nicht verstehen!«

»Tot!«, schrie Ruby so laut, dass Ben das Telefon rasch vom Ohr wegriss.

Trotzdem hörte er sie weiterschreien. Sie schien sich ständig zu wiederholen, und allmählich verstand er einzelne Worte. ›Abgestürzt‹, zum Beispiel, außerdem ›Maler‹ und ›Gerüst‹. Und immer wieder: ›tot‹.

Ben wurde eiskalt. Dieser Maler, Rubys Peiniger, war vom Gerüst gestürzt? Ein Unfall? Oder …? Er mochte den Gedanken nicht zu Ende denken.

»Ruby«, sagte er beschwörend, »was soll ich tun? Was *kann* ich für dich tun? Soll ich zu dir kommen?«

»Ja, bitte!«, schluchzte sie. »Ich weiß nicht, wen ich sonst anrufen soll! Ich habe Angst!«

Im Hintergrund waren Sirenen zu hören.

»Ich komme«, sagte Ben und legte auf. Dann rief er sofort Stella an.

»Hast du gerade Zeit? Es ist wichtig!«

»Ja. Worum geht es?«

»Ich hatte Ruby gerade am Telefon, sie war vollkommen

hysterisch. Wenn ich sie richtig verstanden habe, ist dieser Maler vom Gerüst gestürzt.«

»Du liebe Güte. Ist er schwer verletzt?«

»Er ist tot, sagt sie. Stella, sie dreht durch. Sie braucht jetzt Beistand. Ich mache mich sofort auf den Weg zu ihr – kommst du bitte auch?«

»Natürlich.«

»Du bist die Beste. Weißt du, wo sie ...«

»Ich habe ihre Adresse. Bis gleich.«

»Zweiter Stock. Bis gleich.«

Obwohl das Haus, in dem Ruby wohnte, in einer eher ruhigen Seitenstraße der Bochumer Innenstadt lag, hatte sich dort bereits eine erstaunliche Menge Gaffer eingefunden. Zwei Krankenwagen und ein Streifenwagen blockierten die Fahrbahn.

Aus vereinzelten Fenstern der umliegenden Mietshäuser hingen Neugierige, die sich vermutlich über ihre Logenplätze freuten. Während mehrere Sanitäter mit dem verunglückten Maler beschäftigt waren, sperrten zwei uniformierte Polizisten das Areal um das Opfer herum mit Flatterband ab. Ein weiterer Sanitäter kümmerte sich an einem der Krankentransporter um eine sichtlich unter Schock stehende Frau, deren Kleidung deutliche Blutspritzer aufwies.

Unter den Schaulustigen stand eine kleine Gruppe von Männern in farbbekleckster Arbeitskleidung; das mussten Kevins Kollegen sein.

Stella hatte vorsorglich in einer Nebenstraße geparkt, umrundete nun rasch die Menschenmenge und schlüpfte durch die offen stehende Haustür ins Gebäude. Niemand hielt sie auf. Bis hierher reichte der lange Arm der ermittelnden Behörden offenbar noch nicht. Tatsächlich hatte sie draußen nur uniformierte Polizei gesehen; also war die Kripo wohl noch nicht da.

Stella stieg die Treppe in den zweiten Stock hinauf. Rechts eine Wohnungstür, links ebenfalls. Die rechte war mit einem Kranz aus getrockneten Blumen und einem offenbar selbst getöpferten Schild mit der schnörkeligen Aufschrift ›Willkommen‹ geschmückt – das sah nicht nach Ruby aus. Also klingelte Stella an der linken Tür, und kaum eine Sekunde später wurde von Ben geöffnet.

»Komm rein«, sagte er und zog sie am Ärmel in die Wohnung. Er sah gehetzt aus. »Ich bin froh, dass du da bist. Ich bin völlig überfordert. Ruby … es geht ihr nicht gut.«

Das überraschte Stella nicht. Kaum vorstellbar, dass Ruby das Ende ihres Peinigers fröhlich feiern würde. Sie folgte Ben in ein abgedunkeltes Schlafzimmer.

Ruby, in einen dicken, übergroßen Bademantel gewickelt, saß auf der Bettkante. Sie hatte die Arme um ihren Oberkörper geschlungen und schaukelte langsam vor und zurück. Leeren Blickes starrte sie an die Wand.

Stella setzte sich neben sie, wovon Ruby keine Notiz nahm.

»Ruby«, sagte Stella leise. »Sieh mich an.«

Sekundenlang passierte nichts, dann drehte die junge Frau unendlich langsam den Kopf. »Oh. Sie sind hier. Warum sind Sie hier?«

»Ben hat mich angerufen. Du sollst jetzt nicht alleine sein.« Sie sah zu Ben, der am Fenster stand. »Würdest du uns einen Tee kochen?«

»Kamille, bitte «, wisperte Ruby. »Ich brauche jetzt einen Kamillentee.«

»Also Kamillentee. Kriegst du das hin, Ben?«

Ben nickte und ging aus dem Raum. Ruby war wieder in ihre Schockstarre zurückgefallen, und Stella war froh, dass sie an Notfalltropfen gedacht hatte. Sie holte das Fläschchen aus ihrer Umhängetasche und schüttelte es kräftig.

»Ruby, sieh mich an«, sagte sie dann. »Ich gebe dir jetzt ein Medikament, das dir helfen wird. Streck bitte die Zunge raus.«

Ruby gehorchte, und Stella träufelte ihr zehn Tropfen auf die Zunge.

»Schön runterschlucken.«

Ruby verzog das Gesicht. »Bitter. Was ist das?«

»Sogenannte Notfalltropfen. Sie werden aus fünf verschiedenen Bachblüten zusammengemischt und helfen bei akuten Schockzuständen. Das ist jetzt viel besser als chemische Beruhigungsmittel. Wollen wir vielleicht mal ein wenig Licht ins Zimmer lassen?«

Beinahe panisch schüttelte Ruby den Kopf. »Nein … da ist … das Gerüst! Der Maler!«

Hatte ihr Gehirn etwa die Ereignisse gelöscht? Befürchtete sie, der Maler könne dort stehen? Oder … Stella verstand. »Ist es hier passiert?«, fragte sie.

Erneut schüttelte Ruby den Kopf und deutete mit zitterndem Finger auf eine halb geöffnete Zimmertür. »Da.« Ihre Augen füllten sich mit Tränen.

In diesem Moment kam Ben herein und stellte einen Becher Tee auf Rubys Nachttisch.

Ruby sah ihn an, als hätte sie ihn die ganze Zeit vorher nicht wahrgenommen. »Ben. Du bist hier.«

»Ja, natürlich bin ich hier«, erwiderte Ben, kniete sich vor Ruby und nahm ihre Hände. »Du hast mich angerufen, erinnerst du dich?«

Stella nutzte den Moment zwischen den beiden, um ins Nebenzimmer zu gehen. Es handelte sich um einen schmalen Raum, in den kaum mehr als ein Schreibtisch und einige Regale passten. Der kleine Schreibtisch stand am Fenster. Der Rechner lief, und rund um den Monitor, auf dem Rubys Radix zu sehen war, klebten gelbe Merkzettel. Ein Fensterflügel – an ihm hing das Venuszeichen, das Stella Ruby geschenkt hatte – stand offen.

Stella blickte auf die Gerüstkonstruktion. Das Sicherungsbrett, also das provisorische Geländer, war zerbrochen. Sie beugte sich vor und sah näher hin. Die Bruchkante sah irgendwie seltsam aus. Sie war nicht zur Gänze gesplittert, wie man bei einem solchen Unfall erwarten würde, wenn das Brett einfach zerbrochen wäre. Nein, die untere Hälfte der Bruchstelle war ganz glatt, wie angesägt.

Du liebe Güte, dachte Stella bestürzt, jemand hat das Sicherungsbrett so geschickt manipuliert, dass es unter dem Gewicht eines erwachsenen Mannes auf jeden Fall nachgeben musste …

Sie lehnte sich über den Schreibtisch – er war höchstens 50 Zentimeter tief – und streckte den Arm aus dem Fenster. Eines war klar: Jemand hätte mühelos von innen dem Maler einen Stoß geben können, damit der gegen das angesägte Brett taumelte. Und in nächster Konsequenz abstürzte.

Sollte Ruby tatsächlich ausgeflippt sein?

Kaum vorstellbar.

Stella traute ihr höchstens eine Affekthandlung zu, aber das angesägte Brett sprach für Vorsatz.

Andererseits – vielleicht war das Brett ja schon kaputt gewesen, als die Malertruppe es montiert hatte? Solange niemand dagegenprallte, musste das nicht zwangsläufig auffallen. Vielleicht hatte es ja schon mehrere Baustellen überstanden, und der Absturz des Malers war nur eine Verkettung unglücklicher Umstände?

Könnte ja sein, dass Ruby den Maler tatsächlich reflexartig geschubst hatte, nachdem er sich mal wieder vor ihr entblößt hatte – ohne dass Ruby auch nur hatte ahnen können, dass ein tödlicher Sturz die Folge sein könnte.

Sie kehrte zurück in Rubys Schlafzimmer. Ben, der noch immer Rubys Hände hielt, erhob sich.

»Sieh dir das drüben mal an. Und mach Fotos vom Gerüst«, raunte Stella ihm zu und machte mit dem Kopf eine Bewegung in Richtung Nebenraum.

Dann setzte sie sich wieder neben Ruby, die nun mit beiden Händen die Teetasse umklammerte und daraus trank.

»Du hast das Venuszeichen am Fenster aufgehängt«, sagte Stella.

Ruby zuckte mit den Schultern. »Ja, aber es hat nichts genutzt. Er hat trotzdem weitergemacht.«

»Nun, bei dem Symbol handelt es sich ja nicht um einen Abwehrzauber oder dergleichen. Es sollte dich daran erinnern, dass du eine starke Frau bist.«

Zum ersten Mal kam etwas Leben in Ruby. »Sehe ich für Sie gerade etwa stark aus?«, blaffte sie Stella an.

»Stark zu sein heißt nicht, dass man niemals schwache Momente haben darf. Wir kennen uns noch nicht lange, aber ich bin hier, um dir beizustehen. Als jemand, dem du bedingungslos vertrauen kannst, sonst hätte Ben mich nicht gebeten, herzukommen.«

»Ben sagt, Sie sind seine allerbeste Freundin«, murmelte Ruby.

»Siehst du? Wir wollen uns duzen, in Ordnung? Sonst

komme ich mir so alt vor. Kannst du mir erzählen, was heute Morgen passiert ist, Ruby?«

Rubys Körper versteifte sich unwillkürlich, und sie holte zittrig Luft. Natürlich wollte sie sich nicht gern an die zurückliegenden Ereignisse erinnern, Stella verstand das nur zu gut.

»Lass dir Zeit. Aber ich bin sicher, es wird dir guttun, das Erlebte mit jemandem zu teilen. Und du musst damit rechnen, dass die Polizei dich dazu befragen wird.«

Ruby fuhr hoch. »Die Polizei? Aber warum? Ich habe gar nichts gesehen!«

»Dann wirst du ihnen genau das erzählen. Du bist eine potenzielle Zeugin, Ruby. Es ist schließlich genau vor deinem Fenster passiert, richtig?«

Mit einem resignierten Seufzen nickte Ruby, dann sagte sie: »Heute Morgen hat er wieder … er hat … es war so unglaublich widerlich.«

Da Ruby verstummte, fragte Stella: »Hat er sich wieder vor dir entblößt?«

Die junge Frau stieß ein freudloses Lachen aus. »Wenn es das nur wäre. Daran habe ich mich ja beinahe schon gewöhnt. Gardine auf, Pimmel gucken, und der Tag beginnt. Nein, diesmal hat er sich vor meinen Augen selbst befriedigt. Da konnte kein Ich-bin-stärker-als-du-Mantra der Welt mehr helfen. Ich bin ausgeflippt.«

Ach du Schande, dachte Stella, sie hat ihn tatsächlich vom Gerüst gestoßen …

»Wie muss ich mir das vorstellen, dass du ausgeflippt bist?«, fragte sie sanft.

»Statt einfach wegzugehen, habe ich das Fenster aufgerissen und ihn wie eine Irre angebrüllt. Ich wünschte, ich hätte es nicht getan, aber ich konnte nicht anders. Bestimmt haben es alle gehört. Und jetzt sieht es so aus, als ob …« Sie zuckte mit den Achseln.

»Was hast du zu ihm gesagt?«

»Gesagt? Ich habe gekreischt wie eine Wahnsinnige. *Ich bringe dich um, du Schwein!*, das habe ich geschrien. Sie müssen … du musst zugeben, das sieht schlecht für mich aus.«

Innerlich gab Stella es zu, sprach es aber nicht aus; das hätte Ruby nur unnötig in zusätzliche Panik versetzt. Stella war froh, dass Ruby sich mittlerweile einigermaßen beruhigt hatte.

»Das darfst du der Polizei gleich nicht verschweigen, hörst du? Denn irgendwer wird es ihnen garantiert erzählen, irgendwer hat es bestimmt gehört. Dass du ihn bedroht hast, bedeutet aber noch lange nicht, dass du etwas mit seinem Sturz zu tun hast.« Nach einer kurzen Pause fügte sie hinzu: »Das hast du doch nicht, oder?«

»Nein. Ich war gar nicht im Zimmer, als es passierte. Ich war im Bad, um mir sein dreckiges Sperma abzuwaschen.«

Zuerst dachte Stella, sie hätte sich verhört. Aber Ben kam gerade zurück ins Schlafzimmer und hatte den letzten Satz mitgekriegt.

»Sein *was*?«, brüllte Ben so laut, dass die beiden Frauen erschrocken zusammenzuckten. »War der Kerl etwa hier in der Wohnung und hat dir Gewalt angetan?«

»Um Himmels willen – nein.« Ruby schauderte sichtlich. »Aber dass ich ihn anbrüllte, muss ihn so angetörnt haben, dass er … nun ja … ihr wisst schon. Er hatte einen Orgasmus. Und sein Zeug flog mir ins Gesicht. Gegen die Stirn. Ich dachte, ich sterbe vor Ekel. Ich bin sofort ins Bad gerast, um es mir abzuwaschen. Beinahe wäre ich noch über den Staubsauger gefallen.«

Stella und Ben wechselten einen bestürzten Blick. Dann fragte Stella vorsichtig: »Ist es noch irgendwo? Ich meine, das ist doch zumindest ein Beweis dafür, dass er dich massiv sexuell belästigt hat.«

Ruby riss entgeistert die Augen auf. »Du fragst, ob ich es *aufbewahrt* habe? Natürlich nicht! Ich konnte überhaupt nicht klar denken! Ich wollte es nur loswerden! Ich habe es mit Klopapier abgewischt und dann in der Toilette runtergespült, was denkt ihr denn? Dann habe ich wie besessen mein Gesicht geschrubbt, immer wieder eingeseift und abgespült. Mindestens drei- oder viermal. Wenn nicht noch öfter. Eigentlich wundere ich mich, dass ich nicht immer noch über der Kloschüssel hänge und mir die Seele aus dem Leib kotze. Gott im Himmel! Aber das würde ich wohl, wenn ich auch nur irgendetwas im Magen gehabt hätte, verdammt.«

Sie sprang auf und lief hin und her.

Dann blieb sie stehen und sah Stella an. »Als ich wieder aus dem Bad kam, war alles schon passiert. Das Gerüst war kaputt, und Leute schrien herum. Unten auf der Straße kreischte eine Frau. Irgendwer muss den Notarzt geholt haben. Ich stand hier am Fenster und habe gar nichts kapiert. Ich habe dann runtergeguckt und hab ihn auf dem Bürgersteig liegen sehen. Alles war voller Blut. Diese kreischende Frau stand neben ihm. Vielleicht ist er ihr direkt vor die Füße gefallen; ich weiß es nicht.« Sie setzte sich wieder auf die Bettkante und stöhnte. »Und plötzlich habe ich mich gefragt, ob ich einen Blackout hatte und ihn runtergeschubst habe. Ich weiß es einfach nicht. Ehrlich.«

»Unsinn«, sagte Stella. »Du hast nichts dergleichen getan. Ganz bestimmt nicht. Aber du solltest dich jetzt vielleicht anziehen. Ich könnte mir vorstellen, dass die Polizei gleich bei dir vor der Tür steht. Du musst dir keine Sorgen machen, das werden sie schon deshalb, weil sie von deiner Wohnung aus besser an die Unfallstelle rankommen.«

»Meine Klamotten liegen im Bad«, murmelte Ruby. Sie stand auf und schlurfte wie ein Zombie aus dem Raum.

Stella blickte ihr nach. »Sie ist vollkommen fertig, Ben. Wir müssen sie unbedingt unterstützen. Alleine packt sie das nicht. Nicht nach dem Stress, den sie seit Monaten hat. Aber vielleicht solltest du jetzt besser gehen. Wenn die Polizei kommt, sieht es vielleicht seltsam aus, dass sie uns zu Hilfe geholt hat. Denn das werden sie herausfinden. Wir können schließlich schlecht behaupten, dass wir zwei bereits hier waren, als die Sache passierte.«

Ben nickte und griff nach seiner Tasche. »Ganz deiner Meinung. Glaubst du, dass Ruby ihn vom Gerüst gestoßen hat?«

»Ich habe keine Ahnung. Könnte schon sein, dass sie einen Blackout hatte und sich jetzt nicht daran erinnert. Aber ich glaube keinesfalls, dass sie vorsätzlich gehandelt hat, also, dass sie das Brett angesägt und auf eine Gelegenheit gewartet hat, ihn umzubringen.«

»Dann«, sagte Ben ernst, »hätte ich mich so in ihr getäuscht, wie ich mich noch nie in einem Menschen getäuscht habe. Und das kann ich mir nicht vorstellen.«

»Siehst du? Die Frage ist, welche Schlüsse die Polizei aus dieser Situation ziehen wird. Sie hat ihn bedroht, es passierte vor ihrem Fenster … Es könnte wirklich unangenehm für sie werden.«

»Herrje. Ich gehe runter und checke die Lage. Mittlerweile müsste die Kripo eingetroffen sein. Als Journalist kann ich ein paar Fragen stellen. Mal sehen, was ich rausfinde.«

Kapitel 6

Mühsam bahnte Kommissar Arno Tillikowski sich den Weg durch die Schaulustigen, die nur widerwillig oder sogar lautstark protestierend Platz für ihn machten.

»He, wat glaubst du, wer du bis, du blöden Heiopei?«, blökte ihm einer der Gaffer aus nächster Nähe ins Gesicht.

»*Hauptkommissar* Heiopei, wenn ich höflichst bitten darf!«, schnauzte Arno zurück. »Und jetzt sieh zu, dass du Land gewinnst, sonst lasse ich dich wegen Behinderung der Polizei einbuchten! Das geht ganz schnell! Haben wir beide uns verstanden?«

»Is ja schon gut«, brummte der Mann und verzog sich eilig aus Arnos Blickfeld.

Gott, wie er diese sensationslüsternen, glotzenden Kretins verabscheute. Standen wie verdammte Straßensperren im Weg herum und filmten alles mit ihren blöden Handys, um das Filmchen dann umgehend auf ihren unbeachteten Accounts bei irgendwelchen sozialen Netzwerken zu veröffentlichen. Und der Höhepunkt ihres Loser-Lebens war dann, wenn sie der Erste waren. Armselig.

Arno ging zum Krankenwagen, in den gerade eine Trage mit einem vielfach verkabelten Körper geladen wurde. »Was haben wir?«, fragte er den Notarzt, der neben dem Wagen stand und ein Formular ausfüllte.

»Er ist so gut wie tot«, erwiderte der Notarzt leise, dem eine qualmende Kippe zwischen den Lippen steckte. »Der Mann ist von da oben abgestürzt.«

Er deutete am eingerüsteten Haus hoch, und Arno sah sofort die beiden Bruchstücke des geborstenen Brettes, die beinahe im rechten Winkel zum Gerüst herausstanden. »Alter Schwede. Aber ich bin hier, weil es einen Toten geben soll, das war meine Information.«

»Zuerst dachten wir auch, wir hätten es mit einem Exitus zu tun, aber dann stellten wir schwache Lebenszeichen fest. Eigentlich ein Wunder. Seine Knochenbrüche sind nicht das Problem, aber sein Schädel ist praktisch Matsch.«

»Überlebenschancen?«

»Ich werde mich hüten, eine verbindliche Prognose abzugeben. Keinen Schimmer.«

»Na ja, wo ich schon mal hier bin – dann kann ich mir auch das Gerüst angucken, damit ich nicht vollkommen umsonst angerückt bin. Was meinen Sie: Arbeitsunfall?«

Der Arzt zuckte mit den Schultern. »Bin ich Wahrsager? Das müssen Sie wohl rausfinden, Meister. Mein Einsatz hier ist erledigt. Falls Sie nicht noch irgendetwas von mir wissen wollen.«

»Nee, muss nicht sein. Vielen Dank einstweilen.«

Der Notarzt nickte. Er nahm die Zigarette aus dem Mund und trat den Stummel auf der Straße aus, was Arno unangenehm berührte. Er hasste es, wenn die Leute ihre Kippen überallhin warfen. Aber vermutlich musste man als rauchender Notarzt jede Gelegenheit nutzen, um sich eine Zigarette anzuzünden. Und nicht überall standen Aschenbecher herum.

Er wandte sich an einen der uniformierten Kollegen, der ganz in der Nähe stand. »Tach. Gibt es Zeugen?«

»Ja und nein«, antwortete der Polizist. »Im Krankenwagen wartet eine Frau. Der Ärmsten ist der Typ direkt vor die

Füße geknallt. Im Haus haben wir allerdings bisher noch nicht rumgefragt.«

»Wissen wir, vor wessen Wohnung er abgestürzt ist? Ich möchte mir das mal genauer ansehen, ohne dass ich dazu auf dem Gerüst herumklettern muss. Falls da jemand anzutreffen ist.«

»Doch, die Bewohnerin ist zu Hause. Das sagen jedenfalls die Kollegen des Opfers. Rubikon, zweiter Stock.«

»Rubikon? Wie der Fluss, den Julius Cäsar damals mit seinen Truppen überquert hat, um dem römischen Senat den Krieg zu erklären?« Auf den verständnislosen Blick des Kollegen hin fügte er eilig hinzu: »Wie auch immer. Gleich kommt die Spurensicherung.«

»Für einen Arbeitsunfall?«

»Das Gerüst muss da oben ja ohnehin untersucht werden. Versucht, die Meute hier in Schach zu halten. Oder noch besser: zu verscheuchen.«

»Pfff«, machte der Polizist. »Dafür müsstest du mir schon einen Wasserwerfer besorgen, Arno. Freiwillig hauen die Spanner hier nicht ab, weißte doch.«

»Ja«, murmelte Arno resigniert, während er zum zweiten Krankenwagen ging. »Das weiß ich. Leider.«

Ein Wasserwerfer wäre tatsächlich gar keine so schlechte Idee. Einfach den dicken Strahl in die gaffende Menge halten und alle ratzfatz um die nächste Straßenecke spülen.

Die Frau im Krankenwagen war kreidebleich und starrte ihm aus grauenerfüllten Augen entgegen.

»Das ist Frau Schütte«, sagte der Sanitäter leise zu Arno. »Sie steht unter Schock. Ich habe ihr etwas zur Beruhigung gegeben. Sie hat riesiges Glück gehabt, dass der Mann nicht *auf* ihr gelandet ist.«

Arno ging vor ihr in die Hocke. »Frau Schütte, ich bin Kommissar Tillikowski. Es tut mir leid, aber ich muss Ihnen ein paar Fragen stellen. Ist das in Ordnung?«

Ihre Antwort bestand aus einem unendlich langsamen Nicken.

Oh Mann, dachte Arno, die ist ja völlig weggetreten. »Können Sie mir sagen, was passiert ist?«

»Ich bin die Straße lang«, sagte sie mit leiser, schleppender Stimme, »und plötzlich: *klatsch.* Genauso hat es sich angehört. Klatsch. Und sein Kopf platzte irgendwie auf. Und das ganze Blut überall.«

Sie begann, hektisch an den Blutspritzern auf ihrer Jeans herumzureiben. Ihre Wildlederschuhe waren vollkommen versaut. Nur an einigen wenigen Stellen war noch zu erkennen, dass sie mal rehbraun gewesen waren.

»Sie sind gleich erlöst«, sagte Arno und wusste, dass die arme Frau für sehr lange Zeit keineswegs erlöst sein würde, denn wie sollte sie dieses grauenvolle Bild jemals wieder aus dem Kopf kriegen? »Frau Schütte, haben Sie irgendetwas gehört, bevor der Mann hier unten aufgeprallt ist?«

Sie dachte angestrengt nach. »Eine Frau schrie etwas. Da war ich noch ein Stück weit entfernt. Sie klang sehr wütend. Es kam irgendwie von oben. Etwas wie: *Ich bring dich um* oder so. Ich hätte bestimmt hochgesehen, aber irgendwas hat mich abgelenkt. Kurze Zeit später hörte ich ein lautes Krachen, da war ich schon hier am Haus. Und dann ...« Sie rang um Luft, und der Sanitäter reichte ihr rasch etwas zu trinken.

»Der Mann, der abgestürzt ist ... er hat doch bestimmt geschrien, oder?«

Sie sah ihn verblüfft an, dann schüttelte sie den Kopf.

»Nein, von ihm hab ich keinen Mucks gehört. Er ist einfach … und dann lag er plötzlich … Bitte … ich kann nicht … muss das wirklich jetzt sein?« Sie würgte.

»Nein, ich lasse Sie jetzt in Ruhe. Vielen Dank einstweilen.« Arno stand auf. »Ist irgendwer informiert worden, der sie hier abholt?«, fragte er den Sanitäter leise.

Der nickte. »Ist alles organisiert.«

»Okay. Die Kollegen sollen ihre Kontaktdaten aufschreiben, bevor sie weg ist.« Er beugte sich noch einmal zu der Frau hinunter. »Vielen Dank, Frau Schütte. Ich lasse Sie jetzt in Ruhe. Gleich wird jemand kommen, der Ihre Adresse notiert. Wenn es Ihnen besser geht, müssen wir Ihre Aussage noch einmal schriftlich aufnehmen. Das ist eine Formsache, damit die Akte vollständig ist.«

Die Frau wackelte kraftlos mit der Hand, als wollte sie eine Fliege verscheuchen. Arno verstand den Wink und machte sich auf den Weg ins Haus. Plötzlich stand Ben Glaeser vor ihm.

»Ben, was machst du denn hier?«

Die beiden waren gute Kumpel, die regelmäßig zusammen Fußball spielten.

»Arno, du weißt doch: Wenn irgendwo etwas los ist, darf der Starjournalist vom Ruhrgebiets-Anzeiger nicht fehlen.« Ben grinste breit. »Nein, tatsächlich bin ich ganz zufällig vorbeigekommen. Und da sah ich diesen Menschenauflauf. Klar, dass mich das neugierig gemacht hat. Gibt es schon etwas, das du mir sagen kannst?«

Arno schüttelte den Kopf. »Ich bin gerade erst gekommen. Ein Mann ist vom Gerüst gefallen, mehr weiß ich auch noch nicht. Und vielleicht wird es auch nie mehr zu wissen geben, weil es sich wahrscheinlich als normaler Arbeitsunfall herausstellen wird. Aber ich muss weiter. Ruf morgen bei der Pressestelle an, okay? Man sieht sich.«

Seltsam, dass Ben vor Ort ist, grübelte Arno, als er in den zweiten Stock hinaufstieg, ob er wohl den Polizeifunk abhört? Aber vielleicht ist er auch wirklich nur zufällig vorbeigekommen.

Von den zwei Türen im zweiten Stock war eine kitschig dekoriert und die andere vollkommen schmucklos. Nicht nur das: Sie hatte auch kein Namensschild.

»Also per Ausschlussverfahren«, murmelte Arno und studierte das Klingelschild der dekorierten Tür. Zwei Namen, keiner davon lautete Rubikon.

Arno drehte sich um und klingelte an der anderen Tür. Als geöffnet wurde, sagte er: »Frau Rubik…«, dann verstummte er verblüfft.

Vor ihm stand Stella Albrecht, die Astrologin, die ihm vor einigen Monaten … nun, was eigentlich? Geholfen hatte? Mit ihm zusammengearbeitet hatte? Er wusste nach wie vor nicht, wie er ihr merkwürdiges Zusammentreffen im Fall der verstorbenen Cäcilie von Breidenbach nennen sollte. Sie war die beste Freundin von Ben Glaeser, und eigentlich hatte er sie immer anrufen wollen, denn bei ihrer letzten Begegnung hatte etwas in der Luft gelegen … aber dann hatte er es irgendwie vergessen. Oder sich nicht getraut. Wie auch immer – was machte sie hier?

Stella war nicht weniger verdutzt, das sah er ihr an.

»Arno … das ist ja eine Überraschung. Sie wollen zu Ruby, äh, Frau Rubikon, nicht wahr? Kommen Sie herein. Ich leiste ihr ein wenig Beistand. Wir haben Sie bereits erwartet. Na ja, nicht Sie persönlich, aber jemanden von der Polizei.«

Arno, noch immer sprachlos vor Überraschung, folgte

ihr in eine karg eingerichtete Küche. Am winzigen Esstisch saß eine zierliche Person, die Arno zuerst für einen jungen Mann hielt, denn zerfetzte Jeans, Shirt mit dem Logo einer Punkband und vor allem der stahlblaue Irokese mit beinahe kahl rasierten Seiten ließen auf den ersten, flüchtigen Blick kein weibliches Wesen vermuten.

»Arno, das ist Andrea Rubikon. Sie wohnt hier. Ruby, ich möchte dir Kommissar Arno Tillikowski vorstellen, den ich zufällig kenne. Er ist wirklich nett.«

Na, vielen Dank auch, dachte Arno. Was soll ich denn sonst sein? Ein menschenfressender Grobian? Oder der natürliche Feind eines jeden Punks? Oder jeder Punker*in*?

»Guten Tag, Frau Rubikon«, sagte er. »Ich komme zu Ihnen, weil der Unfall direkt vor Ihrem Fenster passiert ist, wie man mir gesagt hat. Ich würde mir das Gerüst gerne mal ansehen, wenn Sie erlauben. Und Ihnen danach noch ein paar Fragen stellen.«

»In Ordnung«, murmelte Ruby, die ihn nur kurz angesehen und den Blick sofort wieder abgewandt hatte. Vor ihr standen ein Becher Kaffee und ein Teller mit Käsebroten, von denen sie allerdings bisher keines angerührt hatte.

»Ich übernehme das«, sagte Stella resolut und nickte dem Kommissar zu, ihr zu folgen.

Hinter ihr her ging es durch ein verdunkeltes Schlafzimmer in einen kleinen Raum, der offenbar als Büro oder Arbeitszimmer genutzt wurde. Am zur Hälfte geöffneten Fenster stand ein schmaler Schreibtisch. Auf einem Monitor war ein Horoskop zu sehen.

Noch eine von der Sorte? »Ist Frau Rubikon eine Kollegin von Ihnen?«, fragte Arno.

Zuerst schien sie nicht zu verstehen, dann deutete sie auf

den Monitor. »Ach, deswegen? Nein. Das ist das Horoskop, das ich letztens von ihr gemacht habe. Ruby … Frau Rubikon ist freiberufliche Computerspezialistin. Baut Websites, installiert Rechner und so. Sie arbeitet hier zu Hause.«

»Und Sie beide sind befreundet?«

»Über Ben, um genau zu sein. Er kennt sie gut, und sie war als Klientin bei mir. Wir verstehen uns super, also haben wir uns gleich angefreundet. Und als das Drama hier heute passiert ist, hat sie mich angerufen, denn sie war völlig fertig.«

Arno musterte sie misstrauisch. Da war doch irgendwas faul, das spürte er. Erst Ben unten vor der Tür … Moment mal. Er wollte einen Besen fressen, wenn Ben nicht auch hier oben gewesen war, bevor sie sich unten auf der Straße *zufällig* begegnet waren. Zufällig – klar. Und der Papst war glücklich verheiratet.

Arno öffnete den zweiten Fensterflügel, der prompt gegen den Monitor stieß. »Mist. Können Sie mir kurz helfen?«

Gemeinsam schoben Stella und er den Schreibtisch ein Stück nach rechts, sodass man ungehindert ans Fenster konnte. Arno beugte sich hinaus und spähte nach rechts und links, dann nahm er das geborstene Brett ins Visier.

In seinem Rücken fragte Stella: »Und? Fällt Ihnen etwa nichts auf?«

Arno drehte sich zu ihr um. »Zum Beispiel?«

»Zum Beispiel die Bruchkante des Brettes. Finden Sie nicht, dass die irgendwie komisch aussieht?«

Er hob die Brauen, dann lehnte er sich wieder hinaus; sehr weit diesmal. Tatsächlich, sie hatte recht. Die untere Hälfte der Bruchstelle hatte verdächtig glatte Ränder. Da hatte jemand Hand angelegt. Das musste sich die Spurensicherung gleich näher ansehen.

Arno lehnte sich mit dem Hintern an die Fensterbank und fragte leise: »Wie viel hat Frau Rubikon von der Sache mitgekriegt?«

Stella zuckte mit den Schultern. »Sie hat ihn vorher auf dem Gerüst gesehen …«

Sie stockte plötzlich und schien zu überlegen.

»Sie war dann im Bad«, fuhr Stella zögernd fort, »und als sie zurückkam, war schon alles vorbei. Soweit ich weiß. Am besten, Sie fragen Sie selbst.«

Arno suchte Stellas Blick, aber sie wich ihm aus, was sofort wieder sein Misstrauen weckte. »Sie waren nicht zufällig auch hier, als es passierte?«

»Wie bitte? Nein! Wie kommen Sie darauf?«

Sie hielt irgendwas zurück, das spürte er deutlich. Über irgendetwas, das dieses Punkmädchen oder die Vorkommnisse betraf, wollte sie nicht reden. Nun gut, dann eben nicht.

»Okay. Dann werde ich jetzt Frau Rubikon befragen.«

»Darf ich dabei sein?«, fragte Stella. »Ruby ist ziemlich durcheinander.«

Arno nickte knapp, dann gingen sie zurück in die Küche. Ruby starrte noch immer auf die Käsebrote, aber immerhin reagierte sie auf ihr Eintreten, indem sie hochblickte.

Arno und Stella setzten sich zu ihr an den Tisch, und Stella sagte: »Der Kommissar wird dir jetzt einige Fragen stellen, Ruby.«

Vielen Dank für die Einleitung, dachte Arno gallig, aber er ließ es unkommentiert. Stattdessen kramte er seine beruhigendste Stimme hervor. »Frau Rubikon, wollen Sie mir bitte erzählen, was vorhin passiert ist? Haben Sie gesehen, wie der Mann vom Gerüst gestürzt ist?«

Die junge Frau schüttelte den Kopf. »Ich habe nichts gesehen. Ich war im Bad, um … ich war im Bad. Als ich zurückkam, sah ich das zerbrochene Brett.«

»Und vorher? Bevor Sie ins Bad gingen? Haben Sie den Mann auf dem Gerüst gesehen? Vor Ihrem Fenster?«

Sie krümmte sich zusammen. »Ja, habe ich. Er … ich habe ihn jeden Morgen vor dem Fenster gesehen. Fast jeden Morgen. Als ich aus dem Bad kam, hörte ich Leute schreien. Er war weg, und das Brett war kaputt.«

Irgendwas war hier höchst merkwürdig, fand Arno. Er blickte hinüber zu Stella, aber sie sah ihn nur ausdruckslos an. In ihrem Gesicht war rein gar nichts zu lesen.

»Da fällt mir etwas ein. Vielleicht können Sie mir helfen, Frau Rubikon: Eine Passantin hat mir berichtet, sie habe eine Frau etwas schreien hören, und zwar kurz bevor der Mann abstürzte. Eine Drohung. Sie haben das nicht zufällig auch gehört?«

Die junge Frau ihm gegenüber schnappte nach Luft und griff nach Stellas Hand. Dann flüsterte sie: »Das war ich.«

Damit hatte Arno nicht gerechnet.

Als er diese Neuigkeit verdaut hatte, fragte er: »Wem galt diese Drohung? Die Zeugin sagt, sie habe jemanden – also Sie – schreien hören: *Ich bring dich um!* Stimmt das?«

»Ja, das stimmt. Ich habe … das galt diesem Maler. Er … der Mann hat …« Sie schlug die Hände vors Gesicht und brach in Tränen aus.

»Der Mann hat sie massiv sexuell belästigt«, sagte Stella. »Immer wieder. Er hat sich vor ihr entblößt. Und als Ruby sich über ihn beschwert hat, wurde behauptet, sie wolle sich mit diesen Anschuldigungen nur dafür rächen, dass er auf ihre Avancen nicht eingegangen sei.«

Arno war sprachlos. Erst hatte er noch gedacht, er hätte

es mit einem tragischen Arbeitsunfall zu tun, dann kam dieses manipulierte Brett ins Spiel – und jetzt tauchte auch noch diese Geschichte auf. Und die … nun ja, es war eine klassische Morddrohung.

Bei *Ich bring dich um!* gab es eher wenig Interpretationsspielraum. Aber sollte diese verzweifelte junge Frau dem Maler wirklich nach dem Leben getrachtet haben?

Mithilfe eines angesägten Bretts?

»Frau Rubikon, warum haben Sie den Mann bedroht? Oder anders: warum gerade in diesem Moment? War etwas Besonderes vorgefallen?«

Sie hob ihre Hand und rieb sich hektisch über die Stirn. Plötzlich sprang sie auf und stürzte aus der Küche. Arno wollte schon die Verfolgung aufnehmen – immerhin flüchtete sie –, aber Stella hielt ihn zurück. »Nicht. Sie haut nicht ab. Sie ist im Bad. Hören Sie.«

Tatsächlich: Es waren leise, aber eindeutige Geräusche zu hören. Sie übergab sich.

»Ich will Ihnen erklären, was heute so Besonderes passiert ist«, sagte Stella. »Das ekelhafte Schwein hat die nächste Stufe gezündet. Es reichte ihm nicht mehr, ihr nur seinen Penis zu zeigen und sich über die Abscheu zu freuen, die er damit hervorrief. Nein, diesmal hat er sich einen runtergeholt. Und … wie drücke ich es vornehm aus? Er hat ejakuliert, Arno. In ihr Gesicht. *Nachdem* sie ihn angeschrien hat.«

Arno konnte sie nur anglotzen.

»Als er da vor ihrem Fenster an sich rumgespielt hat, hat Ruby einfach die Fassung verloren. Sie hat das Fenster aufgerissen und ihn angeschrien. Und das hat ihn offenbar derart angetörnt, dass er … nun ja. Ich möchte es nicht unbedingt wiederholen.«

»Und ich möchte es nicht unbedingt noch einmal hören«, murmelte Arno. Das also war es gewesen, das Stella vorhin im anderen Zimmer vor ihm zurückgehalten hatte. »Denken Sie, dass sie ihn in ihrer Wut …«

Stella schüttelte den Kopf. »Das kann ich mir nicht vorstellen. Sie sagt, sie ist daraufhin ins Bad gerannt, um sich zu säubern. Sehr verständlich, wie ich finde. Und als sie aus dem Bad kam, war er bereits abgestürzt. Ich glaube ihr.«

»Natürlich tun Sie das. Aber wäre es nicht nachvollziehbar, dass sie ihn geschubst hat?«

»Im Affekt? Ja, vielleicht. Und ich kann mir auch vorstellen, dass sie derart unter Schock stand und noch immer steht, dass sie sich nicht mehr daran erinnert. Aber das erklärt nicht das angesägte Brett. Denn das spricht für Vorsatz.«

Da hat sie nun auch wieder recht, dachte Arno. Vertrackte Geschichte, das.

Er hatte keinen Schimmer, was er von der ganzen Sache halten sollte. Und dann auch noch dieses unerwartete Zusammentreffen mit Stella Albrecht. Beinahe hatte er vergessen, wie attraktiv er sie bei ihrer ersten Begegnung gefunden hatte. Einige Monate war das jetzt her.

Er musste zugeben, dass er manchmal an sie gedacht hatte, und wie es wohl wäre, wenn sie keine Astrologin wäre. Dann hätte er keine Sekunde lang gezögert, sich um sie zu bemühen, und hätte sie um eine Verabredung gebeten. Einerseits war sie so sympathisch und bodenständig, aber andererseits war da ihr »Beruf« als Astrologin … Er konnte sich nicht helfen: Selbst in seinen Gedanken stand diese Bezeichnung für ihre Profession in Anführungszeichen. Und das sagte doch wohl alles.

Daran zu glauben, dass irgendwelche Steinbrocken oder

Gasriesen oder was auch immer tatsächlich Einfluss auf das Leben von Menschen haben sollten … Arno schüttelte innerlich den Kopf. Er hatte immer gedacht, dass nur Bekloppte an diesen Mumpitz glaubten, aber dann hatte er Stella kennengelernt.

Verdammt, warum war sie nicht Lehrerin wie ihre Mutter? Oder von ihm aus auch Fleischereifachverkäuferin?

Alles wäre besser als Astrologin.

Kapitel 7

Stella sah Arno an, dass er hin und her gerissen war. Bestimmt hatte er nicht mit einem so komplizierten Fall gerechnet. Und sie musste zugeben, dass es hervorragend passen würde, wenn Ruby sich als Täterin herausstellte.

»Wie geht es jetzt weiter?«, fragte sie den Kommissar, der sie gedankenverloren anstarrte.

Er zuckte zusammen, als hätte sie ihn geweckt. »Weitergehen? Wie meinen Sie … ach, Sie sprechen von diesem Fall?«

Wovon soll ich denn sonst sprechen? dachte Stella verdutzt. Offenbar war der Kommissar mit seinen Gedanken sonst wohin abgeschweift. »Ja. Was machen Sie jetzt mit den neuen Informationen? Was bedeutet das für Ruby?«

»Keine Ahnung. Ich muss alles erst einmal sortieren. Und vor allem weitere Zeugen befragen. Dann müssen wir abwarten, was das Krankenhaus sagt. Es wird sich erst raustellen, ob ich es hier mit Mord oder nur versuchtem Mord zu tun habe. Noch lebt er ja. Zumindest tat er es, als sie ihn in den Krankenwagen geladen haben.«

»Er ist gar nicht tot?«, fragte Stella – damit hatte sie nicht gerechnet.

»Bis jetzt jedenfalls nicht. Aber der Notarzt hat mir nicht viel Hoffnung gemacht. Wie auch immer: Es handelt sich ja offensichtlich nicht um einen Unfall, denn das angesägte Brett spricht für Vorsatz. Ich sammle Informationen, Indizien und Beweise, die ich dann der Staatsanwaltschaft übergebe. Die entscheidet dann, was weiter passiert.«

»Wie Sie mir schon mal in epischer Breite erklärt haben«, erwiderte Stella. »Ich erinnere mich dunkel.«

Es klingelte Sturm. »Das werden die Kollegen sein«, sagte Tillikowski und ging aus der Küche.

Stella hörte Stimmen, dann ging der Kommissar in Begleitung von zwei Personen – einem Mann und einer Frau – an der Küchentür vorbei. Im Vorbeigehen grüßten die Neuankömmlinge knapp. Sie hatten kleine Koffer dabei, und Stella wusste, was sich in ihnen befand: das Zeug, das die Spurensicherung benötigte, sowie eine Kameraausrüstung.

Eine sehr blasse Ruby erschien in der Küche. »Mir ist kotzübel«, sagte sie.

»Kein Wunder. Wäre es mir auch. Übrigens, Ruby, der Mann ist nicht tot. Er ist wohl sehr schwer verletzt, aber er lebt noch.«

»Was? Wie kann der noch am Leben sein?« Sie wirkte verwirrt und schüttelte den Kopf. »Wer ist denn da gerade gekommen? Ich habe die Klingel gehört. Und Stimmen.«

»Das ist die Spurensicherung«, erwiderte Stella. »Die werden jetzt alles haarklein untersuchen.«

Ruby riss die Augen auf. »In meiner Wohnung? Warum? Dürfen die das?«

»Es geht weniger um deine Wohnung als vielmehr um die Tatsache, dass die Stelle, wo der Mann abgestürzt ist, direkt vor deinem Fenster liegt. Und ehe die jetzt damit anfangen, auf einer Feuerwehrleiter oder so herumzukaspern … Von hier aus haben sie einfach den besten Zugang. Das zerbrochene Brett ist zum Beispiel ein Beweismittel; das werden die garantiert mitnehmen und genauer untersuchen.«

»Die hätten mich wenigstens fragen können.«

Ja, da hatte sie wohl recht. Allerdings …

»Tatsache ist: Ich hätte dir ohnehin dringend davon abgeraten, es ihnen zu verweigern. In Anbetracht der Umstände würde es gar nicht gut aussehen, den Zutritt zu deiner Wohnung zu verweigern. Die Bullen könnten denken, du hast was zu verbergen. Das macht einen erfahrenen Ermittler wie Tillikowski automatisch misstrauisch.«

»Was macht mich misstrauisch?«, fragte Arno, der in diesem Moment die Küche betrat.

»Wenn Sie das Gefühl haben, dass man etwas vor Ihnen verbirgt«, sagte Stella.

»Sie verbergen etwas vor mir?«, gab er zurück.

»Quatsch. Was könnte ich schon vor Ihnen verbergen wollen? Ich bin nur hier, weil Frau Rubikon mich angerufen hat, schon vergessen?«

»Wer's glaubt«, murmelte der Kommissar und verließ die Küche wieder.

Nach einem Moment der Stille fragte Ruby: »Was war das denn? Was läuft denn da zwischen euch beiden?«

Stella lachte – und ahnte, dass es irgendwie falsch klang. »Wie … zwischen dem Kommissar und mir? Was soll denn da laufen? Gar nichts läuft da. Wie kommst du darauf?« Stella, aufpassen, du plapperst, dachte Stella.

Und plötzlich – sie konnte es kaum glauben – lächelte Ruby. Diese stets ernste und momentan so gequälte Person sah auf einmal weich und weiblich aus … da kam tatsächlich Rubys innere Venus zum Vorschein.

»Du hast gesagt, dass du ihn kennst. Und dass er sehr nett ist. Oder etwa nicht?«

»Das habe ich nur gesagt, um dich zu beruhigen«, sagte Stella.

»Du kennst ihn also nicht?«

Innerlich rollte Stella mit den Augen. Sie hatte keinerlei Lust, sich über diesen Arno zu unterhalten. Anderseits war sie dankbar, dass dieses unbequeme Thema Ruby ablenkte. »Doch, ich kenne ihn. Aber wirklich nur flüchtig. Er ist ein Kumpel von Ben.«

Ruby runzelte die Stirn. »Nein, da war noch etwas anderes. Ben hat es mir erzählt. Du hast in irgendeinem Todesfall mit der Polizei zusammengearbeitet ... Ben hat keinen Namen genannt, aber es war dieser Kommissar hier, richtig?«

»Ja, das stimmt.«

Diese drei dürren Worte beschrieben nicht einmal im Ansatz die Ereignisse vor ein paar Monaten: wie sie sich mühsam zusammengerauft hatten, dass er ihr das Leben gerettet hatte und dass es, nachdem alles überstanden war, diesen einen kurzen Moment zwischen Arno und ihr gegeben hatte ...

»Um ehrlich zu sein: Wir haben uns nicht besonders gut verstanden«, sagte Stella. »Er hält die Astrologie für hanebüchenen Mumpitz. Und das ist genau das, was zwischen uns läuft: Er hält mich für eine total spinnerte Esoterik-Tussi, und ich halte ihn für einen blöden Schnösel. Meistens jedenfalls.«

»Pff. Das ist nur die Oberfläche. Ihr mögt euch. Das merke ich. Guck doch mal in eure Sterne. Aber das hast du bestimmt längst getan.«

Nein, das hatte Stella ganz bewusst nicht gemacht. Mehrmals war sie kurz davor gewesen, ein Horoskop ihrer ersten Begegnung zu erstellen. Allerdings war dieses Zusammentreffen derart desaströs abgelaufen ... selbst heute noch, mehrere Monate später, wurde ihr beim bloßen Gedanken daran übel.

»Dafür gibt es keinen Grund«, antwortete sie. »Uns verbindet rein gar nichts.«

Ruby glaubte ihr kein einziges Wort, das war unübersehbar. Allerdings gab es momentan deutlich wichtigere Themen als das nicht vorhandene *Da-ist-doch-was* zwischen Kommissar Arno und ihr.

»Der Kommissar wird dich ins Präsidium bitten, darauf solltest du dich seelisch einstellen«, sagte Stella, und sofort verdüsterte sich Rubys Miene wieder. »Keine Angst, das ist immer so. Deine Aussage muss offiziell protokolliert werden.«

»Ein Verhör?«, fragte Ruby ängstlich.

»Nein. Das ist nur eine Befragung; ein vollkommen normaler Vorgang. Deine Nachbarn werden ebenfalls befragt werden – sofern sie zu Hause waren und etwas gesehen oder gehört haben könnten.«

»Außer mir ist tagsüber niemand im Haus.«

Mist, dachte Stella, damit ist die Hoffnung dahin, dass eine Nachbarin das ungebührliche Verhalten des Mannes bestätigen könnte.

»Natürlich wird er auch mit der Malerkolonne …«

»Und die werden jede Menge Scheiße über mich erzählen«, fiel Ruby ihr brüsk ins Wort. »Ich habe dir doch erzählt, was ich zufällig belauscht habe. Die werden sich absprechen und mit dem Finger auf mich zeigen. Und ich werde als verrückte Lügnerin dastehen. Die Polizei wird denken, dass ich ihn vom Gerüst gestoßen habe.« Rubys Augen füllten sich mit Tränen. »Wie soll ich denn beweisen, dass ich es nicht getan habe? Ich habe keine Zeugen! Ich war alleine!«

»Es kann aber auch keine Zeugen geben, die das Gegenteil behaupten, richtig? Es ist nämlich genau umgekehrt: *Die* müssen beweisen, dass du es warst! Wenn sie nicht gerade unter deinem Bett die Säge finden, mit der du das Brett angesägt hast … mit deinen Fingerabdrücken drauf, versteht sich …« Stella zuckte mit den Schultern. »Außerdem hast du dem Kommissar gegenüber sofort erzählt, dass du den Maler angebrüllt hast. Das zu verheimlichen, hätte blöd ausgesehen.«

»Aber ich habe gesagt, dass ich ihn umbringen will.«

»Was glaubst du, wie oft das im Zorn geschrien wird? Wenn alle, die das tun, wirklich jemanden umbringen würden … die Leichen würden sich bis zum Himmel stapeln. Keine Staatsanwaltschaft der Welt lässt das als Beweis gelten, glaub mir.«

Sie hörte Schritte, die sich näherten, und legte den Finger an die Lippen. Tatsächlich erschien Kommissar Tillikowski in der Küchentür. Hinter ihm verließen die beiden Spurensicherer die Wohnung, und Stella erhaschte einen Blick auf die beiden in Plastik eingewickelten Hälften des zerbrochenen Bretts.

»Frau Rubikon, vielen Dank, dass die Spurensicherung von Ihrer Wohnung aus arbeiten durfte«, sagte der Kommissar. »Die Kollegen haben allerdings das Fenster versiegelt. Sie dürfen es bis auf Weiteres nicht öffnen, weil Sie von dort aus etwas am Gerüst verändern könnten.«

Ruby fuhr hoch. »Warum sollte ich das tun? Verdächtigen Sie mich etwa?«

Tillikowski schüttelte den Kopf. »Sie könnten auch unabsichtlich etwas verändern. Es dient also Ihrem Schutz, denn das soll dadurch verhindert werden. Es wurde nur für den Fall versiegelt, dass die Kollegen dort noch einmal nach weiteren Spuren suchen müssen. Übrigens ist es eine Straftat, ein Polizeisiegel zu ignorieren beziehungsweise zu zerstören. Paragraph 136 Strafgesetzbuch. Freiheitsstrafe bis zu einem Jahr beziehungsweise eine hohe Geldstrafe.«

Während Ruby ihn sprachlos anstarrte, fauchte Stella: »Das war jetzt *unbedingt* nötig, was? Hätten Sie sich das nicht sparen können?«

»Nein«, entgegnete der Kommissar schmallippig. »Das nennt sich *Rechtsbelehrung*. Dazu bin ich verpflichtet. Frau Rubikon, können Sie bitte morgen früh um 9 Uhr zu mir ins Präsidium kommen? Ihre Aussage muss noch protokolliert werden.«

Ruby sah Stella panisch an. Offenbar versetzte sie die Vorstellung, dort alleine hinzugehen, in Angst und Schrecken. Das sollte sie auch nicht.

»Darf sie jemanden mitbringen?«, fragte Stella.

Tillikowski nickte. »Selbstverständlich. Das werden dann vermutlich Sie sein, nehme ich an?«

»Nicht nur vermutlich, sondern ganz bestimmt. Bis morgen. Wir werden pünktlich sein.«

»Das habe ich auch nicht anders erwartet. Bis morgen.«

Er drehte sich um und ging. Die Wohnungstür fiel hinter ihm ins Schloss. Na, das war ja prima gelaufen, fand Stella.

»Danke«, sagte Ruby leise. »Ich hätte mich nicht getraut, dich darum zu bitten.«

»Selbstverständlich begleite ich dich. Ich kann sehr gut verstehen, dass der Gedanke daran dich nervös macht. Das ist schließlich keine alltägliche Situation.«

»Heute ist nichts alltäglich, oder?« Ruby seufzte. »Du kannst übrigens ruhig gehen; mir geht es wieder einigermaßen gut. Ich muss unbedingt an den Schreibtisch …« Sie stockte und fuhr fort: »Ich sollte wohl besser am Laptop arbeiten. Hier am Küchentisch. Sonst gucke ich die ganze Zeit auf das Gerüst und dieses blöde Polizeisiegel.«

»Bist du sicher, dass ich dich allein lassen kann?«

Ruby nickte. »Absolut. Du hast heute schon genug für mich getan.«

Innerlich atmete Stella auf. Sie erwartete am Nachmittag eine Klientin, und sie hatte für diese Beratung, die sie nicht gern abgesagt und verschoben hätte, noch einiges vorzubereiten.

»Also gut«, sagte Stella. »Du kannst mich jederzeit anrufen. Ich habe heute Nachmittag einen Termin; deshalb werde ich zwischen drei und fünf nicht ans Telefon gehen. Aber wenn du mir etwas hinterlässt, rufe ich zurück, sobald es möglich ist. Falls wir uns heute nicht mehr sprechen: Ich hole dich morgen ab, okay?«

Von zu Hause aus rief Stella als Erstes Ben an.

»Endlich meldest du dich!«, rief er, ohne sich mit zeitraubenden Begrüßungsformeln aufzuhalten. »Ich drehe schon fast durch vor Neugier. Übrigens habe ich Arno unten vor der Haustür getroffen. Ich hab natürlich so getan, als wäre ich zufällig vorbeigekommen.«

»Wie clever du bist«, sagte Stella spöttisch, »aber das hat er spätestens in dem Moment nicht mehr geglaubt, als ich ihm oben die Tür geöffnet habe. Arno mag ja einiges sein, aber nicht dämlich.«

»Und? Wie hat er auf dich reagiert?«

»*Das* ist es, was dich interessiert? Ich fasse es nicht. Du bist schlimmer als die schlimmste Tratschtante beim Kaffeeklatsch. Wie soll er schon reagiert haben? Professionell natürlich.«

»Na, da hat er sich aber sehr zusammengerissen. Weißt du, er hat sich nämlich einige Male nach dir erkundigt. Ganz unauffällig, selbstverständlich. Dachte er. Aber ich habe sofort gemerkt, dass er in Wirklich…«

»Wie wahnsinnig interessant«, fiel Stella ihm ins Wort. »Willst du jetzt wissen, was oben bezüglich Ruby passiert ist, oder nicht?«

Ben gackerte albern. »Oho, da habe ich wohl ein Thema angeschnitten, das der jungen Dame nicht angenehm ist.«

Stella reichte es. »Ben! Ich leg auf! Ernsthaft!«

»Bitte nicht. Also: Wie geht es Ruby?«

»Besser. Sie hat sich tapfer geschlagen. Die Spurensicherung war bei ihr in der Wohnung, hat das Brett einkassiert und dann das Fenster versiegelt. Sie darf es nicht öffnen. Es hat sich herausgestellt, dass es eine Ohrenzeugin für Rubys Drohung gegenüber dem Maler gibt. Sie war schlau genug, alles zuzugeben. Also, dass sie ihn angebrüllt hat, dass sie ihn umbringen will.«

»Gutes Mädchen. Es hätte ziemlich dumm ausgesehen, wenn es irgendwann aufgeflogen wäre.«

»Allerdings. Als er sie aber danach fragte, warum sie ihn angeschrien hat, musste sie sich übergeben.«

»Hilfe. Doch nicht etwa auf Arno?«

Wider Willen musste Stella bei dieser Vorstellung kichern. »Deine Fantasie möchte ich haben … nein, natürlich nicht. Sie rannte ins Bad, und ich schilderte ihm dann, was vorgefallen war. Er war ziemlich schockiert.«

»Gilt sie als Verdächtige?«

»Bisher nicht.«

»Und was denkst du? Traust du es ihr zu? Hast du deine Meinung geändert?«

Stella überlegte einen Moment, dann sagte sie: »Nein, im Gegenteil. Ihre Reaktionen auf Arnos Fragen waren absolut authentisch. Sie hat nicht gelogen. Dass sie ihn im Affekt schlägt und er dadurch fällt – ja, das könnte sein. Was er getan hat, würde mich auch ausrasten lassen. *Falls* sie es getan hat, erinnert sie sich wirklich nicht daran. Aber ich glaube nie im Leben, dass sie dieses Brett angesägt hat.«

»Dann sind wir uns ja einig. Hoffentlich sieht Arno das genauso. Übrigens: Hast du herausfinden können, ob der Mann tot ist? Ich habe gesehen, dass er in den Krankenwagen geladen wurde. Bei Toten kommt doch ein Bestatter, oder?«

»Arno sagte, dass er zwar sehr schwer verletzt, aber am Leben war, als sie ihn abtransportiert haben. Das kann sich natürlich längst geändert haben.«

Kapitel 8

Tillikowski musste erst mal kurz verdauen, dass Stella so plötzlich vor ihm gestanden hatte. Für einen Wimpernschlag lang hatte er den Impuls gespürt, auf dem Absatz umzudrehen und das Weite zu suchen.

Aber dann war es gar nicht so schlimm gewesen.

Natürlich hatte er die Befürchtung gehabt, sie könnte ihm wieder irgend so einen Planetenquatsch erzählen, der es angeblich ausschloss, dass die junge Frau etwas mit dem Sturz des Malers zu tun haben könnte.

Nicht, dass er das glaubte – noch hatte er keine Meinung zu den Geschehnissen. Aber er wollte als Begründung dafür nicht hören, dass Saturn oder sonst ein toter Ball, der in unendlicher Entfernung durchs Weltall trudelte, durch welche abstruse Position auch immer ihre Unschuld bewies. Ihm hatte schon gereicht, dass auf Andrea Rubikons Monitor ein Horoskop zu sehen gewesen war.

»Stell dich nicht so an, Arno«, murmelte er.

Um die Wahrheit zu sagen: Dass er so heftig auf Stella reagieren würde, hatte er nicht erwartet, in tausend kalten Wintern nicht. Das hatte ihn selbst überrascht, und genau aus diesem Grund war er so verunsichert – was sie hoffentlich nicht bemerkt hatte. Immerhin konnte er sich seelisch darauf vorbereiten, dass er sie morgen schon wieder treffen würde.

Er machte sich auf die Suche nach den Kollegen des verunglückten Malers und fand sie im Hof des Hauses. Es handelte sich um vier Männer unterschiedlichen Alters; drei von ihnen trugen weiße, farbbekleckste Arbeitsoveralls. Der vierte Mann, gleichzeitig der Älteste in der Runde, war in salopper Alltagskleidung.

Er trat auf Arno zu und streckte ihm die Hand hin. »Sie untersuchen den Absturz meines Angestellten, nicht wahr? Ich bin Johannes Braukmann, der Inhaber der Firma. Ich hab Sie vorhin ankommen sehen und hatte gleich den Eindruck, dat Sie der Chef im Ring sind.«

Arno schüttelte die Hand. »Arno Tillikowski, Kripo Bochum. Ja, ich leite die Ermittlungen.«

»Ermittlungen? Dat war doch aber 'n Unfall, oder?« Braukmann grinste, aber er wirkte irritiert. »Seit wann rückt die Krippo denn für Arbeitsunfälle aus?«

Er will mir Informationen entlocken, dachte Arno. Allerdings verbat es sich von selbst, vor diesen Männern auszuposaunen, dass er – beziehungsweise Stella, um genau zu sein – die Manipulation am Brett entdeckt hatte. Das war sogenanntes Täterwissen, und sofern es hier überhaupt einen Täter im klassischen Sinne geben sollte, könnte derjenige in diesem Moment vor ihm stehen. Theoretisch.

»Wir untersuchen jeden Unfall, das ist Routine. Wir müssen herausfinden, ob beispielsweise Materialermüdung die Ursache sein könnte. Wenn sich allerdings herausstellt, dass es sich um einen reinen Arbeitsunfall handelt, wird das natürlich als Untersuchungsergebnis in der Akte stehen.«

Der Jüngste in der Runde, der bisher mit hängendem Kopf auf dem Rand eines großen Blumenkübels gesessen hatte, blickte hoch. »Ich versteh einfach nicht, wieso das Brett zerbrochen ist. Das sind doch dicke, stabile Dielen; die gehen doch nicht einfach kaputt, wenn jemand das Gleichgewicht verliert und dagegenstößt. Nie im Leben.«

Arno wandte sich ihm zu. »Interessant, dass Sie das sagen, Herr ...?«

»Lessing, Tim Lessing«, erwiderte der junge Mann.

»Also, Herr Lessing. Was denken Sie denn, wie und warum Ihr Kollege Wehling abgestürzt ist?«

Tim Lessing zuckte mit den Schultern. »Keine Ahnung. Woher soll ich das auch wissen? Ich habe jedenfalls nichts damit zu tun. Ich war ja noch nicht einmal in der Nähe! Das kann ich beschwören!« Seine Stimme war mit jedem Wort höher und aufgeregter geworden.

»Niemand beschuldigt Sie, Herr Lessing«, sagte Tillikowski. »Aber nichtsdestotrotz müssen wir genau klären, wo Sie alle sich zum Zeitpunkt des Absturzes aufgehalten haben. Und was Sie eventuell gehört oder gesehen haben, damit wir ein möglichst vollständiges Bild vom Geschehen bekommen und den Fall schnell abschließen können.«

»Hehehe«, machte Braukmann betont munter, »unser Timmy, dat is der Stift hier auffe Baustelle. Der ist natürlich total geschockt, versteht sich.«

»Ich war ...«, begann einer der beiden anderen Männer, aber Tillikowski hob die Hand.

»Nicht jetzt und nicht hier. Ich möchte Sie alle bitten, morgen im Laufe des Tages ins Präsidium zu kommen; dort werden wir dann Ihre Aussage zu Protokoll nehmen. Meine Kollegen haben Ihre Daten aufgenommen?«

Die Männer nickten synchron.

»Also gut. Sie sagen dann bitte dem Herrn unten an der Pforte, dass Sie eine Aussage im Fall Wehling machen wollen. Ich erwarte also morgen Ihr Erscheinen.« Er zwinkerte und fügte hinzu: »Vergessen Sie es bitte nicht. Falls Sie es nicht schaffen, sagen Sie Bescheid. Falls Sie einfach fernbleiben, würde mich das sehr misstrauisch machen. Und das wollen wir doch nicht, oder?«

Er drückte jedem der verdatterten Männer eine seiner Visitenkarten in die Hand, dann nickte er knapp zum Abschied und ging.

In seinem Büro blätterte Tillikowski durch die Aufzeichnungen, die bisher vorlagen. Viel war es nicht; es gab beinahe keine Zeugen. Zum Sturz an sich gab es überhaupt keine Aussagen; niemand hatte etwas gesehen. Schließlich liefen die Leute nicht wie Hans-guck-in-Luft durch die Weltgeschichte, um mal zu schauen, ob vielleicht irgendetwas vom Himmel geflogen kam. Nicht einmal die laut geschriene Drohung dieser blauhaarigen Frau hatte irgendjemandes Aufmerksamkeit geweckt. Kein Nachbar war ans Fenster gestürzt, und wenn doch, dann zu spät.

Da hatte dieser Kevin Wehling längst auf dem Bürgersteig gelegen.

Überhaupt hatten die Kollegen nur sehr wenige Menschen zu Hause angetroffen, als sie von Tür zu Tür gegangen waren. In dieser Straße verließ man morgens das Haus und ging zur Arbeit, wie es schien. Kein Rentner hatte im Fenster gelegen und die Maler bei der Arbeit beobachtet, was vermutlich auch ohnehin nicht besonders spannend gewesen wäre. Männer, die den Pinsel schwangen.

Er hielt inne. Er war nicht stolz auf sich, aber diese Formulierung erinnerte ihn an die Aussage dieser Andrea Rubikon, der Maler habe sie sexuell belästigt. Ob das wohl der Wahrheit entsprach? Dieses Punkmädchen … er blätterte in den Unterlagen und stellte fest, dass sie tatsächlich bereits 26 Jahre alt war; allerdings wirkte sie deutlich jünger.

Er konnte sie absolut nicht einschätzen. Natürlich war es immer sehr problematisch, Leute zu befragen, die gerade ein Trauma erlitten hatten, und das hatte sie zweifellos. Sie hatte völlig neben sich gestanden. Aber was genau war die traumatische Erfahrung gewesen?

Die Tatsache, dass der Maler ihr ins Gesicht … Gott, er mochte gar nicht daran denken. Er begegnete in seinem beruflichen Alltag immer wieder Gründen, sich seiner Geschlechtsgenossen zu schämen.

Nun ja, die Frauen waren auch nicht allesamt Engel, und er hatte schon in diverse Abgründe geblickt, aber sexuelle Gewalt war ein beinahe rein männliches Phänomen, wobei Ausnahmen die Regel bestätigten.

Er stand auf und blickte aus dem Fenster.

Also, welches Trauma hatte diese junge Frau erlitten? Eines, das mit dem sexuellen Übergriff zu tun hatte? Tatsächlich war er geneigt, ihr diese Geschichte zu glauben, stellte Arno fest.

Aber: Hatte diese Situation vielleicht doch dazu geführt, dass sie ihm einen Stoß gegeben hatte, an den sie sich nicht mehr erinnerte? *Da war nur noch dieses Rauschen in meinem Kopf, und dann muss ich zum Messer gegriffen haben, aber leider kann ich mich an nichts erinnern, Herr Kommissar …* dergleichen hatte er in seiner Laufbahn nicht nur einmal gehört.

Und nie war er sich sicher gewesen, ob es sich dabei nicht nur um eine Schutzbehauptung gehandelt hatte. Allerdings hatten Ärzte und Psychologen ihm versichert, dass es durchaus vorkommen könne. Also, dass ein schweres Trauma das Kurzzeitgedächtnis beeinflusste.

Nun gut: Man stelle sich also vor, dass sie ausgerastet war und den Mann gestoßen hatte. Aber hatte sie gewusst, dass dieses Brett angesägt war? Oder hatte sie es gar selbst manipuliert? Falls ja, war eine eventuelle Affekthandlung vom Tisch, dann handelte es sich um Vorsatz.

Er musste unbedingt mehr über diese Andrea Rubikon herausfinden. Kurz entschlossen griff er zum Telefon und wählte Bens Nummer.

Nie im Leben hatte sein Kumpel heute zufällig vor dieser Haustür gestanden.

Natürlich hatte Ben sofort zugesagt, als Arno ihn angerufen und zu einem spontanen Treffen nach Feierabend eingeladen hatte. Immerhin bestand die vage Möglichkeit, etwas über den Tod des Malers herauszufinden.

Am frühen Abend saß er also in der Bochumer Fußgängerzone im Außenbereich eines Restaurants und säbelte bereits beherzt an einem riesigen Steak herum, als Arno auftauchte – eine halbe Stunde später als verabredet.

»Ich konnte leider nicht auf dich warten. Hab den ganzen Tag nichts gegessen«, sagte Ben, als Arno sich zu ihm an den Tisch setzte.

»Macht nix«, erwiderte Arno. »Heute war Schnitzeltag in der Kantine, und daran können selbst diese Stümper nichts verderben. Ich bin erst nachmittags zum Essen gekommen. Jägerschnitzel. Mit Dosenchampignons. Aber irgendwas ist ja immer. Für den Moment reicht mir eine erfrischende Hopfenkaltschale.« Er bestellte beim Kellner ein Bier und lehnte sich im Stuhl zurück.

»Ich bin erstaunt, dass du überhaupt Zeit hast. Müsstest du jetzt nicht auf Hochtouren ermitteln? Mit einer Sonderkommission Theorien entwickeln und Fotos potenzieller Verdächtiger an weiße Tafeln kleben und so?«

Arno nahm sein frischgezapftes Pils entgegen und trank einen großen Schluck. »Du guckst eindeutig zu viele schlechte Serien. Ich warte erst einmal ab, was die diversen Untersuchungen ergeben. Bisher haben wir nur einen Mann, der vom Gerüst gefallen ist. Morgen sieht es vielleicht anders aus.«

Ben, der mittlerweile mit dem Essen fertig war, sah hoch und begegnete Arnos forschendem Blick. »Was guckst du so? Noch nie einen hungrigen Mann gesehen?«

»Was hast du mit der Kleinen zu tun?«

Im ersten Moment wusste Ben absolut nicht, worauf der Kommissar anspielte. Dann fiel der Groschen. »Ach, du meinst Ruby? Wie kommst du darauf, dass ich irgendwas mit ihr zu tun habe?«

Sein Gegenüber runzelte die Stirn. »Keine Spielchen, Benjamin Glaeser. Dazu habe ich gerade keine Lust. Allein, dass du sie Ruby nennst, spricht Bände. Du warst nicht zufällig am Ort des Geschehens. Ich wette, du hast Minuten vorher noch oben in der Wohnung dieser Ruby gehockt. Zusammen mit deiner Busenfreundin Stella. Apropos: Die hat mir übrigens erzählt, dass sie Frau Rubikon über dich kennt. Du kannst mit dem Rumeiern also aufhören.«

Grinsend hob Ben die Hände. »Ist ja schon gut. Ruby kenne ich schon länger. Sie ist am Computer einsame spitze. Manchmal recherchiert sie für mich, aber primär kann ich ihr meinen Laptop anvertrauen, wenn der mal wieder spinnt. Sie ist sehr diskret, und das ist von essenzieller Wichtigkeit, weil dort höchstsensible Daten gelagert sind.«

»Und ich möchte keinesfalls wissen, welche. Oder wie und wofür du dir diese Informationen besorgt hast«, murmelte Arno.

»Das geht auch niemanden etwas an. Berufsgeheimnis. Du erzählst mir ja auch nicht alles.«

»Das wäre ja wohl noch schöner! Damit würde ich mich strafbar machen.«

»Jetzt blas dich mal nicht so auf, Herr Kommissar.« Ben lachte, dann wurde er ernst. »Ruby ist eine absolut ehrliche Haut, Arno. Für sie lege ich meine Hand ins Feuer.«

»Hm. Glaubst du ihr diese Geschichte mit der sexuellen Belästigung?«

Ben traute seinen Ohren nicht. »Wie bitte? Wenn Ruby sagt, dass es so war, dann war es auch so!«

»Ist sie eine … ich meine, steht sie vielleicht auf Frauen? Und hasst Männer?«

»Du solltest mal an deinen Vorurteilen arbeiten, mein Lieber. Nur weil sie so burschikos aussieht, muss sie eine Lesbe sein? Und Männer umbringen? Weißt du, ich habe keine Ahnung, auf wen oder was sie steht. Und es ist mir auch total schnuppe. Denn das würde sowieso nichts an meiner engen Freundschaft zu ihr ändern. Ich muss mich wirklich sehr über dich wundern, Arno.«

Der Kommissar seufzte. »Du hast mich völlig missverstanden, Ben. Okay, ich habe mich etwas unglücklich ausgedrückt, aber ich versuche nur, etwas mehr über sie herauszufinden, mir ein Bild zu machen. Sie steht momentan einfach im Fokus meiner Aufmerksamkeit, schon allein durch ihre rein physische Nähe zum Geschehen. Herrgott, der Mann ist direkt vor ihrem Fenster abgestürzt, nachdem es zwischen ihnen einen *Vorfall* gegeben hat. Er war in ihrer *Reichweite,* das musst du zugeben, zumindest theoretisch. Wie soll ich wissen, ob sie mir die Wahrheit gesagt hat?«

»Weil ich ihr glaube. Oder du könntest Stella fragen.«

Mit einigem Vergnügen bemerkte Ben, dass sein Kumpel bei der Erwähnung von Stellas Namen kurz erstarrte, sich aber sofort wieder fing.

»Stella? Wieso denn die?«

»Das weißt du genau«, erwiderte Ben. »Immerhin seid ihr euch heute schon über den Weg gelaufen. Und mich hast du ja auch über Ruby ausgefragt, wieso also nicht Stella? Sie könnte dir ganz genau sagen, ob Ruby lügt oder nicht. Außerdem hat sie erst neulich Rubys Horoskop gemacht, und darin findet sich einiges, das ...«

»Hör mir damit auf!«, fiel Arno ihm ins Wort. »Nicht schon wieder dieser Planetenquatsch. Sie wird mir so einen Mumpitz auftischen, dass irgendeine Planetenkoalition beweist, dass der Maler selbst gesprungen ist. Das ist es doch überhaupt! Der Mann hat Selbstmord begangen! Bestimmt hat er das Brett selbst angesägt und sich dann dagegengeworfen. Und ich weiß auch, warum: Das alles hat er nur gemacht, damit diese Ruby in Verdacht gerät! Wie wäre das, hm?«

An den umliegenden Tischen war man aufmerksam geworden und hörte interessiert zu, denn der Kommissar hatte nicht gerade leise gesprochen.

Ben musterte ihn neugierig. Interessant, dass er sich derart echauffiert hatte, als Stella in Spiel gekommen war. *Sehr* interessant.

»Arno, ich will ja nichts sagen, aber du unterhältst gerade das gesamte Restaurant. Das passt irgendwie nicht damit zusammen, dass du nichts von deinen Ermittlungen verraten darfst.«

Zu Bens Erheiterung wurde der Kommissar knallrot und murmelte: »Dazu hast du mich provoziert.«

Nein, dachte Ben, dazu hat dich die Tatsache provoziert, dass ich Stella erwähnt habe.

Aber er hütete sich, es laut auszusprechen.

»Du hast recht«, sagte Ben und gab sich zerknirscht. »Aber du wirst mir nachsehen müssen, dass ich emotional beteiligt bin. Ruby ist mir sehr wichtig, Arno. Ich glaube ihr bedingungslos, das kann ich nicht oft genug betonen.«

Tillikowski nickte gedankenverloren, und Ben war sich nicht sicher, ob er seinen Kumpel wirklich überzeugt hatte.

Obwohl – seinen Kumpel vielleicht, aber vermutlich nicht den Kommissar.

Kapitel 9

»Darf ich dir kurz Gesellschaft leisten oder willst du deine Ruhe?«, fragte Stella ihre Großmutter, die bei Tee und Zeitungslektüre im Wintergarten saß.

Maria Schmidt setzte die Lesebrille ab. »Du störst nie, Schatz, das weißt du doch.« Sie blickte auf die Uhr. »Um acht Uhr morgens schon so munter? Und ausgehfertig, wie ich sehe?«

Stella hängte ihre Umhängetasche an die Klinke und ließ sich mit einem Seufzen in einen Korbsessel fallen. »Eine nicht unbedingt angenehme Mission, um ehrlich zu sein. Du erinnerst dich an Andrea Rubikon? Ruby? Ich habe dir von ihr erzählt.«

»Das Mädchen, das von einem Handwerker belästigt wird, nicht wahr? Konntest du ihr helfen?«

»Mit meiner Beratung, meinst du?« Stella zuckte mit den Schultern. »Ich kann ihre Situation ja leider nicht ändern. Ich konnte lediglich versuchen, ihre momentane Gefühlslage ein wenig zu entwirren. Und sie an ihre Stärken zu erinnern. Sie hat gerade einen heftigen Pluto-Transit, weißt du? Und zwar über Mars und Venus im Steinbock.«

»Aha – und Pluto läuft direkt über die beiden in Konjunktion?« Als Stella nickte, fuhr Maria fort: »Nicht einfach. Lass mich raten: Sie tut sich schwer damit, ihren Mars zu leben, und prompt taucht dank Pluto dieser ekelhafte Macho in ihrem Leben auf und terrorisiert sie. Ich könnte diesen Kerl …«

»Nicht mehr nötig, fürchte ich. Der Mann stürzte gestern vom Baugerüst, direkt vor ihrem Fenster. Er ist sehr schwer verletzt, vielleicht ist er mittlerweile gestorben. Dummerweise hatten die beiden diese … hm … *Situation* miteinander. Und sie hat lautstark gedroht, ihn umzubringen.«

Sichtlich entsetzt presste Maria die Hand vor die Brust. »Das arme Ding!«

»Ich brauche wohl nicht nachzufragen, ob du Ruby oder den Maler damit meinst.«

»Nichts für ungut, aber das Mädchen tut mir leid. Jetzt noch mehr als zuvor. Hat sie deswegen Ärger mit der Polizei?«

Stella seufzte. »Noch nicht wirklich. Aber aus diesem Grund muss ich gleich los. Sie muss zur Befragung zu Arn… zu Kommissar Tillikowski ins Präsidium. Er ist der zuständige Ermittler. Ich begleite sie.«

»Oha, *Kommissar Tillikowski!* Warum so förmlich? Ihr wart doch längst bei den Vornamen angekommen. Ich fand ihn übrigens sehr nett. Ein ausgesprochen attraktiver Mann. Ihr würdet ein ziemlich hübsches Paar abgeben, finde ich. Und ich hatte den Eindruck, dass ihr euch mögt. Immerhin war er dein Retter in der Not. Welche Prinzessin würde sich nicht in ihren Ritter in schimmernder Rüstung verlieben? Was ist da eigentlich schiefgelaufen?«

»Mein Beruf.« Stella verzog den Mund und fuhr fort: »Beziehungsweise seine bornierte *Einstellung* zu meinem Beruf. Und die Tatsache, dass er so ein blöder Sturkopf ist.«

Maria musterte Stella forschend. »Du magst ihn, das spüre ich. Trau dich doch einfach.«

Stella stand auf. »Wie dumm, ich muss los, so gerne ich dieses Thema auch vertiefen würde.« Sie hängte sich die Tasche über und drehte sich in der Tür noch einmal zu ihrer Großmutter um. »Selbst wenn ich ihn mögen würde: Seine strikte Ablehnung der Astrologie macht es unmöglich. Er wird mich niemals ernst nehmen. Wie könnte ich jemals mit einem Mann zusammen sein, der sich insgeheim über mich lustig macht? Oder mich unheimlich findet, weil er weiß, dass ich hinter seine Fassade blicken kann?«

Jetzt war sie doch reichlich spät dran, wie Stella bei einem Blick auf die Uhr feststellte, als sie in ihr Auto stieg.

Rasch schrieb sie Ruby eine Textnachricht, dass sie nur hupen und unten warten würde, dann sauste sie los. Natürlich waren die Straßen der City um diese Zeit verstopft, und sie musste vor Rubys Haus in der zweiten Reihe stehen bleiben. Aber die junge Frau hatte mitgedacht und stand bereits vor der Haustür.

»Wie geht es dir heute?«, fragte Stella, als Ruby eingestiegen war und die Autotür geschlossen hatte.

»Ich bin müde«, erwiderte Ruby und schnallte sich an. »Aber nicht, weil ich schlecht geschlafen hätte oder so. Ich habe die ganze Nacht am Rechner gesessen, weil ich gerade an einem wichtigen Auftrag arbeite. Ich weiß ja nicht, wie es in nächster Zeit weitergeht, also habe ich lieber eine Nachtschicht eingelegt, um möglichst viel zu schaffen. Es wäre katastrophal, wenn ich den Termin nicht halten könnte.«

»Verdammt, muss die Ampel ausgerechnet jetzt rot werden?«, murmelte Stella, dann sagte sie: »Bist du mit der Arbeit denn weit zurück?«

Ruby zuckte mit den Schultern. »Viel zu weit, als dass ich ruhig schlafen könnte. Die Sanierungsarbeiten am Haus haben mich viel Zeit gekostet. Eine Zeit lang habe ich nachts gearbeitet und bin erst am frühen Morgen ins Bett gegangen. Ich dachte, das könnte eine gute Lösung sein, aber der Baulärm hat mich natürlich viel zu früh wieder geweckt. Ich war also ständig übermüdet und dadurch unkonzentriert, und mir passierten Programmierungsfehler, die ich dann aufwendig reparieren musste.«

Das allein muss eine gewaltige Belastung sein, dachte Stella, dafür ist sie eigentlich noch recht gut beieinander; aber das zeigt auch, wie zäh sie ist.

»Du bist wesentlich stärker, als du selbst von dir glaubst«, sagte Stella. »Ich würde schön längst heulend in der Ecke sitzen.«

»Wer sagt denn, dass ich das nicht tue?«, erwiderte Ruby.

Sie hatten das Präsidium erreicht, und Stella fuhr auf den Parkplatz. Sie lenkte in eine Parklücke und sagte: »Wir sind da. Bist du bereit?«

Ruby blickte sie an; ihre Miene war ernst. »Habe ich eine Wahl?«

Nein, die hast du nicht, dachte Stella, aber das ist leider nicht zu ändern.

Arno Tillikowski erwartete sie bereits. Als sie sein Büro betraten, erhob er sich sofort von seinem Drehsessel und sagte knapp: »Guten Morgen. Wir gehen in einen Befragungsraum; dort werden wir nicht gestört. Folgen Sie mir bitte.«

Er führte sie in einen kleinen, fensterlosen Raum und betätigte einen Lichtschalter neben der Tür. Die Deckenleuchte gab zirpende Geräusche von sich, flackerte einige Male und verbreitete dann kaltes Licht. Das einzige Mobiliar bestand aus einem einfachen Tisch mit drei Stühlen; die Wände waren grau gestrichen.

»Nehmen Sie bitte Platz. Etwas zu trinken? Kaffee, Tee oder etwas anderes?«

»Für mich bitte Wasser«, erwiderte Stella, und Ruby nickte.

»Bin gleich wieder da«, sagte Tillikowski und verließ den Raum.

Ruby sah Stella an. »Was für ein trostloser Ort.«

»Ich glaube, hier geht es nicht primär darum, dass man sich wohlfühlt.« Stella grinste. »Stell dir vor, die Verdächtigen würden sich bei ihren Verhören auf bequeme Sofas mit hübschen Kissen kuscheln.«

Entsetzt riss Ruby die Augen auf. »Willst du damit sagen, ich bin eine Verdächtige?« Sie wirkte wie ein fluchtbereites Rennpferd.

Rasch legte Stella ihr die Hand auf den Arm, um sie zu beruhigen. »Nein, natürlich nicht. Ich wollte nur einen Scherz machen. Das war dämlich von mir. Entschuldige bitte.«

Tillikowski kam wieder herein und stellte eine Flasche Mineralwasser auf den Tisch, dazu drei Pappbecher. Er schenkte allen ein, dann zog er ein Handy aus der Jackentasche, fummelte daran herum und legte es zwischen sie auf die Tischplatte. »Frau Rubikon, ich nehme die Befragung auf. Später wird sie abgetippt, und Sie müssen das Protokoll nur noch unterschreiben.«

Er nannte den Tag, die Uhrzeit sowie Rubys und seinen vollständigen Namen – samt seinem Dienstgrad –, dann erwähnte er noch Stellas Anwesenheit. Schließlich sagte er: »Frau Rubikon, ich befrage Sie wegen des Unfalls von Kevin Wehling, der gestern an Ihrem Haus vom Gerüst gestürzt ist. Schildern Sie mir bitte noch einmal, was gestern Morgen zwischen Ihnen und Herrn Wehling vorgefallen ist. Lassen Sie bitte nichts aus.«

Rubys Atemzüge wurden schneller, aber dann riss sie sich zusammen. Äußerlich ruhig schilderte sie die Ereignisse, während Stella konzentriert den Kommissar beobachtete, der seinen Blick auf Ruby gerichtet hatte.

Als Ruby zu der Stelle kam, als der Maler sich vor ihren Augen befriedigt hatte, veränderte sich die Mimik des Kommissars, die bis dahin relativ unbewegt gewesen war, für Sekundenbruchteile.

Da Stella sich auf die Interpretation dieser Mikromimik verstand, wusste sie, was Tillikowski in diesem Moment verspürte: Ekel. Seine Brauen sanken minimal herab, seine Nase war gerümpft und seine Oberlippe hochgezogen – das war eindeutig Abscheu.

Diese winzigen Veränderungen im Gesicht wären anderen vermutlich nicht aufgefallen, aber Stella hatte sie bemerkt. Blitzartig war es wieder vorbei, und der Kommissar sah Ruby wieder so freundlich-distanziert an wie zuvor.

Sieh an, du ekelst dich, dachte Stella, aber wer würde das nicht? Und jetzt kämpfst du innerlich darum, nicht allzu viel Mitleid mit Ruby zu empfinden. Oder … nein, du bist noch immer nicht sicher, ob die Geschichte stimmt, schließlich gibt es dafür keine Zeugen. Wie auch? Dieser Kerl hat mit Sicherheit darauf geachtet, dass er dabei nicht beobachtet wird – außer von seinem Opfer, natürlich.

»… und als ich aus dem Bad zurückkehrte, war er bereits abgestürzt«, sagte Ruby schließlich. »Das Letzte, was ich von ihm gesehen habe, war sein triumphierendes Grinsen, weil er mich …«, sie holte tief Atem, »weil er mich *getroffen* hat. Ins *Gesicht.*«

Sie rieb über ihre Stirn. Stella hatte bemerkt, dass Ruby das immer tat, wenn sie darüber sprach – sprechen *musste.* Es war eine Bewegung, die Ruby völlig unbewusst machte, so als würde sie das Sperma des Mannes noch immer dort spüren. Nach wie vor hatte sie das Bedürfnis, sich zu reinigen. Das allein reichte Stella vollkommen aus, um Ruby zu glauben.

Nicht so der Kommissar, wie es schien, denn er fragte: »Gibt es Zeugen für den Vorfall?«

Ruby schnappte hörbar nach Luft. Dann fauchte sie: »*Ich* bin Ihr Zeuge, reicht das nicht? Warum zweifeln Sie meine Glaubwürdigkeit an? Was wollen Sie? Fotos davon?«

»Das wäre tatsächlich nicht schlecht. Ich meine, er hat sich Ihnen doch wohl häufiger so gezeigt, wie Sie sagen. Sind Sie denn nie auf die Idee gekommen, ihn zu fotografieren und anzuzeigen?« Der Kommissar musterte Ruby mit durchdringendem Blick und fügte hinzu: »So habe ich nur Ihre Aussage, aber leider keine Beweise dafür.«

»Aber ich wusste doch nie, wann es passieren würde!«, rief Ruby. »Mal war es an zwei Tagen nacheinander, dann wieder eine ganze Woche lang nicht, und ich hoffte wieder, dass es vorbei sein würde!«

»Haben Sie sich nie über den Mann beschwert? Bei seinem Chef oder so?«

»Selbstverständlich habe ich das!« Rubys Stimme klang schrill; mehr und mehr geriet sie außer Fassung. »Aber er hat mir nicht geglaubt!«

Sie brach in Tränen aus und förderte aus der Jackentasche eine Packung Papiertaschentücher zutage, die sie offenbar in weiser Voraussicht eingesteckt hatte. Schluchzend zog sie ein Tuch heraus und putzte sich die Nase.

»Kann ich mal zur Toilette gehen?«, fragte sie dann leise.

»Hier raus und die zweite Tür links«, antwortete der Kommissar mit einem Nicken. Als sie aufstand und hinausging, deaktivierte er die Aufnahmefunktion des Handys und lehnte sich im Stuhl zurück.

»War das jetzt wirklich nötig, Herr Tillikowski?«, fragte Stella bissig.

»Wollen Sie mich etwa belehren, wie ich meine Befragungen zu machen habe, Frau Albrecht?«, gab er – nicht weniger bissig als sie – zurück. »Hier am Tisch spielen weder Sympathie noch sonstige Emotionen auch nur die geringste Rolle. Tatsache ist: Ich habe nur Frau Rubikons Behauptung, dass der Mann sie belästigt hat. Aber zu Ihrer Beruhigung: Ich werde dieses Thema bei der Befragung der anderen Männer der Malerkolonne ansprechen. Die werden alle im Laufe des Tages hier aufkreuzen.«

»Pfff. Was soll das bringen? Sie wussten doch längst, dass sie sich beschwert hat; warum also haben Sie ihr vorhin diese provokante Frage gestellt? Glauben Sie etwa, seine Kollegen werden sagen, dass der Typ dafür bekannt war, seinen Pimmel zu präsentieren? Nie im Leben. Ruby hat mir erzählt, dass sie ein Gespräch der Männer belauscht hat, in dem die sich gegenseitig versichert haben, dichtzuhalten. Und nicht nur das: Dieser Kevin Sowieso …«

»Wehling. Der Mann heißt Wehling«, soufflierte der Kommissar.

»Als würde das eine Rolle spielen. Aber gut: Dieser Kevin Wehling hat auf Rubys Beschwerden hin seinem Chef gegenüber behauptet, in Wirklichkeit habe sie ihm Avancen gemacht und wolle sich jetzt rächen, weil er sie abgewiesen habe.«

»Ja, das haben Sie mir schon einmal erzählt. Hörensagen, Frau Albrecht, reines Hörensagen. Wissen Sie, was das wert ist?« Er schnippte mit den Fingern. »So viel, nämlich nichts.«

»Ruby lügt nicht. Ich würde es merken, wenn sie nicht die Wahrheit sagt. Außerdem habe ich ihr Horoskop gemacht, und darin stand …«

»Stopp«, fiel er ihr ins Wort. »Sie wollen mir jetzt doch nicht ernsthaft wieder mit diesem Planetenquatsch kommen. Das hat in diesem Raum nichts verloren.« Er beugte sich weit über den Tisch zu ihr hinüber. »Ich will diese Akte schließen, Frau Albrecht, und zwar so schnell wie möglich, verstehen Sie?«

»Haben Sie Nachricht, wie es ihm geht?«

»Ich dürfte es Ihnen eigentlich nicht sagen, aber …« Er zuckte mit den Schultern und fuhr fort: »Er liegt im Koma auf der Intensivstation und wird künstlich beatmet. Er hat ein sehr, sehr schweres Schädel-Hirn-Trauma erlitten. Falls er jemals wieder aufwachen sollte, wird er lebenslang Pflege benötigen. Allein aus versicherungstechnischen Gründen muss geklärt werden, wer dafür die Verantwortung trägt. Am liebsten wäre mir, wenn es sich nur um einen tragischen Arbeitsunfall handelte.«

»Aber dummerweise ist da dieses angesägte Brett.«

»Allerdings. Also ist es nun meine Aufgabe, herauszufinden, wer dieses vermaledeite Brett manipuliert hat. Und wann. Und vor allem: *warum.* Sollte irgendwer abstürzen, egal wer? Oder galt diese Manipulation tatsächlich gezielt dem Opfer, und der Täter hat lediglich eine günstige Gelegenheit abgepasst, diesen Mann umzubringen? Oder war Frau Rubikon diejenige, die an dem Brett gesägt und nur darauf gewartet hat, dass Kevin Wehling mal wieder vor ihrem Fenster steht, um ihn dann runterzuschubsen?«

Keiner von ihnen hatte bemerkt, dass Ruby zurückgekommen war und in der Tür stand.

Jesses, wie viel hat sie gehört?, dachte Stella alarmiert, als sie Rubys Gesicht sah.

Diese bange Frage beantwortete sich von selbst, als Ruby kreischte: »Was soll ich getan haben? Sind Sie vollkommen verrückt geworden? Ich säge doch kein Brett an und stoße einen Menschen vom Baugerüst! Wie können Sie so etwas denken?«

Stella sprang auf, nahm die fassungslose Ruby in den Arm und führte sie zum Tisch.

»Ruby, der Kommissar muss alle Eventualitäten ausloten, um den Absturz des Mannes aufzuklären«, sagte sie und manövrierte die widerstrebende junge Frau zurück auf den Stuhl. »Da gibt es etliche Theorien, das ist die ganz normale Polizeiarbeit. Und eine davon ist natürlich auch, dass du etwas damit zu tun haben könntest, verstehst du? Das ist nichts Persönliches.«

»Was könnte persönlicher sein, als der Schuld an einem solchen Unfall bezichtigt zu werden?«, fragte Ruby und funkelte den Kommissar an.

Tillikowski schüttelte den Kopf. »Ich bezichtige Sie nicht, Frau Rubikon. Es ist exakt so, wie Frau Albrecht es Ihnen gerade erklärt hat: Um alle Optionen aufzulisten, werden verschiedene Theorien entwickelt, das ist nichts Persönliches. Aber wir müssen auch diese Möglichkeit untersuchen. Schon allein, um Sie gegebenenfalls schnellstmöglich vom Kreis der Verdächtigen ausschließen zu können. Sie waren einfach sehr nahe dran am Geschehen, das ist nicht wegzudiskutieren. Und es gibt eine unselige Verbindung zwischen Ihnen und dem Opfer. Er stürzte direkt vor Ihrem Fenster ab, und zwar gleich, nachdem Sie ihn bedroht haben. Das alles sind natürlich keine Beweise, aber beachtenswerte Fakten. Ich wäre kein guter Ermittler, wenn ich diese Tatsachen einfach vom Tisch wischen würde, nur weil Frau Albrecht sagt, dass Sie glaubwürdig sind.« Er lächelte und fuhr fort: »Ich persönlich mag Frau Albrechts Urteil vertrauen, aber der *Kommissar* Tillikowski darf das nicht. Ich brauche nicht nur Beweise für Ihre Schuld, sondern vor allem für Ihre Unschuld. Diese Option wäre mir die liebste.«

»Ich kann nicht mehr«, murmelte Ruby. Sie klang zu Tode erschöpft.

Stella sah den Kommissar bittend an, und Tillikowski nickte. »Ich habe Ihre Aussage zu dem Vorfall, Frau Rubikon. Das reicht mir für den Moment. Ich lasse das Protokoll anfertigen; vielleicht warten Sie und Frau Albrecht so lange hier, wenn Sie so freundlich sind. Es dauert höchstens eine Viertelstunde.«

Ohne ihre Antwort abzuwarten, stand er auf, nahm sein Handy vom Tisch und ging hinaus.

Ruby war in brütendes Schweigen versunken. Sie hatte die Arme um ihren Oberkörper geschlungen und starrte auf die Tischplatte.

Sie versucht, sich selbst Trost und Schutz zu spenden, dachte Stella, die diese Geste schon mehrfach bei Ruby gesehen hatte, genau wie das zwanghafte Reiben ihrer ›beschmutzen‹ Stirn.

»Alles in Ordnung?«, fragte Stella nach einiger Zeit.

»Nichts ist in Ordnung«, erwiderte Ruby leise, ohne sie anzusehen. »Mein Leben wird nie wieder so sein, wie es mal war. Nie wieder. Ich weiß nicht, wie ich weiterhin in dieser Wohnung leben und aus dem Fenster blicken soll, ohne an diese Scheiße zu denken.« Sie wandte sich Stella zu. »Steht in meinen Sternen auch, wann mein Leben wieder normal sein wird? Kannst du mir das sagen?«

Nein, das konnte Stella nicht. Obwohl sie natürlich wusste, dass jeder noch so harte Pluto-Transit irgendwann vorbei sein würde.

Ruby schien keine Antwort erwartet zu haben, denn sie brütete weiter stumm vor sich hin. Stella blickte auf die Armbanduhr. Obwohl erst wenige Minuten vergangen waren, seit Tillikowski hinausgegangen war, kam es Stella vor, als würde sie seit ewigen Zeiten dort sitzen. Nichts in diesem Raum konnte Ablenkung bieten; es gab nicht einmal eine Uhr an der Wand. Alles hier war so konzipiert, dass psychischer Druck aufgebaut wurde. Auch das Fehlen eines Fensters trug dazu bei.

Sie fühlte sich unwohl, denn die Zeit schien stillzustehen. Wie mochte es erst sein, hier als Verdächtiger in die Mangel genommen zu werden? Wenn man keine Ahnung mehr hatte, ob es Tag oder Nacht war?

Als die Tür plötzlich aufging, zuckte sie zusammen; Ruby allerdings hob nur den Kopf.

Tillikowski legte zwei bedruckte Blätter und einen Stift auf den Tisch und bat Ruby, das Protokoll durchzulesen, bevor sie es unterschrieb. Schnell überflog Ruby die Zeilen auf dem Papier und setzte ihren Namen darunter.

»Kann ich jetzt endlich gehen?«, fragte sie dann.

Tillikowski nickte. »Ja. Aber bitte halten Sie sich zu unserer Verfügung, Frau Rubikon. Es könnte sein, dass ich weitere Fragen habe.«

»Ja, ja.« Ruby stand auf. »Du brauchst mich nicht nach Hause zu fahren, Stella. Ich muss mich bewegen.« Sie marschierte aus dem Raum und knallte die Tür hinter sich zu.

»Sie hätte sich wenigstens bei Ihnen für Ihre Unterstützung bedanken können«, sagte Tillikowski.

Stella zuckte mit den Schultern und stand auf. »Nicht nötig. Ich weiß auch so, dass sie mir dankbar ist. Ich vermag mir nicht vorzustellen, wie es momentan in ihr aussieht. Sie hat andere Sorgen als die korrekte Einhaltung gesellschaftlicher Konventionen. Ihr gesamtes Leben ist aus den Fugen geraten. Sie halten Sie doch nicht wirklich für schuldig?«

»Ich weiß es wirklich nicht. Im Laufe des Tages werde ich die Kollegen des Opfers befragen; dann bin ich vielleicht ein wenig schlauer.«

»Sie war es nicht, Arno.«

»Sie wiederholen sich, Stella.«

Stella schnappte nach Luft. Dieser bornierte Fatzke! Sie stürmte an ihm vorbei und stoppte erst wieder, als sie auf dem Parkplatz an ihrem Auto stand. Sie hatte nicht einmal den Fahrstuhl genommen, sondern war fünf Stockwerke die Treppe hinuntergehetzt.

Nur raus da, weg von diesem Idioten.

Kapitel 10

Arno Tillikowski biss sich auf die Unterlippe. Verdammt, die letzte Bemerkung hätte er sich wirklich sparen sollen, aber sie war ihm einfach rausgerutscht. Eigentlich hatte es humorvoll klingen sollen. Stellas Reaktion nach zu urteilen hatte er allerdings ihr Komikzentrum damit nicht getroffen, sondern mit Anlauf eine Arschbombe ins Fettnäpfchen gemacht.

Er nahm das Protokoll mit Rubys Aussage vom Tisch, steckte den Kuli ein und ging zurück in sein Büro, wo er die Nachricht vorfand, dass ein Herr Braukmann bereits auf ihn warte, um seine Aussage zum Fall Wehling zu machen.

Okay, er bekam also nicht die wohlverdiente Kaffeepause, die er sich nach dem emotional aufgeladenen Scharmützel, das er gerade hinter sich hatte, verdammt noch mal dienstgradmäßig verdient hatte. Ein Käsebrötchen aus der Kantine wäre auch nicht schlecht gewesen, aber das Leben war kein Wunschkonzert.

Wer war noch gleich Herr Braukmann? Arno wühlte in seinen Notizen. Richtig, das war der Chef der Truppe. Johannes Braukmann: jovial, kernig, dröhnend.

Tillikowski holte ihn aus dem Wartebereich des Dezernats ab, wo Braukmann lustlos in einer zerfledderten Illustrierten blätterte.

»Guten Morgen, Herr Braukmann. Danke, dass Sie so zeitig gekommen sind.«

Der Mann sprang auf und warf das Magazin achtlos hinter sich auf den Stuhl. »Na endlich, Herr Kommissar, ich dachte schon, ich soll hier alt und grau werden!« Mit einem kumpelhaften Zwinkern tippte er auf das Ziffernblatt seiner klobigen Armbanduhr. »Zeit is Geld, wennse verstehn, wat ich meine. Ich hab zwei Baustellen zu laufen, und wenn ich den Faulpelzen nicht ständig auf die Finger kuck …« Erneut dieses Zwinkern.

Arno rang sich ein Grinsen ab, dann bat er den Gast mit einer Geste, ihm zu folgen. Auch ihn führte er in das Befragungszimmer, wo er kurz zuvor noch mit Stella und Ruby gesessen hatte.

Braukmann stand breitbeinig im Raum und sah sich um. »Na, dat hätten meine Jungs Ihnen aber hübscher gestrichen. Wat is dat denn für 'ne Farbe? Trockener Schlamm? Trauerkloßgrau? Da kricht man ja Depressionen! Gemütlich geht anders, wennse mich fragen.«

Ich werd mich hüten, dich zu fragen, dachte Arno.

»Das ist hier kein Zigarrenclub, sondern ein behördlicher Befragungsraum, Herr Braukmann. Tut mir leid, wenn die Umgebung nicht Ihrem sicherlich ausgeprägten Sinn für Ästhetik entspricht.«

Braukmann lachte schallend, dann setzte er sich schnaufend. »Nix für ungut, Meister. Lassense uns anfangen, ja? Ich hab nich allzu viel Zeit.«

Arno rang mit sich, ob er Braukmann anweisen solle, ihn nicht mit ›Meister‹ anzusprechen, entschied sich aber dagegen. Er legte sein Handy auf den Tisch, nannte Uhrzeit, Anwesende sowie das Thema der Befragung und fragte dann: »Herr Braukmann, was können Sie mir über gestern Morgen berichten?«

»Über gestern Morgen? Gannix. Ich war auffe Baustelle,

dat stimmt. Kleine Kontrollen erhalten den Arbeitseifer, wie schon gesagt. Ich wollte gerade wieder los, da war plötzlich Riesentheater. Und da lag der vorne vorm Haus. Allet voller Blut. Ker, ich kann Ihnen sagen … dat war kein schöner Anblick. Völlig zermatscht, der Kopp. Und dat Dämlichste is: Dat war eigentlich der letzte Tach von der Baustelle. Dat Haus war eigentlich fertich. Und jetz? Arbeit unterbrochen – noch 'n Tach mehr. Meine Männer müssen hier antanzen – macht schon zwei Tage mehr. Und dat schlimmste is: Ich darf dat Gerüst nich abbauen, dat kotzt mich *richtich* an. Wer ersetzt mir denn jetz den Arbeitsausfall?«

»Es steht Ihnen frei, eine schriftliche Beschwerde einzureichen. Ich habe darauf keinerlei Einfluss. Wenn die Spurensicherung so entschieden hat, dann ist das leider so.«

»Sie sind mir ja vielleicht 'n Komiker. Wat soll dat bringen? Ich bin *jetz* inne Bredullje. Ich kann froh sein, dat mir gerade ein terminierter Auftrach geplatzt is, weil die mit dem Neubau noch nich so weit sind wie geplant. Alles war eingestielt, aber wie soll ich auf die Ausführung des Auftrachs bestehen, wenn da kein Haus is, dat ich streichen könnte? Wir kleinen Handwerker, wir sind immer die Doofen. Da rackert man sich ein Leben lang ab, um wat aufzubauen, und dann so wat. Der Auftrach platzt, und ich hab meine Leute für die nächsten drei Wochen nich beschäfticht. Da kann ich fast froh sein, dat ich dat Gerüst nun doch nich morgen schon woanders brauch. Sonz hätte ich nämlich heute beim nächsten Auftrachgeber anrufen müssen, um dem irgendwat vom Pferd zu erzählen, warum ich nich antanzen kann, und dat wäre …«

»Dann fügt sich ja doch alles zum Positiven«, fiel Arno ihm rigoros ins Wort. »Ich möchte wieder zum eigentlichen

Thema zurückkehren, wenn Sie erlauben. Wo genau waren Sie zum Zeitpunkt des Unfalls?«

Braukmann kratzte sich ausgiebig am Kopf. »Keine Ahnung. Hinten aufm Hof, denke ich.«

»Nicht zufällig irgendwo auf dem Gerüst?«

»Wat? Nee.«

»Wie muss ich mir den Aufbau des Baugerüsts vorstellen? Folgt der immer demselben Muster?«

»Wennse damit meinen, dat die Bretter, auf denen die Männer laufen, immer waagerecht liegen, dann ja.« Braukmann wollte sich ausschütten vor Lachen.

Arno ließ ihm Zeit, sich wieder zu beruhigen, dann sagte er: »Nein, das meine ich nicht. Ich möchte wissen, ob jedes Brett einen bestimmten Platz hat, wie bei einem Bausatz. Oder einem Puzzle. Sind die Bretter durchnummeriert oder so?«

Braukmann starrte ihn ungläubig an. »Bretter-Pussel, dat hab ich ja noch nie gehört. So wat kann auch nur 'n Laie fragen. Natürlich nich. Wie andere dat machen, weiß ich nich. Aber bei mir sehn alle Bretter gleich aus. Gleich lang und gleich breit. Ende Gelände.«

»Die müssen ziemlich dick sein, oder?«

Braukmann nickte. »Klar, sonst krachen die Leute durch. Und an den Enden sind die mit Gerüstdielenband verstärkt.«

»Was ist das?«

»Metall, damit die nicht ... wie soll ich sagen ... *ausfransen,* wennse so wolln. Und die haben da manchmal so Ösen, um se mit dem Metallgerüst zu verbinden. Damit dat allet sicher is und nix verrutscht.«

»So unglaublich sicher scheint das Gerüst ja nicht gewesen zu sein. Immerhin ist gestern ein Brett gebrochen, was zum Absturz Ihres Mitarbeiters Wehling geführt hat.«

»Dat versteh ich auch nich!« Braukmanns Gesicht war dunkelrot angelaufen. »Wie peinlich is dat denn? Jetzt heißt et bestimmt: Der geizige Braukmann benützt billige Bretter und dem seine Leute stürzen ab. Geschäftlich is dat 'ne Katastrophe!«

»Und menschlich?«

Braukmann, der ein großformatiges Stofftaschentuch aus der Hosentasche gefummelt hatte und sich nun damit das schweißfeuchte Gesicht abwischte, hielt inne. »Wie – menschlich?«

»Na, immerhin ist einer Ihrer Mitarbeiter äußerst schwer verletzt; vielleicht ist er auch längst tot. Darauf bezog sich meine Frage. Was können Sie mir über Kevin Wehling erzählen?«

Während er umständlich das Taschentuch wieder in der Hosentasche verstaute, sagte Braukmann: »Nix. Privat kenn ich den Typ nich. Unverheiratet. Ordentlicher Arbeiter, aber kein Ehrgeiz. Dienst nach Vorschrift, aber kein Handschlach mehr, wennse verstehn, wat ich meine, Meister. Um Punkt fünf Uhr hat der den Pinsel fallen lassen und is ab inne nächste Disco. Frauen aufreißen, damit hat der immer schwer angegeben, wat er fürn Frauentyp is. Sonst weiß ich nix über den.«

»Das ist doch schon eine ganze Menge, Herr Braukmann«, erwiderte Arno.

Interessant, dass Braukmann das Opfer nicht beim Namen nannte, fand Arno. Er sagte ›der Typ‹ oder auch nur ›der‹.

»Sie mochten ihn nicht sonderlich, oder?«, fragte Arno.

»Mögen?« Braukmann zuckte mit den Schultern. »Wat heißt dat schon? Ich muss meine Leute nich mögen. Die müssen ordentlich arbeiten. Wenn ich wen einstell, such ich keine Freunde, wennse verstehn, wat ich meine.«

»Sagen Sie, Herr Braukmann: Gab es jemals Beschwerden über Herrn Wehling?«

Im Gesicht seines Gegenübers arbeitete es; die Frage schien ihm unangenehm zu sein.

»Ach, dat hat Ihnen bestimmt die kleene Blauhaarige erzählt, oder? Die is nich ganz richtich.«

»Tatsächlich? Wie meinen Sie das?«

»Na, die kam angerannt, von wegen sie würde sexuell belästigt. Vom Kevin. Dat is natürlich Quatsch. So wat tun meine Leute nich, dann würd ich die sofort feuern. In Wirklichkeit war dat nämlich genau umgekehrt: Die Kleene hat meine Jungs angemacht.«

»Woher wissen Sie das?«

»Dat haben alle erzählt. Und der Kevin auch, als ich mir den vorgeknöpft hab deswegen. Der hat sich kaputtgelacht. Die hätte ihn angemacht, und er hätte natürlich abgelehnt. Und jetzt rennt die rum und beschuldigt ihn, er hätte ihr seinen Schwengel gezeicht. Blödsinn.«

»Sie halten die Anschuldigungen der jungen Frau also für Lügen? Verstehe ich das richtig?«, fragte Arno.

»Ich will Ihnen mal wat sagen, Meister.« Braukmann beugte sich über den Tisch und senkte verschwörerisch die Stimme. »Sie glauben nich, zu wat einsame und frustrierte Weib… äh, Frauen imstande sind. Als ich noch jung und knackich war, also zu meiner Gesellenzeit, da stehste morgens vor der Tür, und die Auftraggeberin öffnet in so 'nem durchsichtigen Fummel.« Er verstellte die Stimme und piepste: »*Oh, isses schon so spät? Ich bin ja noch gar nich angezogen! Wat müssense jetz von mir denken?*« Er warf Arno einen beredten Blick zu und sprach mit seiner normalen Stimme weiter. »Da steht dann also zum Beispiel so 'ne Schabracke von fuffzich Jahren vor dir und macht dich an. Ich bin natürlich immer wacker in dat Zimmer, dat ich streichen sollte, und hab gehofft, dat die vollständich bekleidet is, wenn ich die dat nächste Mal seh. Und dann kommen die ständich an und stören. *Wollense wat essen? Wollense wat trinken?* Ein seriöser Handwerker hat sein Bütterken immer dabei. Der lässt sich nich füttern. Dat gehört sich nich.«

»Frau Rubikon ist aber bei Weitem nicht so alt.«

»Auf dat Alter kommt es nich an, Meister. Dat war nur 'n Beispiel. Alte Weiber, junge Weiber … kam allet vor. Einsam und frustriert. Aber wenn die Weiber auch noch nümphi … nümpo … also, wenn die sexsüchtich sind, dann baggern die allet an, wat nich bei drei aufm Baum is. Glaubense mir.« Er nickte und fuhr fort: »Ich hab immer so getan, als hätt ich nix bemerkt. Aber wenn et hart auf hart kommt, und der Typ knallt der Else vorn Latz, dat er keinen Bock auf sie hat … dann wird et lustich. Dann wollen die sich rächen. Hab ich allet erlebt. Nix is gefährlicher als 'ne Frau, die abgewiesen wurde. Könnense mir glauben.«

Großer Gott. Das klang ja wie aus einem sehr schlechten Porno. Sexsüchtige Hausfrauen, die sich Handwerkern an den Hals warfen. Ob das wirklich vorkam? Wie auch immer – darum ging es hier nicht.

»Sie denken also, Frau Rubikon ist nymphoman? Und rachsüchtig, weil Ihre Männer sie abgewiesen haben? Warum hat sie sich dann lediglich über Kevin Wehling beschwert? Das erscheint mir unlogisch.«

Braukmann glotzte ihn verdattert an, fasste sich aber rasch. »Wat weiß denn ich, wie die Blauhaarige denkt? Hockt den ganzen Tach zu Hause vorm Computer, da musste ja plemplem werden.« Er verschränkte die Arme vor der Brust. »Wissense wat, Herr Kommissar? Mir reicht es jetz. Sind wir fertich? Ich hab zu tun.«

Arno wusste, er würde kein weiteres Wort aus Braukmann rauskriegen; die Körpersprache des Mannes war eindeutig.

Er stand auf und griff nach seinem Handy. »Wenn Sie bitte noch einmal in den Wartebereich gehen würden; ich lasse rasch das Protokoll anfertigen. Sie müssen es dann bitte noch unterschreiben.«

Ein genervtes Schnauben war die Antwort, aber Arno reagierte nicht darauf. Als sie den Raum gemeinsam verließen, kam ihnen auf dem Flur der Lehrling aus der Malerkolonne entgegen.

»Wat has du denn hier zu suchen, Timmy? Ich glaub, es hackt!«, blökte Braukmann. »Du has doch jetzt Berufsschule!«

Der junge Mann erbleichte und stammelte: »Wir konnten nach der dritten Stunde gehen, und ich dachte, ich komme hierher, bevor ich auf die Baustelle …«

»Was ich übrigens vorbildlich finde«, sagte Arno schnell, bevor Braukmann wieder zu Wort kommen konnte. »Vielen Dank, Herr Braukmann. Wir haben alles besprochen.« Er hielt die Tür zum Befragungsraum für den Neuankömmling auf. »Bitte setzen Sie sich schon mal, ich bin gleich bei Ihnen.«

Während Braukmann sich brummelnd verzog, ging Arno in sein Büro und überspielte rasch die Aufnahme der Befragung auf seinen Rechner, dann schickte er die Audiodatei mit der dringenden Bitte um sofortige Erledigung ins Sekretariat. Ein Blick in seine Notizen nannte ihm den Namen des jungen Mannes, der jetzt auf ihn wartete: Tim Lessing.

Arno hoffte inständig, dass Lessing weniger geschwätzig war als sein Chef.

Inständig.

Kapitel 11

Auf Arnos Nachfrage, ob er etwas trinken wolle, schüttelte Lessing den Kopf. Bei der Gelegenheit fiel Arno ein, dass er vergessen hatte, Braukmann etwas anzubieten, aber der hatte auch nicht danach gefragt. So eingeschüchtert und furchtsam, wie Lessing ihn anstarrte, hielt Arno es für opportun, zunächst eine vertrauensvolle Atmosphäre herzustellen.

»So, Herr Lessing«, sagte Arno, »Sie erinnern sich bestimmt an mich. Ich bin Kommissar Tillikowski, wir sind uns gestern kurz begegnet. Keine Sorge, dies ist reine Routine. Ich stelle ein paar Fragen, die Sie mir nach bestem Wissen und Gewissen beantworten, und dann sind wir ganz schnell fertig. Es ist gut, dass Sie sofort hergekommen sind, umso schneller haben Sie es hinter sich.«

Er nickte ihm aufmunternd zu, und Lessing entspannte sich ein wenig. Arno erklärte ihm, warum er das Handy benutzte, dann fuhr er fort: »Sie sind momentan in der Firma von Herrn Braukmann in der Ausbildung, wenn ich das richtig verstanden habe. Für einen Auszubildenden sind Sie mit 26 Jahren schon recht fortgeschrittenen Alters, oder?«

»Ich bin im dritten Lehrjahr, und das ist bereits meine zweite Ausbildung. Zuerst hab ich Gartenbau gelernt. Aber der Betrieb konnte mich nicht übernehmen, und ich habe keinen Job in dem Beruf gefunden. Also mache ich jetzt diese Ausbildung.«

»Dann sind Sie ja ein richtiges Multitalent. Ein Glücksfall für Herrn Braukmann. Es ist nicht verkehrt, auf zwei Beinen zu stehen. Aber nun möchte ich mit Ihnen über Kevin Wehling sprechen. Wollen Sie mir bitte kurz schildern, was gestern Morgen passiert ist?«

»Ich habe überhaupt nichts von dem Unfall mitbekommen«, sagte Lessing. »Ich war hinten.«

»Auf dem Hof?«

Lessing nickte. »Genau. Kevin war vorne.«

»Verstehe. War das unter Ihnen so aufgeteilt? Haben Sie immer hinten gearbeitet und Herr Wehling vorne?«

»Manchmal so, manchmal umgekehrt. Aber gestern war ich hinten. Die ganze Zeit.«

»Können Ihre Kollegen das bestätigen?«

»Na klar, wir waren alle hinten. Alle zusammen.«

»Gestern schienen Sie sehr überrascht, dass dieses Brett zerbrochen ist.«

»Na klar. Das darf doch nicht passieren, oder?«

»Nein, das darf es nicht, da haben Sie recht. Waren Sie dabei, als das Gerüst errichtet wurde?« Auf Lessings Nicken hin deutete Tillikowski auf das Handy. »Bitte mit Ja oder Nein antworten, Herr Lessing.«

»Ja, ich habe mitgeholfen, das Gerüst aufzubauen.«

»Würden Sie bemerken, wenn ein Brett nicht in Ordnung wäre?«, fragte Arno weiter.

»Natürlich. Ich meine … Das denke ich schon. Die Bretter werden natürlich nicht gerade unter die Lupe gelegt. Da ist dieser große Stapel Gerüstdielen, und eine nach der anderen wird verarbeitet. Das geht schnell, zack, zack, zack, dann steht das Gerüst. Aber für Sicherheit muss gesorgt sein. Schließlich klettern wir darauf herum, das ist eigentlich ganz schön gefährlich. Und Passanten soll natürlich auch nichts auf den Kopf fallen.«

»Okay. Gut zu wissen. Jetzt kommen wir zu Kevin Wehling. Was für ein Mensch war er? Können Sie mir etwas über ihn erzählen?«

Lessing riss erschrocken die Augen auf. »War? Ist er tot?«

»Gestern Abend war er es noch nicht. Aber die Ärzte kämpfen um sein Leben.«

Das schien den jungen Mann zu beruhigen. »Der Kevin ist schwer in Ordnung, der ist ein echter Kumpel. Nach Feierabend sind wir manchmal zusammen losgezogen. Oder am Wochenende.«

»Nur Sie und Herr Wehling?«

»Nein, die anderen auch. Hotte und Sascha. Der Hotte seltener, der ist schon verheiratet, und da hat die Frau immer Stunk gemacht.«

Arno grinste. »Und was haben Sie dann so unternommen, wenn Sie zusammen unterwegs waren?«

»Unterschiedlich. Während der Woche sind wir in die Kneipe gegangen, aber am Wochenende in die Disco. Da haben wir richtig einen draufgemacht.«

Das konnte Arno sich lebhaft vorstellen. »Ordentlich einen auf die Lampe gekippt und mit hübschen Mädels geflirtet, nehme ich an?«

»Sascha nicht, und Hotte sowieso nicht. Der Sascha hat eine feste Freundin. Geflirtet hat er schon, aber dann war Schluss. Die sind ihren Frauen nicht fremdgegangen. Aber ein bisschen Knutschen und Fummeln, das ist ja noch kein Fremdgehen, hat der Kevin gesagt.«

Darüber konnte man geteilter Meinung sein, fand Arno. »Hatte der Kevin auch eine Freundin?«

Es arbeitete in Lessings Gesicht, dann grinste er den Kommissar an. »Der? Nie im Leben. I*ch bin doch nicht blöd* *und binde mich an eine Frau, wenn ich alle haben kann*, hat er immer gesagt.«

»Und? War er erfolgreich bei den Frauen?«

»Der ist nie alleine aus der Disco nach Hause gegangen«, sagte Lessing so stolz, als sei es sein Verdienst. »Manchmal hatte er sogar zwei oder drei zur Auswahl. Oder er hat eine im Klo oder auf dem Parkplatz gebu... äh, er hatte dort Sex mit ihr, und dann ist er mit einer anderen nach Hause.«

Und das hat dir mächtig imponiert, was?, dachte Arno gallig.

»Hatte er auch mal was mit Frauen in den Häusern, an denen Sie gearbeitet haben?«

»Was? Nein! Keine Ahnung!«

»Ach, kommen Sie.« Arno zwinkerte dem jungen Mann verschwörerisch zu – wofür er sich verabscheute – und fuhr fort: »Mal eben schnell zum Fenster rein, das geht doch flott. Wenn der Kevin so einen Erfolg bei Frauen hatte, kriegte er doch bestimmt hier und da mal eindeutige Angebote.«

Tim Lessing dachte angestrengt nach, das war ihm deutlich anzusehen. »Also, da war ja diese blauhaarige Olle«, sagte er dann zögernd.

Endlich wurde es interessant. »Sie sprechen von Frau Rubikon?«

Lessing zuckte mit den Schultern. »Weiß nicht, wie die Blauhaarige heißt. Die, die aussieht wie ein Punk.«

»Was war mit der?«

»Na, die ist immer so rumstolziert, wenn wir vor ihrem Fenster gearbeitet haben.« Lessing wich seinem Blick aus und verstummte. Dann fügte er hinzu: »Sie wissen schon. So, als wollte sie was von einem.«

»Sie meinen Sex? Frau Rubikon wollte Sex mit Ihnen? Egal, mit wem aus der Truppe?«

Plötzlich hatte Lessing wieder Oberwasser und grinste breit. »Na klar. Dabei hatte keiner von uns Bock auf die. Haben Sie gesehen, wie die aussieht? Wie ein Kerl. Kein Mann packt so eine freiwillig an. Die ist bestimmt ’ne Lesbe.«

»Aha. Und warum sollte sie dann Sex mit Ihnen wollen? Mit einem Mann?«

»Das weiß man doch: Weil die nur deshalb Lesben werden, weil kein Mann die anpackt. Ist doch logisch. Aber insgeheim wollen die mal ordentlich …«

Er brach abrupt ab, als Arnos flammender Blick ihn traf.

Großer Gott, dachte Arno, wie kann man so über Frauen denken? Aber vermutlich wurde er von Kevin Wehling entsprechend ausgebildet.

Das würde hervorragend zu dem Bild passen, das er sich inzwischen vom Opfer gemacht hatte.

Allerdings hatte er jetzt schon die zweite Aussage dazu, dass Ruby angeblich die Maler angemacht hatte. Braukmann hatte zwar nur erzählt, was er von Wehling gehört hatte, aber es waren dennoch bereits zwei Männer, die das behaupteten: das Opfer und Tim Lessing. Es stand momentan also zwei zu eins. Gegen Ruby.

Arno beendete die Befragung; für den Moment hatte Tim Lessing nichts weiter zu sagen, wie er versicherte.

Seine Hoffnung, jetzt endlich eine kleine Pause machen zu können, zerschlug sich, denn die beiden weiteren Kollegen warteten bereits auf ihn.

Horst Keppler, genannt Hotte, gab sich während der Befragung betont lässig. Auch er gab an, dass Andrea Rubikon sich durchaus einladend gebärdet habe, aber er sei ein sehr glücklich verheirateter Mann und habe sie selbstverständlich ignoriert. Zwar sei er manchmal mit den Kollegen auf die Rolle gegangen, aber natürlich in allen Ehren.

Arno verkniff sich die Nachfrage nach dem Knutschen und Fummeln, das Lessing erwähnt hatte – das Privatleben des Mannes spielte hier und jetzt keine Rolle, und sein moralisches Wertesystem ebenfalls nicht.

Dass Andrea Rubikon sich über Kevin beschwert hatte, wusste er. Aber man kenne das ja: abgewiesene Frauen und ihre Rachegelüste …

Es wunderte Tillikowski nicht besonders, dass auch der Vierte im Bunde, Alexander ›Sascha‹ Müller, später eine praktisch deckungsgleiche Aussage machte.

Arno setzte sich an seinen Schreibtisch und rieb sich die Schläfen. Gott, er hasste diesen Fall. Bei keinem einzigen Beteiligten war er sicher, ob derjenige log oder nicht. Bisher war leider die Einzige, die überhaupt ein Motiv zu haben schien, Andrea Rubikon.

Zu blöd, dass keiner ihrer Nachbarn zu Hause gewesen war. Alle anderen Mieter verließen morgens das Haus und gingen zur Arbeit; die meisten hatten vom Lärm der Sanierung wenig bis gar nichts mitbekommen. Außerdem war nur außerhalb der Wohnungen gebaut worden: Dach, Treppenhaus und nun die Fassade.

Überdies gab es auch niemanden, der auf der Rückseite des Hauses etwas hätte beobachten können, denn dort blickte man nur auf fensterlose Fassaden. Niemand, der hätte bestätigen können, dass Wehlings Kollegen zum fraglichen Zeitpunkt tatsächlich im Hof gewesen waren, wie sie übereinstimmend angegeben hatten.

Auf der gegenüberliegenden Straßenseite des Hauses befand sich eine Grünfläche mit hohem Baumbewuchs, der die Sicht – zum Beispiel vom dortigen Spielplatz aus – stark behinderte.

Verdammt, hätte dieser vermaledeite Unfall nicht im Winter passieren können, wenn die Äste kahl waren?

Das alles war schon ungünstig genug, aber zu allem Überfluss war Andrea Rubikon – die Blauhaarige, wie die Männer sie nannten – auch noch eine enge Freundin von Ben und zumindest eine Bekannte von Stella Albrecht – die Geschichte mit der innigen Freundschaft auf den ersten Blick kaufte er Stella nämlich nicht ab.

Arno wollte sich nicht ausmalen, wie Ben und Stella reagieren würden, wenn er Ruby tatsächlich verhaften musste, weil die Staatsanwaltschaft Anklage gegen sie erhob.

Ben war unruhig. Bei Ruby erreichte er nur die Mailbox, und Stella hatte ihn gerade am Telefon kurz abgefertigt, sie habe jetzt keine Zeit, aber er könne später gern bei ihr vorbeikommen. Ben sah sich außerstande, noch ein paar Stunden zu warten, bis er alles über die heutige Befragung Rubys im Präsidium erfuhr. Aber es gab ja noch eine dritte Möglichkeit.

»Arno, hier ist Ben«, sagte er, als der Kommissar seinen Anruf annahm. »Störe ich? Du bist nicht gerade in einem Verhör, oder?«

»Dann wäre ich wohl kaum ans Telefon gegangen. Ich habe Mittagspause. Spät, aber immerhin.« Ben hörte, wie er von irgendetwas abbiss und geräuschvoll kaute.

»Guten Appetit. Bist du in der Kantine oder am Schreibtisch?«, frage Ben, um auszuloten, ob Arno ohne ungebetene Lauscher reden konnte.

»Schreisch«, nuschelte Arno mit vollem Mund.

Schreibtisch also. Ben frohlockte. »Wie war es denn heute Morgen mit Ruby und Stella?«

»Nanu – hat sich etwa noch keine der beiden Damen bei dir darüber ausgelassen, welch ungehobelter Grobian ich bin?«

Aha, es ist also richtig zur Sache gegangen, dachte Ben. »Nein, denn genau aus dem Grund rufe ich dich zuerst an. Mich interessiert deine *professionelle Einschätzung.*«

»Das kannst du deiner senilen Omma erzählen, Kumpel. Ich wette eine Million, dass du weder Ruby noch Stella erreicht hast und genau deshalb jetzt bei mir an der Strippe hängst. Professionelle Einschätzung, dass ich nicht lache.«

»Erwischt. Aber wie ist es denn nun gelaufen?«

»Ich darf darüber nicht sprechen, das weißt du genau.«

Ben rollte mit den Augen. »Komm, Arno, zier dich nicht. Ich rufe nicht als Reporter an, der dir Dinge aus der Nase ziehen will, die nicht an die Öffentlichkeit gehören. Dieser Anruf ist rein privat. Ich mache mir große Sorgen um Ruby.«

Am anderen Ende der Leitung herrschte Stille. Ben wusste, dass Arno gerade mit sich rang, was und wie viel er preisgeben wollte. Dann sagte Arno: »Ist Andrea Rubikon ein rachsüchtiger Mensch?«

»Überhaupt nicht. Ich kenne niemanden außer ihr, der so wenig nachtragend ist.«

»Hm. Du kennst sie doch ziemlich gut, wenn ich das richtig verstehe. Ist es für dich vorstellbar, dass sie die Maler aktiv angeflirtet hat?«

Ben prustete. »Das ist das Absurdeste, das ich je gehört habe. Sie lebt sehr zurückgezogen, weil sie es für sich so entschieden hat. Haben die Männer das etwa behauptet?«

»Bisher habe ich vier diesbezügliche Aussagen. Vier, Ben. Erstens ...« Er brach ab und sagte: »Das bleibt unter uns, hörst du, Ben? Unbedingt. Darauf muss ich mich wirklich verlassen können.«

»Großes Fußballer-Ehrenwort.« Wie ein Kind kreuzte Ben hinter seinem Rücken die Finger, denn natürlich würde er alles, was er von Arno erfuhr, mit Stella besprechen.

»In Ordnung. Also, erstens hat der Lehrling eine entsprechende Aussage gemacht. *Die Blauhaarige* – so nennen sie Frau Rubikon – hätte ihn und seine Kollegen angebaggert. Gleichzeitig ist er der festen Überzeugung, dass sie lesbisch ist. Das Opfer ist wohl eine Art Lehrmeister für ihn; diesen Eindruck habe ich mittlerweile. Dieser Wehling scheint ein echter Kotzbrocken zu sein.«

»Du wirst doch wohl nicht glauben, was dieser Bengel nachplappert?«

»Neutral betrachtet handelt es sich schlicht und ergreifend um seine Aussage, die jetzt im Raum steht. Punkt. Ob er lügt oder nicht – keine Ahnung. Ähnliches hat Braukmann, der Chef, zu Protokoll gegeben; dabei handelt es sich allerdings um Hörensagen. Als er Wehling wegen Frau Rubikons Beschwerde zur Rede gestellt hat, hat der genau das behauptet: Die Frau habe ihn angemacht und sich dann wegen seiner Zurückweisung rächen wollen. Braukmann ist geneigt, Wehling zu glauben. Dazu kommen die beiden anderen Männer des Trupps.«

»Aber das ist doch absurd, Arno! Die haben sich abgesprochen! Außerdem wird dieser Braukmann kaum zugeben, dass seine Männer vom Gerüst aus Frauen belästigen, also bitte. Natürlich nimmt er seine Truppe in Schutz, ist doch wohl klar!«

»Braukmann hat mir von seinen eigenen Erfahrungen als Malergeselle berichtet: Es sei durchaus vorgekommen, dass er Angebote von Kundinnen bekommen habe. Oder dass die zumindest *deutliche* Signale gesendet hätten.«

»Was für ein dummer Schwätzer!«

»Da könntest du allerdings recht haben. Wenn ich ihm nicht in seinen öden Monolog über einen aktuell geplatzten Auftrag und deshalb unbeschäftigte Angestellte gegrätscht wäre, würde ich noch immer mit ihm im Befragungsraum sitzen und mir seine selbstmitleidige Litanei über sein Dasein als kleiner Handwerker anhören.«

Ben gab einen mitfühlenden Laut von sich und brachte dann das Gespräch wieder zu seinem Anliegen zurück. »Ruby hat die Männer belauscht, vergiss das nicht. Die haben sich abgesprochen, diese Dinge zu behaupten.«

Tillikowski seufzte und sagte: »Ben, bei aller Freundschaft: Für mich ist das – professionell betrachtet – genauso Hörensagen beziehungsweise nicht beweisbar wie alles andere, was ich bis jetzt erfahren habe. Das Dumme für Frau Rubikon ist, dass sie allein ist und keine Zeugen hat, die ihre Aussage bestätigen können. Dass sie deine Freundin ist, ist kein Beweis für ihre Unsch…, ich meine, für ihre Aufrichtigkeit.«

Ben erstarrte. Dieser kleine Versprecher ließ ihm den Atem stocken. Er fasste sich wieder und sagte: »Du wolltest Unschuld sagen, richtig? Du ziehst also allen Ernstes in Betracht, dass sie ihn vom Gerüst gestoßen hat.«

»Ich persönlich ziehe zunächst einmal gar nichts in Betracht, Ben, und das weißt du genau. Ich muss absolut neutral bleiben. Ich sammle Aussagen, und die Spurensicherung wertet die vorliegenden Spuren aus. Es gibt direkt vor Frau Rubikons Fenster ein angesägtes Brett; das ist ein Fakt. Wenn ich das Gefühl habe, genug ermittelt zu haben, packe ich alles in einen Pappkarton. Den übergebe ich der Staatsanwaltschaft, und *die* entscheidet, ob das alles ausreicht, um Anklage zu erheben. Nicht ich, Ben. Die Staatsanwaltschaft prüft, ob irgendwer ein nachvollziehbares Motiv hat – nicht ich.«

»Als würdest du dir keine Meinung bilden!«

»Schon, aber die ist nicht relevant. Ben, sei bitte nicht sauer auf mich, ich bin hier nur der Sammler. Das ist mein Beruf. Dazu gehört, unbequeme Fragen zu stellen. Das wird auch Stella irgendwann verstehen, hoffe ich. Diese Fragen sind nichts Persönliches. Wenn ich Frau Rubikon frage, ob sie die Maler angebaggert hat, dann nicht, weil ich der Meinung bin, dass sie es getan hat. Ich habe das zu fragen, weil diese Behauptung im Raum steht. Wenn sie das verneint, nehme ich es genauso zur Kenntnis wie vorher den Vorwurf selbst.«

Ben wusste, er musste sich unbedingt beruhigen. Es wäre mehr als kontraproduktiv, wenn er sich jetzt mit Arno zerstreiten würde.

Er atmete tief durch und sagte: »Tut mir leid, dass ich so aus der Haut gefahren bin, Arno. Ich weiß, du bist absolut professionell. Aber Ruby … ich mag sie sehr, also reagiere ich emotional.«

»Das weiß ich, und das verstehe ich. Ich muss jetzt auflegen, Ben. Die Arbeit wartet. Bis bald, okay?«

Tillikowski legte auf, ehe Ben sich ebenfalls verabschieden konnte.

Ben blickte auf die Uhr; es war erst früher Nachmittag. Stella erwartete ihn gegen sechs. Sie würden eine Menge zu besprechen haben.

Kapitel 12

»In Rubys Horoskop ist nichts zu finden, das mich an ihrer Aufrichtigkeit zweifeln lassen würde«, sagte Maria.

Sie legte die Grafik von Rubys Geburtshoroskop auf den Gartentisch. Stella saß am Teich und genoss die spätnachmittägliche Sonne.

»Danke, dass du es dir angesehen hast«, erwiderte Stella. »Setz dich doch. Gleich kommt übrigens Ben. Er hat mit Tillikowski gesprochen. Was Ruby angeht, brauche ich einfach eine zweite Meinung. Welchen Eindruck hast du?«

»Natürlich fällt sofort ihr zwölftes Haus ins Auge. Interessant, wer dort alles versammelt ist: Sonne, Merkur, Mars, Venus und Saturn – da ist ganz schön was los. Andererseits ist nicht ohne Grund das Symbol fürs zwölfte Haus ein dunkler, leerer Raum. Menschen mit dieser Betonung isolieren sich häufig von der Außenwelt, da ihr Ruhebedürfnis schier übermächtig ist. Ich weiß ja nun bereits, dass sie zu Hause arbeitet. Und das in einem Bereich, der es ihr ermöglicht, direkten Kontakt mit realen Menschen zu vermeiden, wenn ihr danach ist. Sie ist mit ihrer Wassermannbetonung wie geschaffen für die Arbeit mit den neuen Medien, und bei ihren ausgeprägten intellektuellen Fähigkeiten ist es für mich kein Wunder, dass sie sich mit dem Computer so gut auskennt. Ihr Wassermann-Merkur hat keinerlei Berührungsängste dieser Technik gegenüber, wie sie viele Menschen haben, und ist vielmehr fasziniert von den Möglichkeiten, die sie bietet. Sie ist ein … wie heißt das Wort für diese Computerfreaks noch gleich?«

Stella lächelte. »Du meinst ›Nerd‹. Darunter stellt man sich meist einen pummeligen Kerl mit dicker Brille vor, der seit Jahren kein Tageslicht gesehen hat, weil er nur am Computer hockt. Aber in diesem Bereich qualifizierst du dich nicht über eine bestimmte Optik, sondern über deine Fähigkeiten. Trotzdem ist das meines Wissens noch immer eine Männerdomäne.«

»Theoretisch muss sie bei ihren virtuellen Kontakten in der Branche ja nicht einmal preisgeben, ob sie eine Frau oder ein Mann ist. Damit tut sie sich ohnehin schwer.«

»Mit ihrer geschlechtlichen Identität, meinst du?«, fragte Stella überrascht.

Maria schüttelte den Kopf. »Das meinte ich eigentlich nicht, aber die Mars-Venus-Konjunktion im zwölften Haus macht es ihr bestimmt nicht gerade einfach. Nein, ich denke, sie tut sich schwer damit, etwas über sich preiszugeben. Sie ist nicht sehr lebhaft und wirkt auf andere Menschen nicht besonders ... ich finde das passende Wort nicht ...«

»Einladend?«, schlug Stella vor.

»Ja, das trifft es. Ihre Steinbock-Venus macht sie so übervorsichtig. Überschwängliche Herzlichkeit ist ihr fremd. Es ist nicht gerade so, dass ihr die Herzen nur so zufliegen, dabei ist ihr Potenzial an sozialer Kompetenz eigentlich sehr hoch, da sie sehr mitfühlend ist. Bestimmt halten manche sie für hart und gefühlskalt, was ihrem innersten Empfinden aber überhaupt nicht entspricht. Sie ist eine zarte, schöne Perle, die in einer fest verschlossenen Auster lebt.«

»Auch ein gutes Bild für ihr großes Bedürfnis nach Rückzug: Ihr Heim ist ihre Muschel, dort fühlt sie sich sicher. Was aber passiert, wenn diese Sicherheit bedroht oder sogar zerstört wird?«

Maria nahm die Grafik zur Hand und studierte sie stirnrunzelnd. »Du meinst diesen übergriffigen Kerl …«

»Genau. Bei allem Unglück finde ich spannend – aber eigentlich auch folgerichtig –, dass er sich an ihr so dermaßen festgebissen hat«, erwiderte Stella. »Rubys äußeres Erscheinungsbild ist sehr unkonventionell. Sie unternimmt nichts, um ihre Weiblichkeit zu betonen, im Gegenteil: Sie sieht aus wie ein fünfzehnjähriger Punk-Bengel.«

»Mit bunten Haaren und allem Drum und Dran? Das würde mir gefallen.«

»Schrille Vögel unter sich, hm?« Stella grinste und fuhr fort: »Sie trägt einen knallblauen Irokesenschnitt. Und punkmäßige Klamotten, versteht sich.«

»Interessant …«, murmelte Maria und fuhr fort: »Also doch eine Spur von Eitelkeit … nein: Stilbewusstsein. Das zeigt ihr ganz individuelles Empfinden von Ästhetik. Sie macht sich schön für sich selbst. Und es zeugt von Selbstbewusstsein, findest du nicht?«

»Ja und nein. Ich bin zwiegespalten. Ja, ich gebe dir recht, aber andererseits kann sie hinter diesem betont männlichen Aussehen vortrefflich ihre Verwundbarkeit verbergen.«

»Immerhin zieht so ein auffälliges Äußeres doch Blicke auf sich. Und ruft bestimmt auch mal Reaktionen hervor, die sicherlich nicht alle positiv sind; besonders bei Männern. Gerade solche Männer, die sich für Frauenflüsterer halten, fühlen sich durch vermeintlich unweibliche Frauen wie Ruby oft besonders provoziert.«

»Womit wir wieder bei der Frage angekommen wären, die mich am meisten beschäftigt«, sagte Stella. »Wie reagiert sie, wenn jemand so massiv in ihre heilige Privatsphäre, ihr sicher geglaubtes Heim, eindringt?«

»Theoretisch könnte sie leicht zornig werden«, erwiderte Maria, nachdem sie sich die Grafik noch einmal angesehen hatte. »Dafür sorgt der Mars im Trigon zu ihrem Mond, aber die Wut verraucht sehr schnell wieder; sie konserviert sie nicht, um sich später zu rächen oder dergleichen. Sie ist überhaupt nicht nachtragend, möchte ich wetten. Wenn überhaupt, dann würde sie sofort und ganz direkt handeln. Reflexartig und ohne einen Gedanken an die Konsequenzen ihres Tuns zu verschwenden. Allerdings ist ihr Mars in Haus zwölf und steht direkt neben der Venus, sie ist also eher friedliebend und nicht auf Krawall gebürstet.«

»Damit bestätigst du hundertprozentig meinen Eindruck«, sagte Stella mit einem Nicken, »sie würde den Mann vielleicht spontan schubsen, aber sie würde nie im Leben ein Brett ansägen und dann auf eine Gelegenheit warten, weil sie ihn umbringen will.«

Das Geräusch einer zuklappenden Autotür signalisierte ihnen Bens Ankunft. Wenige Sekunden später kam er über den Rasen auf sie zu und setzte sich.

»Die Schlinge um Rubys Hals zieht sich immer mehr zu«, sagte er und rieb sich müde die Stirn, »ich mache mir die allergrößten Sorgen. Die Maler haben bereits ausgesagt und behauptet, sie habe sich ihnen angeboten. Obwohl: Der Chef, dieser Braukmann, kannte die Geschichte nur von Kevin Wehling, hat dem aber geglaubt.«

Stella hielt es nicht mehr auf ihrem Stuhl. Mit großen Schritten ging sie hin und her. »Das ist doch vollkommen absurd! Was geht bloß in diesen Männerköpfen vor sich? Was geht in jemandem vor sich, der einer Frau seinen Penis zeigt? Welche Reaktion erhofft er sich?«

Bei der letzten Frage hatte sie Ben angesehen, und der

hob abwehrend die Hände. »Das darfst du mich nicht fragen! Woher soll ich das bitte wissen?«

»Keine Ahnung! Vielleicht, weil du deine Geschlechtsgenossen besser verstehst, als ich es kann? Hofft so ein Kerl, dass die Frau erschrocken reagiert? Angeekelt? Oder ängstlich? Ist das der Kick – eine Frau zu verängstigen? Oder ist so ein Kerl vollkommen fehlgeleitet und hofft, dass die Frau beeindruckt ist?« Mit verstellter Stimme raunte sie: »*Oooh, Wahnsinn, so einen tollen Penis habe ich ja noch nie gesehen! Komm und besorgs mir damit, sofort!*« Sie schnaubte und fügte hinzu: »Kaum vorstellbar, dass so etwas in der Geschichte des Exhibitionismus jemals passiert ist.«

»Schätzchen, du machst mich nervös. Ich verstehe deine Empörung, aber bei deinem Gerenne wird mir schwindelig«, sagte Maria sanft.

Stella ließ sich wieder auf ihren Stuhl fallen und blickte Ben an. »Und was hat Tillikowski sonst noch erzählt?«

»Er war total genervt von dem Kerl. Braukmann hat ihm einen Knopp an die Backe gelabert. Wie arm er dran ist als Handwerker, dass ihm gerade ein Auftrag geplatzt ist und seine Männer unbeschäftigt sind …«

»Ja, ja. Armer Arno. Soll er sich halt einen anderen Job suchen. Und dieser Braukmann ebenfalls. Vielleicht sollten die beiden tauschen.« Stella wedelte ungeduldig mit der Hand. »Zurück zu Ruby, wenn ich bitten darf. Einer behauptet etwas, der andere hat angeblich eine Geschichte gehört – und Ruby versichert, dass es nicht stimmt. Klingt für mich noch relativ ausgeglichen. Sie lügt nicht, ich bin ganz sicher. Ich würde es in ihrem Gesicht sehen, wenn sie es täte.«

»Kein Beweis«, erwiderte Ben. »Oder gilt die Interpretation von Mikromimik hierzulande mittlerweile vor Gericht? Wohl kaum.«

»Wie bitte?« Maria hob die Brauen. »Ich kenne sie zwar nicht persönlich, aber dafür ihr Horoskop. Selbst unter größtem mentalem Druck würde sie nicht derart die Kontrolle über sich verlieren, dass sie wahllos Männern anmacht.«

»Leider ist das Horoskop erst recht kein Beweis«, warf Stella ein. »Das haben wir doch schon mal durchexerziert. Erinnere dich bitte, wie Tillikowski im Breidenbach-Fall auf die Astrologie reagiert hat. Dass er mich nicht umgehend als Hexe auf dem Scheiterhaufen verbrannt hat, wundert mich noch heute.«

»Jetzt übertreibst du maßlos.« Ben schüttelte lachend den Kopf. »Du musst zugeben, dass er sich im Laufe der Ermittlungen durchaus zugänglich gezeigt hat.«

»Ach, findest du? Er hat seine Skepsis mir und meinen Methoden gegenüber niemals abgelegt. Erst als wir ihm handfeste Beweise und Informationen geliefert haben, hat er uns geglaubt.«

»Was können wir also tun, um dem armen Mädchen zu helfen?«, fragte Maria. »Sie braucht ja wohl dringend Unterstützung.«

»Ganz sicher wird sie einen sehr guten Anwalt benötigen, sollte tatsächlich Anklage gegen sie erhoben werden«, sagte Ben düster.

»Wollt ihr auch ein Glas Wein?«, fragte Maria. »Ich habe drüben einen schönen Grauburgunder im Kühlschrank stehen. Vielleicht fällt uns etwas ein, wenn wir ein Gläschen geistige Nahrung zu uns genommen haben.«

»Sehr gerne.« Ben stand auf. »Ich helfe dir tragen.«

Während die beiden das Getränk und Gläser holten, betrachtete Stella gedankenverloren die Libellen, die scheinbar ziellos über dem Teich herumsausten. Genauso zickzackten ihre Gedanken durch den Kopf. Vollkommen unkoordiniert, immer hin und her, dann wieder im Kreis, bis ihr beinahe schwindelig war. So sehr sie sich auch das Hirn zermarterte – ihr wollte einfach keine zündende Idee kommen.

»Ich muss irgendwie an die Männer rankommen«, murmelte sie, »aber wie?«

Maria und Ben kehrten zurück. Ben öffnete die Flasche und schenkte ein.

Maria hob ihr Glas gegen die allmählich sinkende Sonne und ließ die Flüssigkeit darin kreisen. »Mir ist gerade aufgefallen, dass unser Haus ziemlich gammelig aussieht. Jetzt, da die Auffahrt so schick ist, fällt der Kontrast ziemlich ins Auge, finde ich. Was meinst du, Stella?«

»Bitte?« Stella sah ihre Großmutter an, die mit Ben einen verschwörerischen Blick tauschte. »Ich dachte, wir wollten über Ruby sprechen.«

»Tun wir doch; du hast es bloß nicht verstanden, Schatz.« Maria prostete Stella zu. »Siehst du – es hat schon gereicht, den Wein zu *holen.* Ich musste nicht einmal davon trinken, um einen Geistesblitz zu haben. Ben hat doch vorhin diesen Braukmann erwähnt. Du erinnerst dich? Ein Handwerkermeister mit Existenzsorgen. Da passt es doch, dass unsere Fassade dringend einen Anstrich benötigt. Guck nicht so überrascht – das ist eine grandiose Möglichkeit für uns, an die Kerle ranzukommen.«

»Die ein paar Tausend Euro kostet. Oder was weiß ich wie viel. Mutter wird ausflippen. Gerade erst die teure Auffahrt … sie wird nicht mitspielen.«

Maria winkte lässig ab. »Das darfst du getrost mir überlassen. Ich kann ja nicht ewig auf meinem Geld hocken und nichts davon ausgeben. Felicitas muss sich finanziell nicht beteiligen. Der Anstrich ist mein Geschenk.« Sie gackerte und fuhr fort: »Dann kriegt sie halt nie wieder was zu Weihnachten, und wir schlagen zwei Fliegen mit einer Klappe: Unsere hübsche Hütte strahlt wie neu, und wir haben vielleicht die Möglichkeit, Ruby zu retten. Gut fürs Karma. Reiner Egoismus, um ehrlich zu sein.«

Wieder einmal fragte Stella sich, wie viel Geld ihre Großmutter besaß. Als Madame Pythia hatte Maria gut vierzig Jahre lang auf dem Jahrmarkt als erfolgreiche und angesehene Wahrsagerin gearbeitet und währenddessen in einem Wohnwagen gelebt. Nie war sie in den Tingeltangel geraten, nie war sie in die Zweitklassigkeit abgerutscht. Maria hatte mal angedeutet, dass sie in beinahe jeder Stadt betuchte Klienten gehabt hatte, die sie mit ihren Tarotkarten bei sich zu Hause empfangen hatten. Sie hatte es sich leisten können, Felicitas auf die besten Schulen zu schicken und ihr eine hervorragende Ausbildung zu ermöglichen.

Sie habe ja nichts weiter ausgeben müssen und das meiste sparen können, sagte Maria immer – und jetzt ließ sie mal eben einen Fassaden-Abstrich springen, um jemandem zu helfen, den sie nicht einmal persönlich kannte.

»Dein Herz ist aus purem Gold, Oma«, sagte Stella gerührt. »Ich liebe dich. Ist sie nicht wunderbar, Ben?«

Ben nickte und umarmte Maria. »Du bist wirklich die Beste, du verrücktes, altes Zirkuspferd. Du weißt, was du morgen früh als Erstes zu tun hast, Stella: bei Braukmanns Firma anrufen und einen dringenden Auftrag erteilen.«

»Aber was genau erhoffen wir uns davon, dass die Männer hier sind – falls es überhaupt klappt?«, fragte Stella. »Dass sich einer von ihnen uns gegenüber danebenbenimmt? Dass irgendwer zusammenbricht und die ruchlose Tat gesteht? Oder aus dem schillernden Leben eines Fassadenmalers plaudert? Eigentlich brauchen wir einen Mann, den wir bei denen einschleusen können …« Nachdenklich musterte sie Ben. »Wie ausgeprägt sind eigentlich deine Fähigkeiten als Fassadenmaler? Braukmann muss Wehling doch bestimmt so schnell wie möglich ersetzen.«

Ben tippte sich an die Stirn. »Nix für ungut, aber das ist ein bescheuerter Einfall. Du scheinst vergessen zu haben, dass ich einer regelmäßigen Arbeit nachgehe. Außerdem war ich an Wehlings Todestag vor dem Haus und habe mit den Leuten gesprochen – übrigens auch mit Braukmann. Spätestens damit bin ich wohl raus aus der Nummer.«

»Wie wäre es mit Otto?«, fragte Maria. »Er ist mit Sicherheit dabei, wenn ich ihn darum bitte. Er klettert so ein Gerüst schneller rauf und runter als ein Schimpanse. Vergesst nicht – er hat jahrzehntelang auf dem Jahrmarkt Fahrgeschäfte und Zelte auf- und abgebaut.«

Das war eine hervorragende Idee, fand Stella.

Otto Korittke war zwar bereits Anfang siebzig, sah aber gut und gerne zehn bis fünfzehn Jahre jünger aus. Er war flink, drahtig und durchtrainiert, und er war ein beeindruckendes Multitalent, was seine handwerklichen Fähigkeiten anbetraf. Für ihn würde es ein Leichtes sein, eine Fassade anzupinseln. Und vor allem konnte er mit seinem schauspielerischen Talent mühelos den Macho raushängen lassen.

Es blieb zu hoffen, dass bei Braukmann wirklich ein Ersatzmann gebraucht wurde.

»Kannst du ihn noch heute darum bitten?«, fragte Stella ihre Großmutter.

Maria trank einen Schluck Wein und lächelte sanft. »Nichts, was ich lieber täte, liebe Stella.«

Kapitel 13

Da es unvorstellbar war, einen derartigen Auftrag zu erteilen, ohne Felicitas Albrecht vorher zumindest davon in Kenntnis zu setzen – wenn schon nicht ihre ausdrückliche Genehmigung einzuholen –, standen Stella und ihre Großmutter noch am selben Abend vor deren Wohnungstür und klopften.

»Hast du einen Moment Zeit für uns?«, fragte Maria. »Wir werden dich nicht lange stören.«

Felicitas, die einen Sportanzug aus Nickystoff trug und ein Theraband in der Hand hielt, runzelte die Stirn. »Nein. Ich bin mitten in meinen Übungen.«

»Die du jetzt ohnehin schon unterbrochen hast«, erwiderte Maria fröhlich, drängte sich an ihrer Tochter vorbei und marschierte in die Wohnung. Stella, die nur mit Mühe ein Grinsen unterdrücken konnte, zuckte mit den Schultern und folgte ihr.

»Also«, sagte Felicitas im Wohnzimmer und verschränkte die Arme vor der Brust, »was ist so wichtig, dass ihr mein eindeutiges Veto gegen euren Besuch einfach ignoriert?«

»Wir haben uns überlegt, dass wir die Fassade streichen lassen wollen«, erwiderte Stella.

»Was bitte gibt es an eurer Orangerie denn zu streichen? Wollt ihr die Glasfassade blickdicht machen? Dafür gibt es doch recht hübsche Folien ...«

»Unsinn«, fiel Maria ihr ins Wort, »wir meinen natürlich die Fassade der Villa. Und den Auftrag dafür wollen wir gleich morgen erteilen.«

Felicitas musste sich setzen. »Die Villa? Gleich morgen?« Verdattert schüttelte sie den Kopf. »Ihr erwartet von mir hoffentlich keine sofortige Entscheidung. Das will wohlüberlegt sein, schließlich ist es mit einem Eimer Farbe und einigen Pinselstrichen nicht getan. Da müssten zuerst diverse Angebote eingeholt und sorgfältig verglichen werden.« Sie blickte von Stella zu Maria. »Wieso denn überhaupt so plötzlich? Als es um die Auffahrt ging, habt ihr euch mit Händen und Füßen gewehrt und mir Vorträge gehalten, wie schön ihr die Patina findet.«

»Ach, wen interessiert schon mein Geschwätz von gestern?! Mich jedenfalls nicht.« Maria winkte lässig ab. »Mittlerweile gefällt uns die neue Auffahrt sehr gut. Und jetzt finden wir, dass die Villa dazu passen sollte. Was meinst du, wie dein Kränzchen staunen wird.«

Damit spielte Maria auf einen Kreis von gut situierten Damen der örtlichen Gesellschaft an, die sich regelmäßig trafen, um wohltätige Aktionen zu planen oder Spendenaktionen zu organisieren.

»Mutter! Das ist kein *Kränzchen*«, sagte Felicitas.

»Solange du meine und Stellas Kundinnen *Patienten* nennst, sind deine Damen für mich ein Kränzchen.«

Innerlich rollte Stella mit den Augen. Es wäre auch zu schön gewesen, wenn die beiden sich mal nicht in die Haare kriegen würden …

»Wollen wir beim Thema bleiben?«, fragte sie sanft und fuhr fort: »Eigentlich wollen wir dich sowieso nur informieren, dass demnächst Arbeiten am Haus stattfinden werden. Mit den Kosten dafür hast du nichts zu tun. Das ist ein Geschenk für dich.«

»Ein Geschenk? Aber wieso …?« Felicitas war sichtlich

überrumpelt. Sie schien nicht zu wissen, was sie davon halten sollte.

»Weil wir dein Kränzchen und unsere Patienten mächtig beeindrucken wollen. Wer weiß, vielleicht können Stella und ich dann ja die Preise erhöhen, wenn das Ambiente rundum stimmig ist.«

»Wo ist der Haken?«, fragte Felicitas misstrauisch.

»Kein Haken, Mutti«, erwiderte Stella und versuchte, ihr schlechtes Gewissen zu ignorieren, weil sie ihre Mutter belog. Denn natürlich gab es einen Haken: Schließlich hatte sie vor, eine Malerkolonne anzuheuern, zu der ein skrupelloser Täter gehören könnte.

Nach einigem weiteren Hin und Her hatte Felicitas endlich ihre Einwilligung gegeben, und Stella und Maria feierten ihren Erfolg bei einer Tasse Tee im Wintergarten.

»Bevor wir zu Felicitas gingen, habe ich kurz mit Otto gesprochen«, sagte Maria. »Er kann es kaum erwarten, die Truppe zu infiltrieren, soll ich dir ausrichten. Aber wie geht es jetzt konkret weiter?«

»Zunächst einmal muss Braukmann den Auftrag annehmen. Morgen früh machen wir Fotos von der Villa, schlage ich vor, die wir per Mail schicken können, damit Braukmann einen ersten Eindruck bekommt. Ich werde in der Firma anrufen und um einen Termin hier vor Ort bitten.«

»Ja, könnten wir so machen.«

»Klingt nicht, als wärst du überzeugt. Hast du einen anderen Vorschlag?«

Maria nickte. »Tatsächlich würde ich mir die Firma gerne mal ansehen. Könnte nützlich sein. Der Arbeitsplatz sagt viel über einen Menschen aus. Mich interessiert die Atmosphäre dort. Ich will wissen, wer der Mann ist, der eine solche Gruppe von Männern beschäftigt. Und der seine Männer vor den Beschwerden belästigter Frauen beschützt.«

»Gute Idee. Dann machen wir es so.«

Am nächsten Morgen – Felicitas war bereits zur Arbeit in die Schule gefahren, deren Konrektorin sie war – umrundete Stella die Villa mit dem Handy ihrer Großmutter und fotografierte das Gebäude von allen Seiten. Als sie zurück ins Haus kam, hatte Maria sich bereits schick gemacht.

»Ich habe mir die Website der Firma angesehen«, sagte sie. »Selbst, wenn der Chef nicht da ist, werde ich im Büro jemanden antreffen; eine Susanne Braukmann.«

»Seine Frau?«

Maria zuckte mit den Schultern. »Könnte sein, aber da war kein Foto von ihr. Ich werde mich jedenfalls von meiner seriösesten Seite präsentieren; als vornehme Villenbesitzerin, dachte ich. Deshalb hab ich mich auch so aufgedonnert.«

Kokett drehte sie sich einmal um sich selbst. Sie trug ein elegantes Kostüm in Weinrot mit passendem Hut, dazu schwarze Schuhe und Handtasche.

»Du siehst wunderbar aus, aber übertreib es nicht.«

»Übertreiben? Ich? Wann hätte ich jemals übertrieben?«

Das Taxi hielt vor einem zweistöckigen Haus, in dessen Erdgeschoss – es handelte sich um ein ehemaliges Ladenlokal – sich das Büro der Firma Braukmann befand. Die Fassade des Hauses war aufwendig in mehreren Farben gestaltet, die bodentiefen Fenster der Geschäftsräume waren zur Hälfte mit blickdichter Folie beklebt.

Maria öffnete die Tür und stand in einem karg eingerichteten Büro. An einem Schreibtisch saß ein junges Mädchen, das verweint aussah und sich gerade die Nase putzte.

Bei Marias Eintreten zuckte sie leicht zusammen, blickte dann erschrocken hoch und stopfte das benutzte Taschentuch hastig in die Tasche ihrer Strickjacke. Sie war recht hübsch, aber ihre schulterlangen Haare wirkten ungekämmt, und ihre Wimperntusche – ansonsten war sie ungeschminkt – war leicht verschmiert.

»Ja bitte?«, fragte sie.

»Mein Name ist Schmidt«, erwiderte Maria und lächelte gewinnend. »Meine Villa benötigt einen Anstrich, am besten gestern. Ich habe nicht viel Hoffnung, aber ich frage trotzdem: Ihre Firma hat nicht zufällig kurzfristig Kapazitäten frei? Es ist ziemlich eilig, um ehrlich zu sein.«

»Bitte setzen Sie sich doch«, sagte die junge Frau und deutete auf einen altmodischen, ledergepolsterten Lehnstuhl vor dem Schreibtisch. »Darf ich Ihnen etwas anbieten?«

»Danke sehr, mein Kind, nicht nötig.« Maria glitt anmutig auf den Stuhl. »Heißt das etwa, Sie können mir tatsächlich helfen, Frau …?«

»Braukmann, Susanne Braukmann. Ich bin die Tochter des Chefs. Ja, es könnte sein, denn gerade musste ein Auftrag verschoben werden. Sollte mein Vater nicht einen anderen angenommen haben, von dem ich nichts weiß, dann können wir vielleicht das Unmögliche möglich machen. Normalerweise sind wir über längere Zeit ausgebucht. Sie sagten, es handelt sich um eine Villa?«

»So ist es. Ich habe Fotos dabei.« Maria holte das Handy aus der Handtasche und rief die Bildergalerie auf. Dann reichte sie das Telefon über den Schreibtisch. »Sehen Sie.«

Susanne Braukmann blätterte durch die Fotos. »Das ist ja ein wunderschönes Haus. Wenn ich die Bilder auf meinen Rechner überspielen darf, kann ich sie meinem Vater später vorlegen. Er wird dann so schnell wie möglich einen Kostenvoranschlag für Sie machen.«

»Ach, diese Kostenvoranschläge sind so überaus lästig. Das kostet nur Zeit, die ich leider nicht mehr habe. Er soll einfach sagen, was er haben möchte. Ich bin sicher, wir werden uns einig. Mir ist klar, dass ich sehr kurzfristig bei Ihnen anklopfe. Wenn das einen kleinen Aufschlag bedeutet …« Vielsagend zuckte sie mit den Achseln.

»Und Sie wollen wieder einen weißen Anstrich?«

»Allerdings. Das ursprüngliche Weiß ist im Laufe der Jahre vergilbt und sieht mittlerweile unschön aus, finde ich. Die neue Fassade soll eine Überraschung für meinen Gatten sein; er ist noch für einige Wochen auf Reisen im Ausland. Die Idee kam mir gestern Abend ganz spontan, deshalb die Eile.«

»Da wird Ihr Gatte sich bestimmt freuen.«

»Er schätzt meine spontanen Einfälle, die durchaus auch mal ein wenig exzentrisch sein können.« Maria zauberte sich ein versonnenes Schmunzeln ins Gesicht. »Alter schützt vor Torheit nicht.«

»Wissen Sie was?«, sagte Susanne Braukmann. »Ich werde meinen Vater jetzt gleich anrufen. Vielleicht können Sie sich noch heute einig werden.«

»Das wäre ganz reizend.«

Susanne Braukmann erreichte ihren Vater sofort, und sie schilderte ihm in knappen Worten die Situation.

Dann legte sie auf und sagte: »Wir haben Glück, er ist sowieso auf dem Weg hierher. Wenn Sie möchten, fährt er dann gleich mit Ihnen zu Ihrer Villa. Sie sind doch nicht selbst mit dem Auto da?«

Mit einem Lächeln schüttelte Maria den Kopf. »Oh nein, in meinem Alter mute ich mich dem Straßenverkehr nicht mehr zu. Jedenfalls nicht am Steuer eines Kraftwagens. Ich bin mit dem Taxi hergekommen.«

»Das passt ja wunderbar. Darf ich trotzdem die Fotos auf meinem Rechner speichern? Dann muss mein Vater gleich keine machen.«

»Ich schicke sie Ihnen per Mail. Ihre Mailadresse ...?«

Während Maria die Fotos vom Handy an den Firmenrechner sandte, sagte sie: »Sie arbeiten also für Ihren Vater. Ein Familienunternehmen, das gefällt mir. Haben Sie eine entsprechende Ausbildung gemacht?«

Susanne Braukmann schüttelte den Kopf. »Ich bin da so reingewachsen. Irgendwann saß ich plötzlich an diesem Schreibtisch.«

»Und das macht Sie glücklich, hoffe ich?«

Ein Schatten huschte über das Gesicht der jungen Frau. »Was man so glücklich nennt, oder? Mein Vater hat die Firma aufgebaut, und nach meinem Abitur schlug er vor, dass ich hier mitarbeite. Immerhin muss ich nicht befürchten, gefeuert oder wegrationalisiert zu werden. Es sei denn, wir gehen bankrott. Aber danach sieht es momentan nicht aus.«

Freude und Enthusiasmus geht anders, dachte Maria, dieses junge Mädchen umgibt eine Aura ... so dunkel ... viel zu dunkel.

»Darf ich Sie etwas sehr Persönliches fragen, Frau Braukmann?«

Ihr Gegenüber sah sie überrascht an. »Was denn?«

»Es ist so: Vielleicht halten Sie mich für eine verrückte

alte Schachtel, aber ich beschäftige mich zum Beispiel intensiv mit Kartenlegen und dergleichen.« Maria lächelte gewinnend und fuhr fort: »Ich habe eine gewisse Gabe. Ich spüre Stimmungen sehr deutlich. Frau Braukmann, Sie trauern um jemanden, kann das sein? Ich spüre, dass Sie einen emotionalen Schock erlitten haben. Haben Sie kürzlich jemanden verloren, der Ihnen viel bedeutet?«

Susanne Braukmann starrte sie fassungslos an, dann füllten ihre Augen sich mit Tränen. »Ein Unfall«, flüsterte sie, »es ist erst zwei Tage her. Er liegt im Krankenhaus. Er wird vielleicht sterben.«

»Oh, meine Liebe, das ist ja schrecklich. Kein Wunder, dass Sie so niedergedrückt sind. Sie sollten jetzt nicht hier am Schreibtisch sitzen, sondern bei Ihrem Freund im Krankenhaus sein.«

Susanne Braukmann fuhr zusammen, als draußen vor dem Büro ein Auto hielt und eine Autotür zuknallte.

»Mein Vater ... er darf nicht wissen ... entschuldigen Sie mich bitte kurz.« Sie sprang auf und hastete durch eine Tür, hinter der sich – laut Aufkleber – die Toilette befand.

Trauert sie etwa um Kevin Wehling?, dachte Maria überrascht, als hinter ihr auch schon die Tür zum Büro geöffnet wurde. Sie drehte sich um und sah sich einem vierschrötigen Mann in Cordhose und Lederjacke gegenüber.

Sein Gesicht sah aus, als würde er zu viel trinken. Seine grauen Bartstoppeln wirkten nicht wie ein sorgfältig gezüchteter Fünftagebart, sondern so, als hätte er seit einigen Tagen andere Prioritäten gehabt, als sich morgens zu rasieren. Kein Wunder bei einem ungeklärten Arbeitsunfall unter seinen Angestellten – auf einer seiner Baustellen.

»Sie sind Herr Braukmann, nicht wahr?«, fragte Maria.

»Schmidt, Maria Schmidt. Ihre Tochter hat meinetwegen vorhin mit Ihnen telefoniert.«

»Wo is meine Tochter?«

Eine höfliche Begrüßung wäre auch nicht schlecht gewesen, dachte Maria, entschied sich aber, seine fragwürdigen Manieren für den Moment zu ignorieren. Schließlich wollte sie nicht in der ersten Minute ihres Kennenlernens Streit mit ihm anzetteln – hinterher lehnte er noch den Auftrag ab, weil er sie für eine unbequeme Querulantin hielt.

Das wollte sie keinesfalls riskieren. Schon allein deshalb, weil Stella dann vermutlich niemals wieder ein Wort mit ihr reden würde.

»Ihre Tochter hat gerade die Toilette aufgesucht«, erwiderte sie also freundlich.

Plötzlich schien er sich an seine Pflichten als Dienstleister zu erinnern und dass sie eine potenzielle Kundin war. Er deutete eine kleine Verbeugung an. »Frau Schmidt, ich freu mich, Sie kennenzulernen. Sie suchen also jemand, der Ihre Villa streicht? Sie haben Glück, ich hab gerade Kapizi... äh ... Kapatä... ich meine, wie es der Zufall will, sind einige meiner Männer zurzeit unbeschäftigt. Obwohl – ich muss gleich dazusagen: Zu einem Trupp für so 'nen Auftrag gehören eigentlich vier Mann, und mir stehn zurzeit nur drei zur Verfügung. Einer is ... äh ... hm ... also, der is kurzfristig ausgefallen. Normalerweise würde ich ja selbst einspringen, aber ich hab leider zu viel andere Dinge zu tun.«

Ich verwette die Villa, dass du dir die Hände schon längst nicht mehr schmutzig machen willst, dachte Maria, du stehst lieber breitbeinig in der Gegend herum und knallst mit der Peitsche. Zurück in die unwürdigen Niederungen von Overall, Farbeimer und Pinsel? Nur über deine Leiche.

»Vielleicht kann ich Ihnen eine Lösung für dieses Dilemma anbieten«, sagte Maria. »Für mich arbeitet jemand, der mit außergewöhnlichen handwerklichen Fähigkeiten gesegnet ist. Otto erledigt alles im und ums Haus, vor allem auch jegliche anfallenden Renovierungsarbeiten. Natürlich wäre die Fassade der Villa für ihn allein ein zu großes Projekt. Nicht, dass er das nicht schaffen könnte, aber es würde selbstverständlich viel länger dauern als mit einem Trupp von Profis. Ich könnte Otto für diese Zeit freigeben, und Sie stellen ihn als kurzfristige Aushilfe ein. Oder wie auch immer Sie ihn zu entlohnen gedenken. Ich werde mich ganz gewiss nicht einmischen. Was halten Sie von meinem Vorschlag, Herr Brauckmann?«

»Dat klingt nich schlecht. Kennt dieser Otto sich mit Gerüsten aus?«, fragte Braukmann. »Der müsste schwindelfrei sein, sonz hat dat kein Zweck.«

Maria dachte an die unzähligen Gerüste für Zirkuszelte, die Otto schon aufgebaut, und die viele Arbeit in schwindelnder Höhe, die er in seinem Leben schon geleistet hatte, und nickte. »Meines Wissens ja. Er hat zum Beispiel eines benutzt, als er Foyer und Treppenhaus der Villa renoviert hat. Zudem liefert er als Maler und Anstreicher tadellose Arbeit ab. Ich würde ihn Ihnen nicht empfehlen, wenn es nicht so wäre.«

»Dat klingt tatsächlich vielversprechend«, sagte Braukmann. »Und wenn wir uns einig werden, soll dieser Otto vorbeikommen, wenn die Arbeiten anfangen. Wenn Sie wollen, kann ich mir Ihre Villa sofort ankucken. Nägel mit Köppe machen, dat is meine Devise, wennse verstehn, wat ich meine, gnädige Frau.«

»Das ist überaus entgegenkommend von Ihnen. Eine sofortige Besichtigung wäre mir sehr recht«, erwiderte Maria und stand auf. »Ich halte ebenfalls nichts davon, Dinge unnötig aufzuschieben.«

In diesem Moment kam Susanne Braukmann aus der Toilette; sie hatte sich notdürftig zurechtgemacht und offenbar das Haar gekämmt.

Braukmann kniff die Augen zusammen und musterte sie. »Has du etwa geheult, Susi?«

Die junge Frau warf Maria einen bittenden Blick zu und schüttelte den Kopf. »Nein. Meine Nase läuft. Ich glaube, ich bekomme einen Schnupfen.«

Damit hatte sich Braukmanns kurz aufflackerndes Interesse an seiner Tochter auch schon wieder erschöpft. Er wandte sich von ihr ab und sagte zu Maria: »Wennse wolln, können wir los.«

»Auf Wiedersehen, meine Liebe«, sagte Maria. »Es hat mich gefreut, Sie kennenzulernen.«

»Mich auch«, murmelte die junge Frau und nahm wieder hinter dem Schreibtisch Platz.

Maria folgte Johannes Braukmann, der das Büro verließ, ohne sich von seiner Tochter zu verabschieden.

Braukmann steuerte seinen Mercedes schnittig durch den Stadtverkehr, während er fortwährend redete.

»Sie haben echt Glück, meine Dame. Mir is nämlich ein Auftrach geplatzt. Ich mein, die Leute können ja nix dafür, wenn ihr Neubau nich fristgerecht fertich is, irgendwie tun die mir auch leid. Aber wie dat für mich is, danach fracht keiner. Ich muss meine Männer bezahln, auch wenn die nix zu tun haben und bloß Däumchen drehn. Soll ich die so lange vielleicht mein Auto wienern oder meine Wohnung putzen lassen? Wohl kaum. Wir kleinen Handwerker, wir sind immer die Gelackmeierten. Mittlerweile kannze froh sein, wenn die Leute überhaupt bezahln. Wissense, wie viel Rechnungen ich offen hab? Dat geht in die Zehntausende!«

»Ein derartiges Gebaren ist mir fremd, da kann ich Sie beruhigen«, sagte Maria. »Ich pflege meinen finanziellen Verpflichtungen nachzukommen, sobald der Auftrag erledigt ist. Erwarten Sie im Voraus eine Abschlagszahlung? Wir können gern darüber reden.«

»Von Ihnen doch nicht! Dat seh ich sofort, dat man sich auf Sie verlassen kann. Sie sind 'ne feine Dame mit Stil. Aber man kann andere Leute ja nur vorn Kopp kucken, wennse verstehn, wat ich meine. Die setzen dann so 'n treudoofen Blick auf, und dann hat man natürlich Vertrauen. Die nutzen dat aus, ich kann Ihnen sagen. Da is so 'n kleiner Handwerker wie meine Wenigkeit mal ganz schnell gefi..., äh ... bankrott, wenn er nich aufpasst. Täglich müssen wir um unser Überleben kämpfen, aber da kräht kein Hahn ...«

Maria klinkte sich aus und beschränkte sich darauf, von Zeit zu Zeit zustimmende oder bedauernde Geräusche von sich zu geben. Was für ein Schwätzer.

Sein Verhalten seiner Tochter gegenüber sprach Bände – er behandelte sie wie ein Büromöbel. Die Frage danach, ob sie geweint habe, hatte er nicht etwa aus Sorge um ihr Befinden gestellt, oh nein. Es hatte ihn mit Sicherheit einzig interessiert, ob sie sich einer potenziellen Kundin gegenüber gehen lassen hatte.

Braukmann redete weiter wie ein Wasserfall, und Maria kicherte innerlich bei dem Gedanken, wie der nette Kommissar Tillikowski auf den Mann reagiert haben mochte.

Kapitel 14

Gerade trat Stella aus der Haustür, als eine dunkle Limousine die Auffahrt hochgebrettert kam und mit quietschenden Bremsen hielt. Wegen der dunklen Scheiben konnte sie die Insassen zunächst nicht erkennen, aber dann stieg ihre Großmutter an der Beifahrerseite aus.

»Schau mal, wen ich mitgebracht habe«, sagte sie und deutete auf Braukmann, der nun ebenfalls ausstieg. »Das ist Herr Braukmann. Seine Männer werden die Villa streichen. Das hoffe ich wenigstens.«

Das war also Kevin Wehlings Chef. Stella erinnerte sich vage, ihn aus dem Augenwinkel vor Rubys Haus wahrgenommen zu haben, wo er mit seinen Mitarbeitern unter den Schaulustigen gestanden hatte.

»Herr Braukmann, darf ich Ihnen meine Enkelin Stella Albrecht vorstellen? Sie wohnt ebenfalls hier. Und sie wird Ihre Ansprechpartnerin sein.«

»Hm.« Er nickte ihr erst desinteressiert zu, musterte sie dann aber aus zusammengekniffenen Augen. »Kann dat sein, dat wir uns schon mal begegnet sind?«

Stella hielt den Atem an. Wenn er sich nun daran erinnerte, dass sie am Tag von Wehlings Tod dort ins Haus gegangen war … das wäre nicht gut. Er konnte zwar nicht wissen, dass sie mit Ruby zu tun hatte, aber wohin hätte sie sonst gehen sollen? Angeblich war ja kein weiterer Bewohner zu Hause gewesen … allerdings konnte er das nicht wissen. Oder etwa doch? Verdammt.

Sie musste ihn ablenken. Aber wie? Dann hatte sie eine Idee: Er sah aus, als könnte sie mit einem plumpen Kompliment bei ihm landen.

»Wir?« Stella lächelte ihn strahlend an. »Nein, nicht, dass ich wüsste. Wissen Sie – ich vergesse nie ein Gesicht. Und ganz bestimmt nicht so ein markantes wie das Ihre.«

»Na, na, junge Dame«, dröhnte Braukmann, sichtlich geschmeichelt, »so ein schönes Kompliment habe ich ja schon lange nich mehr gekricht. Sie flirten doch nicht etwa mit mir? Aber tatsächlich höre ich dat öfters, dat ich mich ganz gut gehalten hab für mein Alter.«

Aha – *fishing for compliments.*

»Ehre, wem Ehre gebührt«, schmalzte Stella prompt, was ihn tatsächlich leicht erröten ließ.

In Wirklichkeit fand sie, dass er wie eine Bulldogge mit einem massiven Alkoholproblem aussah. Und das Wort ›markant‹, das sie benutzt hatte, konnte schließlich alles bedeuten. Auch Quasimodo oder das Phantom der Oper hatten ganz sicher *markante* Gesichter gehabt.

Faszinierend, dass alle Männer sich für heiße Hengste zu halten schienen, auch wenn sie, wie in Braukmanns Fall, weder durch gute Manieren – immerhin hatte er sie nicht wirklich begrüßt – noch durch ein attraktives Äußeres punkten konnten.

Maria, die mit dem Rücken zu ihm stand, verdrehte bei Stellas Schmeicheleien demonstrativ die Augen und machte einen Kussmund.

Stella hatte alle Mühe, ihre Gesichtszüge nicht entgleisen zu lassen. Beinahe hätte sie die Beherrschung verloren, konnte aber gerade noch ein Prusten, das unbedingt herauswollte, in krächzendes Hüsteln verwandeln.

»Du wirst doch nicht etwa krank, Liebes?«, fragte Maria besorgt. »Momentan scheint etwas umzugehen. Die zauberhafte Tochter von Herrn Braukmann klagte vorhin auch über erste Symptome einer nahenden Erkältung. Sie arbeitet im Büro ihres Vaters, ist das nicht reizend? Ich schätze familiären Zusammenhalt.« Sie wandte sich an Braukmann und fuhr fort: »Wir haben großes Glück, dass Sie tatsächlich Kapazitäten freihaben und praktisch sofort damit beginnen können, unserer kleinen Villa frischen Glanz zu verleihen. Wir sind Ihnen wirklich sehr dankbar.«

»Nein, es klappt tatsächlich? Das ist ja wunderbar!«, quietschte Stella.

Ich klinge wie eine Idiotin, dachte sie, ich darf nicht derart übertreiben.

Neckisch drohte Maria ihr mit dem Finger. »Nicht, dass du deinem Großvater etwas verrätst, wenn du mit ihm telefonierst. Das würde die Überraschung verderben. Ich freue mich jetzt schon auf sein Gesicht, wenn er in einigen Wochen von seiner Reise zurückkehrt.«

Aha, ich habe also einen Großvater, der auf Reisen ist, dachte Stella amüsiert, gut zu wissen.

»Darf ich Sie ums Haus führen, Herr Braukmann?«, fragte Stella. »Ich kann Ihnen alles zeigen und direkt eventuelle Fragen beantworten, die Sie haben. Es sein denn, Sie wollen lieber alleine …«

»Nein«, sagte er hastig. »Super, wennse mitkommen.« Er zwinkerte neckisch und fügte hinzu: »Nich, dat ich mich noch verlauf.«

»Viel Spaß. Ich erwarte euch im Wintergarten.« Maria winkte und ging ins Haus.

Mit – wie Stella fand – übertriebener Bewunderung lobte Braukmann während der Besichtigung die Villa und den Garten.

In so was würde er auch gerne wohnen, beteuerte er, aber er sei ja nur ein kleiner Handwerker, der Tag und Nacht ums nackte Überleben zu kämpfen gezwungen sei. Und dabei sei er auch noch seit zehn Jahren Witwer und habe seine Tochter ganz alleine großgezogen. Gar nicht so einfach, das alles alleine zu stemmen, das könne sie ihm getrost glauben, auch wenn seine Tochter Susanne zum Zeitpunkt des Todes ihrer Mutter bereits 15 Jahre alt gewesen sei. Den ganzen Tag der Stress im Geschäft, und danach die langen, einsamen Abende ... niemand, mit dem er seine Sorgen teilen könne. Und die Freuden des Lebens natürlich auch, wie er eilig hinzufügte, das sei eigentlich noch wichtiger.

»Selbstständigkeit ist stets härter, als irgendwo angestellt zu sein. Ich kenne das«, warf Stella ein, als er mal eine Pause machte, um Luft zu holen.

»Ach, Sie sind auch selbstständig? Wat machen Sie denn so, wenn man fragen darf?«

»Psychologische Lebensberatung«, erwiderte sie.

Abrupt blieb er stehen und sah die verdutzt an. »Wat? Sie sind so wat wie 'n Seelenklempner? Ist dat nich gefährlich? Ich mein, die Leute sind doch plemplem, oder? Außerdem dachte ich immer, so Irrenärzte sind so weißhaarige Oppas mit Rauschebart und Brille und nich so 'n junget und hübschet Ding wie Sie.«

Offenbar hat er mal ein Bild von Sigmund Freud gesehen, dachte Stella gallig und sagte: »Ganz sicher bin ich keine *Irrenärztin*, Herr Braukmann. Ich berate Menschen, deren Leben aus dem Gleichgewicht geraten ist. Das kann jedem passieren. Wenn ein Unglück geschieht, zum Beispiel. Ich höre ihren Sorgen zu und helfe ihnen, Antworten auf Fragen zu finden. Wenn Sie mir die Bemerkung erlauben, Herr Braukmann: Sie wirken auf mich, als hätten Sie momentan große Sorgen. Wegen etwas, das Sie nicht selbst verursacht haben.«

»Wat? Nie im Leben!« Sein Lachen hörte sich gezwungen an. »Bei mir is allet in bester Ordnung.«

Maria hatte Tee zubereitet und eine Schale mit Gebäck auf den Tisch gestellt.

»Nun, wie ist Ihr Eindruck vom Haus?«, fragte sie Braukmann und bat ihn mit einer einladenden Geste, Platz zu nehmen. Während Stella Tee für alle einschenkte, blickte er sich neugierig um.

»Ihr Haus, dat is ein kleinet Schmuckstück, gnädige Frau«, sagte er und griff nach einem dicken Schokoladenkeks, den er sich zur Gänze in den Mund stopfte und zerbiss. »Iff denk, iff nehm den Auftraff an.«

Prompt versprühte er eine Ladung feiner Kekskrümel über den Tisch. Stella bemerkte, wie ihre Großmutter erstarrte. Braukmann sah es offenbar auch, denn er stockte, wurde rot und trank hastig einen Schluck Tee.

»Entschuldigung«, sagte er dann. »Wat ich eben gemeint hab: Ich nehm den Auftrag an. Vorausgesetzt, wir werden uns einig. Ich muss mir noch ’n paar Gedanken machen, wennse verstehn, wat ich meine. Kalkulation nennt sich dat. Kosten und Aufwand und so.«

Maria nickte. »Sie sagen mir einfach, was Sie für Ihre Arbeit haben müssen. Ich habe nicht vor, mit Ihnen um ein paar Euro mehr oder weniger zu feilschen wie auf einem orientalischen Basar.«

»Selbstverständlich nich, gnädige Frau. Dat würden Sie natürlich nie tun.«

Maria nickte huldvoll, erhob sich aus dem Korbsessel und erklärte das gemütliche Beisammensein damit für beendet. »Ich begleite Sie zur Tür, Herr Braukmann. Darf ich damit rechnen, dass Sie mir bis heute Abend Bescheid geben?«

Braukmann wirkte leicht überrumpelt und stand zögernd auf. »Abgemacht. Sie hörn später von mir, gnädige Frau. Auf Wiedersehen, Frau ...?« Er sah Stella fragend an. »Jetz hab ich doch tatsächlich Ihrn Namen vergessen.«

»Albrecht«, sagte Stella.

Wenn er gehofft hatte, sie mit Vornamen anreden zu dürfen, so hatte er sich getäuscht. Nicht in tausend kalten Wintern, das stand für sie fest.

»Frau Albrecht, also. Nun gut. Man sieht sich.« Rasch stopfte er sich einen weiteren Keks in den Mund und wandte sich zu Maria um. »Lecker. Ffelbfemafft?«

»Ja«, erwiderte Maria sichtlich amüsiert, »selbst gemacht. Von der gnädigen Frau höchstpersönlich.«

Sie verließ mit ihm den Wintergarten.

Stella räumte seine Tasse auf den Teewagen und wischte mit einer Serviette die Krümel vom Tisch. Dann setzte sie sich wieder und trank mit Genuss ihren Tee. Auf die köstlichen Schokoplätzchen ihrer Großmutter hatte sie allerdings keinen Appetit mehr.

Als Maria zurückkam, hatte sie sich umgezogen und trug jetzt Jeans und Kaschmirpullover. Mit einem Kichern ließ sie sich in ihren Korbsessel fallen.

»Welch sympathischer Zeitgenosse. Wäre der nichts für

dich? Ein gestandener Mann, das musst du zugeben. Steht mit beiden Beinen im Leben, führt eine solide Handwerksfirma, hat beste Manieren ...«

»... und ist genau der Mann, den du dir immer für mich gewünscht hast, möchte ich wetten«, fiel Stella ihr grinsend ins Wort. »Wenn ich dieses Sahneschnittchen nicht kriegen kann, bring ich mich um. Tatsächlich hat er praktisch den roten Teppich vor mir ausgebreitet. Vermutlich müsste ich nur mit dem Finger schnippen. Ich weiß jetzt zumindest über seine langen, einsamen Abende Bescheid. Er ist Witwer, musst du wissen.«

»Bedauerlich, macht ihn aber keineswegs attraktiver«, erwiderte Maria. »Mitleid ist ohnehin ein schlechter Amor, das sollte ihm mal jemand sagen.«

»Da scheint er aber gänzlich anderer Meinung zu sein. Er hat schwer auf die Tränendrüse gedrückt. Allerdings hat er die hervorragende Gelegenheit verpasst, über den Unfall seines Angestellten zu jammern. Erstaunlich. Ich habe ihn praktisch danach gefragt.«

»Wirklich?« Maria hob erstaunt die Brauen. Sie nahm einen Keks aus der Schale, betrachtete ihn sinnend und legte ihn wieder zurück.

»Na ja, nicht mit diesen Worten. Aber ich habe ihn wissen lassen, dass ich bei ihm ein großes Unglück spüre, das er nicht selbst verschuldet hat.«

»Und das fand er nicht merkwürdig?«

»Vorher habe ich ihm erzählt, ich sei psychologische Lebensberaterin. Stimmt ja auch irgendwie. Er hat erzählt, wie schwer er es als Selbstständiger hat, also habe ich mich mit ihm solidarisiert. Psychologische Gesprächsführung. Gemeinsamkeiten schaffen und so.«

»Ich hoffe sehr, du hast keinen Ehepartner erfunden, der ebenfalls gestorben ist.«

»So wie du einen Gatten, der gerade auf Reisen ist? Ich hab ziemlich gestaunt, als du mich gebeten hast, Opa die Überraschung nicht zu verraten. Was gut war, da ich Opa bekanntermaßen immer die Überraschungen verrate, die du für ihn planst.«

Maria winkte lachend ab. »Ich hatte ja keine andere Möglichkeit, es dir zu stecken. Die Geschichte fiel mir in seinem Büro spontan ein. Ich dachte, vielleicht benötige ich eine Begründung, warum es so schnell gehen muss.«

»Gut gemacht, *gnädige Frau.*« Sie goss sich und ihrer Großmutter frischen Tee ein, dann sagte sie: »Wirklich, ich wundere mich darüber, dass er mir nichts von dem Unfall seines Angestellten erzählt hat.«

»Ich nicht. Vielleicht wollte er uns als Kunden nicht abschrecken. Wir könnten ja denken, bei uns passiert auch so etwas. Dass seine Gerüste nicht sicher sind oder dergleichen. Wer will schon einen halb toten Handwerker vor dem Haus herumliegen haben? Apropos, da fällt mir gerade etwas ein, meine Liebe: Seine Tochter trauert um jemanden, der vor zwei Tagen einen schweren Unfall hatte und vielleicht sterben wird. Interessant, hm?«

»Das hat sie dir einfach so erzählt?«

»Ihr Vater war ja zuerst nicht da. Und sie umgab eine so schwere, dunkle Aura … da war so viel Trauer und Schmerz, dass ich es kaum ausgehalten habe. Ich konnte in dieser Atmosphäre beinahe nicht atmen, Stella. Sie hatte geweint, das konnte ich sehen. Ich habe sie darauf angesprochen und ihr gesagt, dass ich ihren Kummer deutlich spüre. Das brachte sie sofort aus der Fassung, und sie vertraute sich mir tatsächlich an. Aber …« Maria beugte sich vor und sah Stella eindringlich an, »dann kreuzte ihr Vater auf. Das Mädchen erschrak und murmelte, er dürfe davon nichts wissen. Sie flüchtete in die Toilette, weil er sie nicht weinen sehen sollte. Ihm gegenüber behauptete sie dann, sie habe einen Schnupfen, und deshalb liefe ihre Nase.«

»Du denkst, sie trauert um Kevin Wehling?«

»Allerdings denke ich das. Es wäre schon ein enormer Zufall, wenn im engsten Umfeld der Familie Braukmann vor zwei Tagen gleich zwei Menschen einen lebensbedrohlichen Unfall erlitten hätten, findest du nicht?«

»Das stimmt wohl«, sagte Stella langsam. »Sie müsste so um die Mitte zwanzig sein, nach dem, was Braukmann mir vorhin erzählt hat. Und hatte was mit dem Exhibitionisten vom Dienst? Seltsam. Und falls ja: Wusste Braukmann davon? Aber du bist nicht sicher, dass sie um ihn trauert, oder?«

»Sie hat keinen Namen genannt. Aber ich könnte versuchen, es rauszufinden.«

»Wie denn das?«

Maria lächelte. »Ich hatte nicht den Eindruck, als hätte sie jemanden zum Reden, sonst wäre sie mir gegenüber kaum so offen gewesen. Ich werde sie einladen, ganz einfach.«

»Denkst du, sie wird deine Einladung annehmen?«

»Ich hoffe es. Aber ihr Leidensdruck scheint riesig zu sein. Ich werde sie bitten, mich auf eine Tasse Tee zu besuchen, und versuchen, etwas mehr herauszufinden.«

»Als Madame Pythia oder als Maria Schmidt?«

»Nun, ich habe zwar durchblicken lassen, dass ich zuweilen ein wenig exzentrisch bin, aber eine Begegnung mit Madame Pythia würde das arme Ding vermutlich zu Tode erschrecken.«

Kapitel 15

Nachdenklich saß Stella später in der Orangerie an ihrem Schreibtisch.

Sollte sie Ruby davon erzählen, dass der Malertrupp als Nächstes die Villa streichen würde? Und dass sie – Stella – versuchen wollte, den wahren Täter herauszufinden?

Denn es konnte doch nur jemand aus der Truppe sein, oder? Wer sonst hätte das Brett ansägen und damit Wehlings sicheren Sturz in den Abgrund vorbereiten sollen? Wenn das Brett bei der Errichtung des Gerüsts noch in Ordnung gewesen war, musste es manipuliert worden sein, während der Auftrag bereits lief.

Aber wann?

Nachts vermutlich nicht, denn das hätte zu viel Aufmerksamkeit erregt. Man stelle sich vor, jemand kletterte nachts um drei auf das Gerüst und sägte an einem Brett herum. Im Nullkommanix wären alle Mieter wach und würden aus ihren Fenstern hängen, um nachzusehen, was da los war. Und um sich über den nächtlichen Lärm zu beschweren. Nein, das war viel zu riskant.

Also tagsüber.

Derjenige hatte nur warten müssen, bis Ruby das Haus verließ. Wenn die Kollegen hinten arbeiteten, konnte man doch vorne das Brett ansägen. Oder Braukmann hatte alle zur Rückseite des Hauses geschickt und war vorne aktiv geworden – vielleicht sogar ganz spontan, weil die Gelegenheit günstig war. Aber warum hätte er das tun sollen?

Kurz entschlossen wählte sie Rubys Nummer. Seit deren überstürztem Aufbruch nach der Befragung im Präsidium hatten sie nicht miteinander geredet.

»Ruby, hier ist Stella. Wie geht es dir?«

»Ganz gut. Sie bauen das Gerüst ab.«

Also hatte die Spurensicherung es freigegeben. Ob das gut oder schlecht für Ruby war, vermochte Stella nicht einzuschätzen.

»Also ist *der* Terror für dich vorbei. Hast du noch was vom Kommissar gehört?«

»Bisher nicht. Ich versuche, mich auf meine Arbeit zu konzentrieren und mir nicht allzu große Sorgen zu machen. Ich rechne noch immer damit, dass ich verhaftet werde.« Sie lachte freudlos und fuhr fort: »Ich habe keine Ahnung, was ein schlimmerer Anblick ist, wenn ich morgens die Vorhänge öffne: ein Pimmel oder Gitterstäbe. Aber vielleicht werde ich das ja bald wissen.«

»Nein, wirst du nicht. Versuche, diese Gedanken nicht zuzulassen, Ruby.«

»Du hast gut reden. Du bist nicht in meiner Situation.«

Damit hatte Ruby zweifellos recht, musste Stella zugeben. Für sie war es leicht, vermeintlich aufmunternde Ratschläge zu erteilen – ihre Freiheit war nicht in Gefahr. Umso wichtiger, jedes noch so kleine Detail zu sammeln, das Ruby entlasten konnte.

»Ruby, du hast erwähnt, dass du zufällig ein Gespräch zwischen den Malern belauscht hast. Haben sie dabei auch über die Tochter vom Chef gesprochen?«

»Was hat die denn damit zu tun?«

»Weiß ich noch nicht. Vielleicht nichts, vielleicht aber auch eine ganze Menge.«

Das sollte als Information vorerst reichen: Ruby musste weder vom Anstrich der Villa noch von irgendwelchen vagen Vermutungen wissen, die im Raume standen.

»Das haben sie tatsächlich«, erwiderte Ruby. »Dieser Wehling hat sich damit gebrüstet, dass er sie fi…«, sie stockte und fuhr dann fort: »Du weißt schon. Ich möchte seine Formulierung nicht wiederholen. Und damit das nicht rauskommt, hat ein anderer aus der Truppe so getan, als wäre er an dieser Susi interessiert.«

Darum musste die arme Susanne Braukmann jetzt so tun, als würde sie nicht um Wehling bangen.

»Hast du mitgekriegt, wer diesen Part übernommen hat?«, fragte Stella weiter.

»Ja, es ist ein Name gefallen … lass mich nachdenken«, es war still am anderen Ende der Leitung, dann sagte Ruby: »Es war Jimmy, glaube ich. Nein, warte: *Timmy.* Ja, ich bin sicher. Der Name ist Timmy.«

»Timmy …«, murmelte Stella, während sie den Namen notierte.

»Im Zusammenhang mit diesem Timmy fällt mir gerade noch etwas ein«, sagte Ruby. »Auf das kleine Spielchen, sich Frauen zu zeigen, hatte dieser Kevin wohl kein Exklusivrecht. Dieser Timmy verlangte nämlich, beim nächsten Mal an der Reihe zu sein. Und das sollte er sich offenbar dadurch verdienen, dass er den Chef glauben ließ, in dessen Tochter verliebt zu sein.«

»… und untereinander geben sich diese Kerle also gegenseitig Rückendeckung, um die Frauen, die sich beschweren, als Lügnerinnen dastehen zu lassen«, sagte Stella später zu Ben, mit dem sie sich in der City getroffen hatte.

Sie saßen im Hinterhof eines kleinen italienischen Restaurants in der Innenstadt. Über den Tischen schaukelten bunte Lampions im sanften Wind, aus versteckten Lautsprechern schmalzte leise italienische Schlagermusik, Kerzen flackerten in wachsbekleckerten Weinflaschen, und auf den kleinen, einfachen Tischen lagen – ging es klischeehafter? – rot-weiß karierte Tischdecken. Noch waren die Abende nicht zu kalt, um draußen zu sitzen, auch wenn Stella froh war, eine leichte Strickjacke zu tragen. Solange es nur irgendwie auszuhalten war, aß sie ihre Pizza Mare lieber an der frischen Luft, zumal die schreckliche Musik auf der Außenterrasse längst nicht so präsent war wie drinnen.

Ben schüttelte den Kopf. »Diese Arschlöcher. Da muss man sich ja schämen, zum gleichen Geschlecht zu gehören. Kein Wunder, dass es Frauen gibt, die mit uns nichts mehr zu tun haben wollen. Das muss Arno unbedingt erfahren.«

»Was? Deine Theorie, warum Frauen mit manchen Männern nichts zu tun haben wollen?«

»Unsinn. Diese Timmy-Sache, natürlich. Da trifft es sich ja hervorragend, dass Arno zufällig bereits auf dem Weg hierher ist.«

Stella verdrehte die Augen. »Du gibst auch nie auf, oder? Hatten wir das nicht schon einmal? Wird es nicht langweilig, deinen Kumpel Arno und mich *zufällig* …«, sie malte mit den Fingern Anführungszeichen in die Luft, »aufeinandertreffen zu lassen?«

»Hier geht es keineswegs um dich und Arno, meine Liebe«, gab Ben schroff zurück. »Du stehst nicht ständig im Mittelpunkt meiner Gedanken, weißt du? Es geht um Ruby, verdammt. Ich dachte, das wäre klar. Und ich muss Arno anzapfen, wann immer es geht, damit wir für jedes einzelne

Argument gegen Ruby mindestens zwei gegen den wirklichen Täter suchen können.«

»Natürlich. Entschuldige. Aber wir sagen ihm nichts davon, dass die Firma Braukmann die Villa streichen wird, sonst rastet er gleich wieder aus. Vielleicht ist das ja ohnehin ein Schuss in den Ofen, und er muss nie davon erfahren.«

»Dann solltest du ihn tunlichst von eurem Grundstück fernhalten.«

Prompt musste Stella prusten. »Als wenn das ein Problem wäre. Freiwillig kommt er mich nicht besuchen, und ich werde ihn ganz sicher nicht einladen.«

Ein Kellner erschien, um ihre leeren Teller abzuräumen, und gleichzeitig mit ihm kam Arno an den Tisch.

Er bestellte etwas zu trinken und setzte sich.

Da er auf ihre Anwesenheit nicht überrascht reagierte, schlussfolgerte Stella, dass Ben ihn vorgewarnt hatte. Ganz im Gegensatz zu ihr. Darüber würde sie noch ein Wörtchen mit Ben reden, nahm sie sich vor.

»Wenn ihr mich aushorchen wollt – das könnt ihr euch sparen«, sagte Arno. »Kein Wort werdet ihr aus mir rauskriegen. Diesmal nicht. Ich bin nur hier, um nach Feierabend gemütlich ein Bierchen zu trinken. Gegessen habt ihr ja schon, wie ich sehe.«

»Och, wir gucken dir aber gerne beim Essen zu«, erwiderte Ben, »während wir dir erzählen, was wir in der Zwischenzeit herausgefunden haben.«

»*Herausgefunden* – pff.« Arno vertiefte sich in die Speisekarte, dann blickte er Stella an. »Solange es sich nicht um irgendwelche Planetenkoalitionen oder Nachrichten aus der Zwischenwelt handelt, die Ihre Großmutter über ihre Glaskugel empfangen hat – bitte sehr. Immer her damit. Nicht, dass wir uns missverstehen: Ich schätze Ihre Großmutter sehr, wirklich, sie ist eine tolle Frau. Was allerdings nicht für Madame Pythia gilt.«

»Die Ihnen immerhin bei der Aufklärung des Breidenbach-Falles sehr geholfen hat, wie Sie vergessen zu haben scheinen. Ohne sie hätten wir …«

»Zugegeben. Sie hat durch ihre Show einiges in Aufruhr gebracht und gewisse Beteiligte zum Handeln gezwungen, sodass *ich* den Fall lösen konnte. *Ich,* liebe Stella, nicht *wir.* Ein Wir gibt es nicht. Weder beruflich noch …«

»Noch privat«, fiel Stella ihm ins Wort, »sprechen Sie es ruhig aus.«

»Das hätte ich getan, wenn Sie mich nicht unterbrochen hätten.«

Der Kellner kam, und Arno orderte eine Pizza Mare.

Ben gackerte albern. »Ihr habt keine Ahnung, wie ähnlich ihr euch manchmal seid. Ihr guckt beide stundenlang in die Karte und bestellt dann eine Pizza Mare. Beide. Jedes Mal.«

»Schön, dass wir das geklärt haben, Ben«, fauchte Stella. »Arno und ich bestellen beide Pizza Mare, Wahnsinn. Bestimmt sind wir die einzigen Menschen auf der Welt, die Meeresfrüchte mögen.«

»Ach, macht doch weiter mit eurem Tänzchen und damit, ständig zu versichern, wie wenig ihr euch leiden könnt. Für mich ist es höchst unterhaltsam. Aber wir sind aus einem anderen Grund hier.« Ben grinste Stella frech an, dann sah er zu Arno. »Stella hat etwas zu berichten, Arno.«

»Wie gesagt: Solange es nichts mit irgendwelchen Planeten zu tun hat …« Arno zuckte mit den Schultern.

Stella kochte vor Wut, aber sie riss sich zusammen, schließlich ging es um Ruby. Außerdem spürte sie deutlich, dass er hinter seinem herablassenden Gehabe noch immer die Unsicherheit, die er ihr gegenüber empfand, zu verbergen versuchte. Aber obwohl sie das genau wusste, ließ sie sich von ihm provozieren. Das war verrückt.

»Nein, es hat nichts mit Planeten zu tun, Herr Kommissar. Parteien gehen übrigens Koalitionen ein, Planeten hingegen nicht. Das richtige Wort lautet Konstellation, manchmal auch Konjunktion, aber keinesfalls *Koalition*.«

»Wissen, das die Welt nicht braucht«, murmelte Arno. »Aber fahren Sie bitte fort. Was haben Sie denn Spannendes zu berichten? Ah, meine Pizza kommt. Das ging ja schnell. Hervorragend.«

Während er sich mit sichtlichem Appetit über sein Essen hermachte, berichtete Stella vom Gespräch mit Ruby und den neuen Informationen, die sie gesammelt hatte.

»Gibt es bei den Männern jemanden namens Timmy?«, fragte sie zum Abschluss.

Arno hatte die Pizza in der Zwischenzeit verputzt – in erstaunlicher Geschwindigkeit, wie Stella fand – und schob seinen Teller beiseite. »Ja, den gibt es in der Tat.«

»Es wird Sie nicht überraschen, dass er mir nichts von dieser Abmachung mit Wehling erzählt hat, als ich ihn befragt habe.«

»Logisch hat er nichts davon erzählt«, sagte Ben. »Er ist ja nicht blöd. Die Männer haben sich offenbar abgesprochen und schützen sich gegenseitig. Keiner von ihnen wird Rubys Aussage bestätigen.«

»Leute …« Arno seufzte und fuhr fort: »Muss ich euch noch einmal den Begriff *Hörensagen* erklären? Es ist nämlich so, dass auch Frau Rubikon mir gegenüber nichts dergleichen ausgesagt hat.«

»Weil sie zu dem Zeitpunkt noch völlig konfus war«, rief Stella aus. »Sie haben Sie mit dem Rücken an die Wand gestellt, erinnern Sie sich nicht? Sie hat sich panisch verteidigt, weil sie sich wie eine Angeklagte gefühlt hat. Unterhalten Sie sich noch einmal mit ihr und fragen Sie sie danach.«

»Stella hat recht, Arno«, sagte Ben beschwörend. »Nimm doch einfach mal an, dass Ruby die Wahrheit sagt. Und nehmen wir weiter an, dass einer der Männer schuld an Wehlings Unfall ist. Wie praktisch, dass sowieso alle mit dem Finger auf Ruby zeigen. Dahinter kann der Schuldige sich doch prima verstecken, findest du nicht?«

»Könnte sein.« Arno nickte scheinbar gedankenverloren, dann blickte er Stella an. »Woher wissen Sie noch gleich, dass Braukmanns Tochter ein heimliches Verhältnis mit Wehling hatte?«

»Das hat mei…« Erschrocken brach Stella ab und simulierte einen heftigen Hustenanfall. Um ein Haar hätte sie ausgeplaudert, dass sie diese Information zuerst von ihrer Großmutter gehört hatte. »Verschluckt«, krächzte sie und trank etwas Wasser. »So, jetzt geht es wieder. Das hat Ruby ebenfalls aus dem Gespräch der Männer erfahren.«

Tillikowski musterte sie misstrauisch. »Zuerst wollten Sie aber etwas anderes sagen.«

»Was? Nein.« Ehe der Kommissar noch einmal nachfragen konnte, redete sie hastig weiter. »Ach, jetzt hätte ich fast etwas Wichtiges vergessen: Dieser Timmy hat von Wehling verlangt, dass er beim nächsten Mal dran ist.«

»*Dran*? Womit? Hat Frau Rubikon das auch gehört?«

Stella nickte. »Es sieht so aus, als hätte jede Baustelle ihren eigenen Exhibitionisten gehabt. Jeder durfte mal, das ging wohl reihum.«

Arno, der gerade trinken wollte, stellte sein Glas wieder ab. »Sie machen Scherze!«

»Warum denn nicht?«, warf Ben ein. »Die Kerle malen den lieben langen Tag Häuser oder Wohnungen an und langweilen sich. Warum nicht ein kleines Spielchen spielen? Warum nicht mal ein paar Frauen terrorisieren? Und wenn die sich beschweren, gibt es immer einen unter ihnen, der genau zu dem Zeitpunkt mit dem Beschuldigten zusammen war und so beweisen kann, dass die Frau lügt.«

»Das kann ich einfach nicht glauben«, murmelte Arno.

»Und warum nicht?«, fragte Stella. »Weil alle Männer so überaus edle Geschöpfe sind?«

»Also wirklich, Sie klingen wie eine …«

»Eine Emanze?«, fiel sie ihm hitzig ins Wort. »Das wollten Sie sagen, oder? Wobei ich mir lebhaft vorstellen kann, was Sie darunter verstehen: vierschrötige Gestalten in Latzhosen, die vierjährige Jungs nicht in ihren Frauenbuchladen lassen, weil die zum männlichen Geschlecht gehören. Wirke ich etwa so auf Sie?«

Arno zuckte mit den Schultern. »Keine Ahnung, ob Sie Latzhosen im Kleiderschrank haben.«

Ehe Stella zurückschlagen konnte, hob Ben beschwichtigend die Hände. »Kinder, kriegt euch wieder ein. Mein und Stellas Ziel ist es, Rubys Unschuld zu beweisen; du willst deinen Fall lösen, Arno. Eigentlich ziehen wir doch am selben Strang, auch wenn es manchmal nicht so aussieht. Selbst, wenn die Maler alle das Gleiche aussagen, heißt es nicht, dass es die *Wahrheit* ist. Hört auf, euch anne Köppe zu kriegen. Das bringt uns nicht weiter. Im Gegenteil.«

Ben hat recht, dachte Stella. Arno starrte stirnrunzelnd auf die Tischplatte, und sie befürchtete, dass er das Gespräch jeden Moment abbrechen könnte. Also atmete sie tief durch und zählte innerlich bis zehn.

Dann sagte sie mit betont ruhiger Stimme: »Lassen wir mal für einen Moment außer Acht, dass Ruby eine hervorragende Verdächtige abgibt. Und dass es sich bei dem Fall um ein Ding ausschließlich zwischen ihr und Wehling zu handeln scheint. Ich habe den Eindruck, dass etliche weitere Personen beteiligt sind. Wer hatte ein Interesse daran, Wehling umzubringen? Zumindest für denjenigen kommt es doch wie gerufen, dass Ruby diesen Wehling lautstark bedroht hat. Vielleicht hat der Chef ja vom wirklichen Liebhaber seiner Tochter erfahren und wollte Wehling bestrafen? Wer hatte überhaupt die Gelegenheit, das Brett anzusägen? Wie sieht so ein angesägtes Brett eigentlich aus? Würde man es beim Aufbau des Gerüsts bemerken? Eine ganz wichtige Frage ist: Sind die Bretter immer an derselben Stelle?«

»Die Spurensicherung sagt, die Manipulation des Bretts ist ziemlich auffällig. Also ist es zumindest unwahrscheinlich, dass es bereits vor dem Aufbau manipuliert war. Und ich habe danach gefragt: Für die einzelnen Bretter gibt es keine festen Positionen innerhalb des Gerüsts. Die sind nicht nummeriert oder so. Das ist einfach ein Stapel Bretter, der verbaut wird. Also kann niemand wissen, welches Brett wo landet.«

»Also können wir davon ausgehen, dass das Brett erst auf dieser Baustelle manipuliert wurde«, sagte Stella. »Jetzt müssen wir nur noch herausfinden, wer es getan hat. Und wann. Und ob diese Manipulation wirklich Kevin Wehling galt. Was wir ebenfalls nicht wissen: Ist Wehling vielleicht nur gestolpert? Oder hat jemand – was ich übrigens für wesentlich plausibler halte – nur auf eine Gelegenheit gewartet, ihm einen kleinen Schubs zu geben?«

Ben nickte Arno zu. »Ich bin parteiisch, zugegeben, aber für mich klingen Stellas Ausführungen nachvollziehbar. Ruby ist das Bauernopfer, glaub mir. Sprich noch einmal mit ihr. Und mit diesem Timmy. Mensch, Arno, du hast doch Menschenkenntnis. Wirkt Ruby auf dich wirklich wie eine kaltblütige Mörderin?«

Bens Frage hatte Tillikowski unbeantwortet gelassen. Stella dachte darüber nach, als sie später im Bett lag und durch das Dachfenster in den nächtlichen Himmel blickte, an dem zahllose Sterne funkelten.

Ihr war klar – denn Arno hatte es ihnen wieder und wieder erklärt –, dass er nicht derjenige war, der darüber zu befinden hatte. Das war Aufgabe der Staatsanwaltschaft. Und im schlimmsten Fall musste Ruby vor Gericht um die Feststellung ihrer Unschuld kämpfen.

Bei dieser Vorstellung wurde Stella übel.

So weit durfte es einfach nicht kommen. Ihre Großmutter musste es schaffen, dass Susanne Braukmann zumindest einen Teil von dem bestätigte, was Ruby belauscht hatte.

Es war ja nicht so, dass Stella das Dilemma des Kommissars nicht verstehen würde. Er steckte im engen Korsett seiner Vorschriften und Bestimmungen. Wenn er es mit vier Aussagen gegen eine zu tun hatte, war das – ganz neutral betrachtet – ein deutliches Ungleichgewicht, das er nicht ignorieren konnte.

Sie benötigten unbedingt Leute, die auf Rubys Seite standen. Und Susanne Braukmann wäre auf jeden Fall eine gute Kandidatin für Rubys Team.

Kapitel 16

Am nächsten Morgen erwachte Stella von Lärm, der durch Metallstangen verursacht wurde. Von Metallstangen, die auf einen Haufen anderer Metallstangen geworfen wurden. Es klirrte und schepperte so laut, dass ihre Nervenenden vibrierten.

Gleichzeitig bedeutete dieser ohrenbetäubende Krawall aber auch, dass Braukmanns Männer sich anschickten, um die Villa herum ein Gerüst zu errichten. Das übrigens nicht bis zu ihr hinaufreichen würde, denn ihre Fenster lagen entweder im Dach oder innerhalb von Gauben, die mit Schiefer verkleidet waren.

Eine Viertelstunde später trat sie aus dem Haus, in der Hand einen Becher Kaffee.

»Guten Morgen!«, rief sie Braukmann zu, der an einem Pritschenwagen stand und seinen drei Männern armfuchtelnd Anweisungen erteilte.

Das ist also Braukmanns Terrortruppe, dachte Stella und setzte sich auf die Stufen, die zur Haustür der Villa führten.

Zwei der Männer, die alle weiße Overalls trugen, waren ihrer Schätzung nach zwischen Anfang und Mitte vierzig; der dritte erschien ihr deutlich jünger. Das musste Timmy sein, der Braukmann gegenüber den hoffnungsvollen Anwärter auf den Posten des Schwiegersohns spielte. Sie schnappte die Namen Hotte und Sascha auf; Hotte war ein großer blonder Schnäuzerträger mit breiten Schultern, der bereits grau melierte Koteletten hatte. Sascha war dagegen klein und schmal. Timmy lag figurmäßig genau dazwischen und hatte braune Locken.

Ziemlich hübsch, der junge Mann, dachte Stella, die möglichst unauffällig, aber dennoch aufmerksam die Interaktion zwischen den Männern beobachtete.

Braukmann war eindeutig der Chef, daran gab es keinen Zweifel. Jegliche Bewegung fand oberhalb seiner Körpermitte statt, während er breitbeinig dastand, fest in den Boden gerammt wie ein Baum. Während er sprach, luden die Männer stapelweise Gerüstdielen von der Ladenfläche und schichteten sie ein paar Meter abseits von Stella auf, wobei sie sie aus dem Augenwinkel taxierten.

Sie checken ab, ob ich ein lohnendes Opfer bin, dachte Stella und lächelte den Männern zu.

Braukmann sah zu ihr herüber und begrüßte sie mit einem kernigen Händedruck. Dann sagte er: »Jungs, dat hier is Frau … äh … Albers.«

»Albrecht. Mein Name ist Albrecht.«

Braukmann nickte. »Also Frau Albrecht. Sie lebt in dieser Villa und arbeitet auch hier. Ich bitte mir also aus, dat kein unnötiger Lärm gemacht wird, verstanden? Die Bewohner sind tagsüber zu Hause, dat gilt auch für unsere Auftraggeberin, Frau Schmidt. Wehe, ich hör Klagen über euer Benehmen. Null Toleranz, kapiert?«

Seine Mitarbeiter tauschten untereinander verstohlene Blicke und fuhren kommentarlos mit ihrer Arbeit fort.

»Ah, da kommt Otto«, sagte Stella.

Otto Korittke stellte sein Fahrrad neben dem Pritschenwagen ab. Trotz seiner beinahe weißen Haare wirkte er frisch und hellwach. Mit einem breiten Lächeln kam er auf Stella und

Braukmann zu. Die Männer im Hintergrund stellten umgehend ihre Arbeit ein und beäugten den Neuankömmling.

»Guten Morgen, gnädiges Fräulein«, sagte Otto und machte eine kleine, zackige Verbeugung.

Stella grinste innerlich. Welch ein Unterschied zur sonst so herzlichen Begrüßung zwischen ihnen; ganz offenbar hatte ihre Großmutter ihn gründlich instruiert.

»Guten Morgen, Otto. Herr Braukmann, das ist Otto Korittke, der Ihnen gerne aushelfen möchte.«

»Korittke. Zu Diensten, Chef.«

Braukmann musterte ihn gründlich. Plötzlich fuhr er herum und blökte seine noch immer gaffenden Männer an: »Hab ich wat von Pause gesacht? Nich dat ich wüsste! Hopphopp, aber dalli!«

Stella fing einen Blick auf, den Otto ihr mit hochgezogenen Brauen zuwarf.

Hastig machten die Maler sich wieder ans Werk, und Braukmann wandte sich wieder Otto zu.

»Auf meinen Baustellen dulde ich keinen Schlendrian«, verkündete er pompös. »Und Sie sind also dieset unglaubliche Universalgenie, von dem Frau Schmidt so geschwärmt hat, Herr Korittke?«

Otto zauberte sich ein bescheidenes Lächeln ins wettergegerbte Gesicht. »Hat die gnädige Frau so gut über mich gesprochen? Zu viel der Ehre. Aber tatsächlich bin ich recht geschickt, wenn ich so sagen darf. Und ich bin der Otto, Chef. *Herr Korittke,* dat war mein Vater.«

»Hm. Na gut, soll mir recht sein, Otto. Also, wat verlangste für deine Arbeit?«

Otto grinste. »Vorschlag, Chef: Ich arbeite erst mal zur Probe, und dann entscheiden Sie, wat Ihnen dat wert is, einverstanden? Ich freu mich doch, wenn ich der gnädigen Frau helfen kann. Die war immer gut zu mir.«

»Dat is 'ne Einstellung, mit der ich wat anfangen kann«, dröhnte Braukmann jovial und schlug Otto krachend auf die Schulter. Er wandte sich zu seiner Truppe um. »Männer, dat is der Otto. Er hilft uns hier bei der Villa.«

»Alles klar, Chef.«

Otto ging zu den Männern und gab jedem von ihnen die Hand. Ohne auf eine Aufforderung zu warten, half er ihnen dabei, die restlichen Dielen abzuladen.

»Scheint mir 'n guter Mann zu sein«, sagte Braukmann zu Stella, nachdem er Otto ein paar Sekunden lang beobachtet hatte und mit dem Gesehenen offenbar zufrieden war. »Er kann anpacken.«

Stella nickte. »Ich kenne ihn schon beinahe mein Leben lang. Als ich zehn war, hat er mir hinten im Garten ein Baumhaus gebaut. Er gehört beinahe zur Familie. Allerdings nimmt er sich niemals unangemessene Vertraulichkeiten heraus. Er weiß genau, wo sein Platz ist. Ich habe ihm schon tausendmal gesagt, er soll mich nicht immer *gnädiges Fräulein* nennen, aber da kennt Otto keine Gnade.«

»Find ich gut. Treffe ich Ihre Großmutter noch?«, fragte Braukmann.

»Das hatte sie nicht vor. Sie pflegt die Vormittage meist in ihren Räumlichkeiten zu verbringen. Wieso? Gibt es etwas Wichtiges zu besprechen? In dem Fall bin ich Ihre Ansprechpartnerin. Sie hat den Auftrag erteilt und wird die Rechnung zahlen, damit ist ihr Anteil an diesem Projekt erledigt.«

»Dann richten Sie ihr schöne Grüße aus, ja? Ich mach mich jetzt vom Acker. Die Männer wissen, wat sie zu tun haben. Ich komm später wieder vorbei.«

Sie blickte ihm hinterher, wie er mit seiner Limousine die Einfahrt herunterfuhr und mit quietschenden Reifen auf die Straße bog.

Dämlicher Angeber, dachte sie und stand auf, um ins Haus zu gehen.

Maria Schmidt spähte zwischen den Pflanzen hindurch nach draußen, als Stella in den Wintergarten trat.

»Alles nach Plan gelaufen?«, fragte sie.

»Alles perfekt«, erwiderte Stella. »Stell dir vor: Otto hat mich *gnädiges Fräulein* genannt!«

»Sehr gut. Er wird bei den Männern den Eindruck erwecken, als sei er so etwas wie ein Haussklave, der von uns herumgescheucht wird. Wir sind nämlich ganz gemeine Hyänen, musst du wissen.«

Stella lachte. »Gut zu wissen. Hauptsache, er verplappert sich nicht, was deinen Gatten betrifft.«

»Wird er nicht.« Maria winkte ab und setzte sich. »Außerdem glaube ich nicht, dass die Männer von ihrem Chef über derlei Dinge informiert werden. Dennoch weiß er genau, was er erzählen soll, falls er danach gefragt wird.«

»Was hältst du von den Männern?«

Maria zuckte mit den Schultern. »Bisher noch nichts. Sie sehen wie ganz normale Männer aus … aber du kannst den Leuten nur vor den Kopf gucken. Niemand kann sagen, welche Abgründe sich hinter den Fassaden verbergen. Du, ich will Susanne Braukmann anrufen und sie zu einem Gespräch einladen. Willst du mithören?«

»Auf jeden Fall.«

Maria reichte ihr eine Visitenkarte der Firma Braukmann und wählte die Nummer, die Stella ihr diktierte. Dann aktivierte sie die Lautsprecherfunktion und stellte das Telefon aufrecht auf den Tisch.

Es klingelte zweimal, dann: »Firma Braukmann, Susanne Braukmann am Apparat, guten Tag.« Die Stimme klang verschnupft.

»Hier ist Maria Schmidt. Wir haben uns gestern kennengelernt. Ich bin so überstürzt mit Ihrem Vater zusammen aufgebrochen, dass ich mich gar nicht angemessen von Ihnen verabschieden konnte. Das tut mir leid. Ich bin mir schrecklich unhöflich vorgekommen.«

»Aber nein, Sie haben sich doch verabschiedet«, sagte Susanne Braukmann.

»Nun, ich habe Ihnen nicht die Hand geschüttelt, wie es sich gehört hätte. Außerdem wollte ich gerne wissen, wie es Ihnen geht. Ich mache mir Sorgen um Sie, mein Kind. Ihr Kummer ging mir nicht aus dem Sinn.«

»Tut mir leid, wenn ich Sie damit belästigt habe«, wisperte die junge Frau mit tränenerstickter Stimme.

»Aber nein, um Gottes willen, ganz im Gegenteil. Ich habe ... wenn Sie mir erlauben, das zu sagen ... also, ich hatte den Eindruck, Sie haben niemanden, dem Sie sich anvertrauen können.«

Es kam keine Antwort, sie hörten nur leises Weinen.

»Bitte, weinen Sie doch nicht, Susanne. Wenn Sie jemanden zum Reden brauchen, bin ich für Sie da«, sagte Maria mit sanfter Stimme. »Vielleicht gleich heute? Ich möchte Sie zu mir einladen. Wir trinken zusammen eine Tasse Tee und plaudern ein wenig.«

»Bei Ihnen? Aber mein Vater darf mich nicht sehen«, erwiderte Susanne Braukmann schniefend. »Es würde ihm nicht gefallen, wenn er mich bei Ihnen erwischt. Immerhin haben wir eine geschäftliche Verbindung. Persönliche Dinge haben da nichts zu suchen, findet er.«

»Von mir wird er bestimmt nichts erfahren, und wir treffen uns doch ohnehin erst nach Feierabend. Wann machen Ihre Handwerker normalerweise Schluss?«

»Spätestens um fünf Uhr.«

»Na also. Ich erwarte Sie um halb sechs. Oder besser: um sechs Uhr. Einverstanden?«

Nach einer kleinen Pause stimmte Susanne Braukmann zu und bedankte sich für die Einladung. Dann flüsterte sie plötzlich: »Ich muss aufhören, mein Vater kommt. Bis später.« Sie legte auf.

»Armes Ding«, sagte Maria Schmidt und stellte das Telefon in die Ladeschale.

»Macht also schon zwei arme Dinger: Ruby und Susanne Braukmann. Zwei arme Seelen, auf denen herumgetrampelt wird. Von Männern.«

»Bei Susanne Braukmann wissen wir noch nicht wirklich, was Sache ist.«

»Aber wir werden es herausfinden.« Stella stand auf und streckte sich. »Ich gehe rüber in die Orangerie.«

»Die Sache läuft«, sagte sie wenig später am Telefon zu Ben. »Gerade wird das Gerüst aufgebaut.«

»Gehört Otto zum Team?«

»Na klar. Oma hat ihn perfekt gebrieft. Er wird den Männern erzählen, Oma und ich seien arrogante Weiber, die ihn durch die Gegend scheuchen. Vielleicht kann er sie dadurch knacken; ich hoffe es jedenfalls. Bestimmt kann es nicht schaden, sich ihnen gegenüber als Frauenhasser zu gebärden.«

»Oha. Ganz großes Theater. Hast du Ruby mittlerweile eingeweiht?«

Stella zögerte. Genau darüber dachte sie seit dem Aufwachen nach.

»Nein, bisher nicht. Aber ich werde sie gleich informieren, denke ich. Schon allein, um zu verhindern, dass sie herkommt und alles auffliegen lässt. Sie ist einfach zu auffällig; die Männer erkennen sie sofort. Und wer weiß – vielleicht erinnern sie sich dann plötzlich doch daran, dass ich am Tag von Wehlings Tod im Haus war.«

»Grüß Ruby von mir, ja?«

»Mach ich.«

Stella legte auf und starrte sinnend in den Garten.

Ruby zu informieren, das klang einfach. Aber wie genau sollte sie ihr gegenüber begründen, warum Maria und sie die Kolonne engagiert hatten?

Sie kochte sich einen Espresso und bemerkte plötzlich, wie hungrig sie war. Tatsächlich fühlte sie sich beinahe schwach. Richtig, sie hatte nicht gefrühstückt, sondern war – das war bereits zwei Stunden her – hinuntergegangen, um den Beginn der Arbeiten am Haus zu beobachten und mit Braukmann zu sprechen.

Da sie in ihrer Küche stets Toastbrot, Butter und Käse vorrätig hatte, bereitete sie sich einen Snack zu, den sie mit Appetit aß. Rasch fühlte sie sich besser, als sich ihre Energiespeicher wieder füllten.

Mit einem frischen Espresso setzte sie sich in einen der Korbsessel und wählte Rubys Nummer.

»Hier ist Stella«. sagte sie, als abgehoben wurde. »Wie geht es dir?«

»Ich bin nicht krank oder so«, fauchte Ruby. Nach einer

kleinen Pause fuhr sie fort: »Tut mir leid, Stella. Es … ich versuche, nicht darüber nachzudenken. Aber noch schwieriger ist es, anderen darüber Auskunft zu geben. Ich spreche nicht gern über meine Gefühle. Aber es ist nett von dir, nachzufragen. Das weiß ich zu schätzen. Wirklich.«

»Ich weiß. Es ist so … ich muss dir etwas erzählen.«

Sie hörte, wie Ruby nach Luft schnappte. »Der Kommissar will mich verhaften, richtig?«

Damit hatte Stella nicht gerechnet. »Nicht, dass ich wüsste. Und ganz sicher bin ich die Letzte, die Kommissar Tillikowski über die nächsten Schritte seines polizeilichen Vorgehens informieren würde. Er hätte viel zu viel Angst davor, dass ich dich dann irgendwo vor ihm verstecke … Nein, im Ernst: Er würde sich damit sogar strafbar machen, denn er darf mit niemandem außer mit Kollegen über seine Ermittlungen reden. Das ist gesetzlich so vorgeschrieben.«

»Ernsthaft?«

»Ernsthaft. Es geht um etwas ganz anderes. Also: Seit heute arbeitet die Truppe, die bei dir das Haus gestrichen hat, an unserer Villa.«

Ruby schwieg so lange, dass Stella schon dachte, sie hätte aufgelegt.

»Ruby? Hallo? Bist du noch am Telefon?«, fragte sie schließlich nach.

»Ja.« Rubys Stimme klang heiser. Sie räusperte sich und fügte hinzu: »Ja, ich bin noch dran. Ich bin nur überrascht. Und ich verstehe nicht.«

»Ich bin sicher, dass die Männer etwas mit Wehlings Tod zu tun haben. Einer von ihnen; vielleicht auch alle, keine Ahnung. Oder der Chef selbst. Nennen wir es so: Wir stellen eigene Ermittlungen an.«

»Wir? Wer ist *wir?* Ben und du?«

Stella schüttelte den Kopf, dann fiel ihr ein, dass Ruby das natürlich nicht sehen konnte. »Nein, meine Oma und ich. Oma hat gestern in Braukmanns Firma dessen Tochter kennengelernt und ihr Vertrauen gewonnen – in aller Kürze zusammengefasst. Sie wird versuchen, rauszufinden, ob das Mädchen tatsächlich was mit Wehling hatte, verstehst du? Und welche Rolle dieser Timmy spielt. Wenn du das Gespräch der Männer nicht belauscht hättest, wüssten wir ja jetzt nicht einmal, wo wir nach Informationen suchen sollten. Aber so könn…«

»Moment mal«, fiel Ruby ihr ins Wort, »heißt das, ihr lasst eure Villa streichen, um mir zu helfen? Seid ihr verrückt geworden? Das muss doch Unsummen kosten. Damit fühle ich mich nicht sehr behaglich.«

Das genau hatte Stella befürchtet. »Es war die Idee meiner Oma«, sagte sie, »ein Anstrich der Fassade stand sowieso an, weißt du? Ob es jetzt oder in drei Monaten geschieht, ist wurscht.«

»Wirklich? Das erzählst du mir nicht nur, um mich zu beruhigen?«

»Nein«, erwiderte Stella mit fester Stimme und hoffte, dass Ruby ihr die Lüge nicht anhörte.

»Aber was soll das bringen? Hoffst du, dass einer der Kerle seinen Penis rausholt und ihn dir oder deiner Großmutter zeigt?«

Ja klar, das sollte mal einer versuchen … dann belegt Oma ihn mit einem Fluch, dass er verdorrt und abfällt, dachte Stella amüsiert.

»Nein, wir haben jemanden – einen Freund meiner Oma – in die Kolonne eingeschleust, der versuchen soll, die

Männer auszuhorchen. Alles Weitere wird sich spontan ergeben. Ich sage dir deshalb Bescheid, damit du nicht hier auftauchst und die Kerle Lunte riechen, verstehst du? Momentan müssen wir vorsichtig sein, sonst fliegt alles auf.«

»Weiß Kommissar Tillikowski denn darüber Bescheid?«, fragte Ruby.

Das brachte Stella zum Kichern. »Auf gar keinen Fall. Er würde mir den Hals umdrehen, wenn er davon wüsste. Er schätzt es überhaupt nicht, wenn man sich in seine Arbeit einmischt.«

»Informierst du mich bitte, wenn ihr etwas herausfindet, das mich entlastet?«, fragte Ruby schüchtern.

»Du stehst ganz oben auf der Liste, versprochen.«

Kapitel 17

Kommissar Tillikowski saß an seinem Schreibtisch und dachte nach.

Ben und Stella hatten ihm am Abend zuvor eine Menge sehr interessanter Dinge erzählt, zugegeben. Und wenn er tatsächlich in Betracht zog, dass Andrea Rubikon die Wahrheit sagte, musste er noch einige Gespräche führen. Zum Beispiel mit Braukmanns Tochter Susanne. Und mit Tim Lessing, und zwar über seine Rolle in dem Schwank. Hatte er tatsächlich den Liebhaber der Tochter des Chefs gespielt? War die kleine Schmierenkomödie vielleicht aufgeflogen?

Er rief in Braukmanns Firma an und teilte Susanne Braukmann mit, dass er sich gerne mit ihr unterhalten wolle.

Sie reagierte erschrocken, also erklärte er ihr, das sei reine Routine, er müsse mit allen Menschen reden, die Kevin Wehling kennen, also auch mit ihr, das sei kein Grund zur Beunruhigung.

Ach, und wo er gerade mit ihr spreche: Ob sie ihm vielleicht verraten könne, wo die nächste Baustelle der Malerkolonne sich befinde. Auch an die Herren habe er noch einige Fragen.

Er hielt diese Information absichtlich so allgemein, obwohl er in Wirklichkeit natürlich in erster Linie mit Lessing reden wollte. Aber falls es tatsächlich diese Verbindung zwischen den beiden gab, wollte er nicht riskieren, dass sie ihn vorwarnte.

Ob sie ihm die Adresse nennen könne.

Ja, das könne sie.

Sie nannte ihm den Ort des aktuellen Auftrags, und Arno Tillikowskis Gesicht versteinerte.

Arno legte auf und starrte eine Zeit lang reglos auf die Adresse, die er auf einen Notizzettel gekritzelt hatte.

Dann ging ein Ruck durch seinen Körper. Er riss eine Schublade am Schreibtisch auf und wühlte hektisch darin herum, bis er die Visitenkarte gefunden hatte, die er jetzt brauchte.

Er war so zornig, dass er beim Wählen der Nummer etliche Anläufe benötigte, weil er sich bei der Eingabe der Ziffern mehrmals vertippte. Als er nur noch einen Atemzug davon entfernt war, das Telefon auf den Boden zu pfeffern und darauf herumzutrampeln, gelang es ihm schließlich.

»Sagen Sie mal, was soll denn das?«, brüllte er in den Hörer, kaum, dass am anderen Ende der Leitung abgehoben worden war.

»Wie bitte?«, fragte Stella mit pikierter Stimme. »Wer ist denn da?«

»Hier ist Arno! Tillikowski! *Kommissar* Tillikowski! Würden Sie mir bitte erklären, wieso Braukmanns Malerkolonne an Ihrer Villa arbeitet?«

Es folgte verräterische Stille. Ganz eindeutig fühlte sie sich ertappt, und das war Arno eine kleine Genugtuung. Hatte sie etwa gedacht, dass er es nicht herausfinden würde? Da kannte sie ihn aber schlecht.

Arno Tillikowski fand alles heraus.

»Also? Ich höre! Was versprechen Sie sich davon?«, fuhr er fort, da sie nichts sagte.

»Was ich mir davon verspreche? Eine frisch gestrichene Villa. Außerdem hab nicht ich die Männer engagiert, sondern meine Oma.«

»Das können …«

Er brach ab. *Das können Sie Ihrer Großmutter erzählen* hatte er sagen wollen, aber diese Redewendung hatte eindeutig eine gewisse Schieflage.

»Das ist doch Kokolores«, sagte er also. »Ich bin nicht von gestern, kapiert? Ich rieche sofort, wenn etwas faul ist. Und hier stinkt es ganz gewaltig! Ich frage Sie also noch einmal: Was versprechen Sie sich davon?«

»Neue Erkenntnisse«, erwiderte sie knapp. »Ich will den Täter entlarven.«

Wie rotzfrech war das denn? Arno konnte es nicht fassen. Natürlich war ihm von Anfang an klar gewesen, dass sie die Männer aus genau diesem Grund zu sich geholt hatte, aber dass sie sich traute, es ihm ins Gesicht zu sagen?! Eine bodenlose Unverschämtheit.

»So, so, Sie wollen also den Täter entlarven. Etwas, das Sie mir offenbar nicht zutrauen«, sagte er.

Verdammt. Er musste sich unbedingt zusammenreißen und souveräner wirken, denn in diesem Gespräch hatte er schon genug Quatsch erzählt. Dass ihm etwas wie *Ich bin nicht von gestern* rausgerutscht war, ärgerte ihn maßlos, war aber im Nachhinein leider nicht ungeschehen – besser gesagt: ungehört – zu machen. Selbst jemand, der keinerlei psychologische Kenntnisse hatte, hätte sofort begriffen, dass er stinkbeleidigt war.

»Doch, ich traue Ihnen einiges zu. Ich habe Sie ja bereits in Aktion erlebt«, sagte Stella so sanft, als wolle sie ein tobendes Kind beruhigen, was Arnos Aggressionslevel blitzartig wieder in die Höhe schnellen ließ. Bei einem Hau-den-Lukas auf dem Rummel würde jetzt die Sirene losheulen.

»Dann verstehe ich nicht, warum Sie sich in meine Ermittlungen einmischen«, erwiderte er, sich mühsam beherrschend.

Hatte er ruhig und souverän geklungen? Er konnte es nur hoffen.

»Ich will mich nicht einmischen, Arno. Ich werde Sie in keiner Weise behindern. Ich will nur versuchen, etwas mehr über diese Männer herauszufinden. Ich will sie in Aktion erleben.«

»Sie hoffen also, ein paar Penisse gezeigt zu bekommen? Das lässt ja tief blicken.«

Ach du Schande. Hatte er das gerade wirklich gesagt? Das hatte er nicht gewollt, wirklich nicht, es war ihm einfach rausgerutscht.

Diese Frau machte ihn vollkommen verrückt.

»Sie sind geschmacklos, Arno. Aber ich verstehe schon: Sie sind wütend, weil ich vermeintlich in Ihr Territorium eindringe. Sie denken, ich will Sie der Unfähigkeit überführen. Aber wir befinden uns hier nicht in einem Wettbewerb, wer von uns beiden cleverer ist. Es geht um Ruby, um nichts sonst. Können wir uns darauf einigen?«

Arno resignierte. Was hätte er auch tun sollen? Von ihr verlangen, die Kolonne wegzuschicken? Es gab einen offiziellen Auftrag, und der wurde jetzt ausgeführt.

Arno räusperte sich. »Was ich zuletzt gesagt habe, tut mir leid. Wirklich. Aber ernsthaft: Was ist Ihr Plan? Wollen Sie … äh … die Astrologie bemühen? Die Horoskope der Männer erstellen und so den Täter herausfinden? Wenn es überhaupt jemand von denen war?«

»Nein, keine Horoskope. Allein die Tatsache, dass ich dafür die genauen Geburtsdaten brauche, stellt ein schier unüberwindbares Hindernis dar. Und ehe Sie fragen: Meine Großmutter wird auch ihre Glaskugel nicht zurate ziehen.« Sie schwieg einen Moment lang, als würde sie nachdenken. Dann fuhr sie fort: »Sie kriegen es ja sowieso raus, also kann ich es Ihnen gleich sagen: Wir haben jemanden in die Truppe eingeschleust. Undercover.«

Arno kippte beinahe vom Stuhl. Das schlug dem Fass den Boden aus. »Sie haben *was*?«

»Sie erinnern sich an Otto Korittke? Den Freund meiner Oma?«, sagte Stella fröhlich. »Der gehört jetzt zur Kolonne, als kurzfristige Aushilfe. Dem Braukmann fehlt durch Wehlings Unfall doch jetzt ein Mann, richtig? Also hat Oma ihm angeboten, dass Otto, der angeblich für alle anfallenden handwerklichen Arbeiten in der Villa zuständig ist, einspringt. Für kleines Geld. Natürlich hat Braukmann sofort zugeschlagen.«

Gegen seinen Willen empfand Arno so etwas wie Bewunderung für diese Idee, die tatsächlich ziemlich clever war. Natürlich würde er ihr das keinesfalls sagen, soweit kam das noch. Und die ihm einmal mehr die Grenzen seiner Möglichkeiten aufzeigte.

»Otto weiß genau, welche Rolle er zu spielen hat«, fuhr Stella fort. »Er wird darüber jammern, wie herablassend er von den arroganten Weibern in der Villa behandelt wird, so etwas in der Art. Natürlich hoffen wir, dass er die Kerle dadurch knackt und sie ihm vielleicht Dinge erzählen, die Rubys Aussagen bestätigen.«

»Was soll das bringen? Dann haben wir es wieder nur mit Hörensagen zu tun.«

Er hörte Stella seufzen. »Schon. Aber mit diesen Informationen könnten Sie doch Ihre Befragungen ganz anders gestalten. Und den Hebel an den richtigen Stellen ansetzen, anstatt nur im Dunklen zu stochern. Sie machen das doch nicht erst seit gestern, Arno. Mit Ihren Erfahrungen und Ihrer Menschenkenntnis, die Sie zweifellos haben, können Sie dann ganz anders Druck ausüben. Punktgenau.«

»Sie haben völlig falsche Vorstellungen von Verhörtechniken, Stella.«

Er hörte sie prusten. Dann sagte sie: »Ich bitte Sie. Jemandem etwas auf den Kopf zuzusagen, das derjenige für ein gut gehütetes Geheimnis hält, und dann dessen Reaktion zu sehen, ist ja wohl etwas anderes, als darauf zu warten, dass er von alleine auspackt. Erschrickt er? Bleibt er vollkommen unbeeindruckt? Fühlt er sich sogar derart ertappt, dass er auspackt? Körperhaltung, Mimik – alles *spricht* mit Ihnen. Knetet er nervös die Hände? Hat er einen Schweißausbruch? Ist er zappelig oder sitzt er ganz ruhig da? Das muss ich Ihnen doch nicht erklären, Arno! Sie werden doch sicherlich in diesen Dingen geschult.«

Nicht in dem Maße, wie ich es gerne hätte, dachte Arno.

»Selbstverständlich werden wir geschult. Aber wir haben immer unsere Vorschriften im Nacken, das wissen Sie doch. Wir dürfen bestimmte Grenzen nicht überschreiten, sonst kommt uns irgendein Anwalt mit Psychoterror und dergleichen. Und wenn ein Geständnis unter Druck gemacht wurde, ist es unter Umständen wertlos.«

»Wie gut, dass Sie mich haben«, sagte Stella. »Und meine Oma und Otto. Wir dürfen alles fragen, was und wie wir es wollen.«

»Na gut.« Arno seufzte. »Ich kann an der Situation ja

doch nichts mehr ändern. Nur zu Ihrer Information: Ich werde gleich bei Ihnen auftauchen, weil ich besonders Tim Lessing noch einmal sprechen möchte. Am besten, Sie lassen sich überhaupt nicht blicken. Falls wir uns doch zufällig begegnen sollten: Sie und ich – wir kennen uns nicht, das halte ich für das Beste.«

»Versteht sich ja wohl von selbst. Bis gleich.«

»Sagen Sie auch Ihrer Großm…«

Der Satz lief ins Leere. Stella hatte bereits aufgelegt.

Tillikowski fuhr die Auffahrt zur Villa hoch und stellte seinen Wagen vor dem Haus ab. Bis zur halben Höhe war das Gebäude bereits eingerüstet, und die Männer waren gerade dabei, das nächste Stockwerk in Angriff zu nehmen. Er erkannte die Mitarbeiter von Braukmann an ihren weißen Overalls, während Otto in Latzhose und T-Shirt arbeitete.

Ganz schön flink für sein Alter, dachte Arno und ging auf das Gerüst zu.

In diesem Moment öffnete sich die Haustür, und Stella trat heraus. Arno verdrehte innerlich die Augen. Hätte sie nicht einfach wegbleiben können? Warum musste sie unbedingt auftauchen?

»Guten Tag«, sagte sie, »kann ich etwas für Sie tun?«

Himmel, jetzt zwang sie ihn auch noch zum *Schauspielern*. Sie stand vor ihm und blickte ihn mit neutralem Interesse und milder Neugier an. In ihrem Gesicht zeigte sich kein Zeichen des Erkennens. Nicht schlecht.

»Mein Name ist Arno Tillikowski«, erwiderte er. »Ich bin … äh … ich bin von der Polizei. Ich möchte zu den Männern, die hier arbeiten.«

Aus dem Augenwinkel bemerkte er, dass von Arbeiten

momentan nicht die Rede sein konnte. Die Handwerker hatten jegliche Tätigkeit eingestellt und beobachteten sie.

»Polizei? Aha. Sie können sich bestimmt ausweisen?«, fragte Stella prompt.

»Äh ... selbstverständlich.«

Aus der Hosentasche fummelte er seine Dienstmarke und hielt ihr die ovale Messingplakette unter die Nase.

Sie warf nur einen flüchtigen Blick darauf. »Die kriege ich ja wohl in jedem gehobenen Karnevalsbedarf. Ich wette, die gehört zur Standardausrüstung jeder zweiten Strippertruppe. Ich meinte einen *Dienstausweis*, Herr Tillo...«

»Tillikowski«, zischte er.

Sie übertrieb eindeutig. Arno hätte drei Gehälter darauf verwettet, dass sie die Situation in vollen Zügen genoss, auch wenn sie sich nichts anmerken ließ.

Er holte das Ledermäppchen mit seinem Dienstausweis aus der Innentasche seiner Jacke und klappte es auf. »Bitte sehr. Sind Sie jetzt zufrieden?«

»Kein Grund, pampig zu werden. Warnen Sie die Bürger Ihrer Stadt nicht ständig vor Leuten, die sich als Polizisten ausgeben? Also bitte.« Sie studierte den Ausweis eine Zeit lang und sagte dann: »Scheint ja echt zu sein. Worum geht es hier eigentlich? Was wollen Sie von den Männern, wenn ich höflichst fragen darf?«

Höflich geht anders, dachte er. »Darüber kann ich leider keine Auskunft geben. Ich habe einige Fragen zu laufenden Ermittlungen.«

In diesem Moment kam Maria Schmidt aus der Haustür.

Oh nein, dachte Arno genervt, die beiden zwingen mir noch einen zweiten Akt dieser Schmierenkomödie auf ...

»Was ist denn hier los, Stella? Wer ist der Mann?«, fragte sie ihre Enkelin, ohne Arno auch nur eines Blickes zu würdigen.

»Das ist Kommissar Tillikowski. Er will mit den Angestellten von Herrn Braukmann sprechen.«

»Wie bitte?«, fragte Maria und hob die Brauen. »Haben die Männer etwas verbrochen?«

»Das darf der Kommissar uns nicht sagen, Oma. Es geht um irgendwelche Ermittlungen.«

Arno rang mühsam um Beherrschung. Er hatte keine Lust, den beiden als Pausenclown zu dienen, und allmählich wurde es ihm hier zu bunt.

Gerade wollte er das Theater beenden, als Maria Schmidt ihn ansah und sagte: »Hören Sie mal, junger Mann. Sie können hier nicht einfach auftauchen und die Herren von der Arbeit abhalten. Auch wenn Sie von der Polizei sind.« Sie wandte sich an Stella. »Du hast dir den Ausweis des Herrn zeigen lassen, hoffe ich?«

Stella nickte. »Klar. Bestimmt ist der Kommissar nur deshalb hier, weil er mit den Männern einen Termin vereinbaren will, der außerhalb ihrer Arbeitszeiten liegt. Oder, Herr Kommissar?« Sie lächelte ihn freundlich an.

Arno holte tief Luft. »Ich muss Sie höflich bitten, mich meine Arbeit machen zu lassen. Ich möchte kurz mit Herrn Lessing sprechen.« Er blickte am Gerüst hoch und deutete auf den jungen Mann. »Herr Lessing? Kommen Sie bitte mal zu mir herunter?«

Maria maß ihn mit loderndem Blick. »Sie sind nicht sehr wohlerzogen, junger Mann. Ich werde mir überlegen, ob ich nicht Ihren Vorgesetzten von Ihrem impertinenten Auftreten auf meinem Grund und Boden in Kenntnis setze.« Sie drehte sich auf dem Absatz um und marschierte hocherhobenen Hauptes zurück in die Villa.

»Mit meiner Großmutter sollten Sie sich lieber nicht anlegen, Herr Kommissar«, sagte Stella. »Da würden Sie verlieren. Todsicher.«

Sie verabschiedete sich mit einem kühlen Nicken von ihm und folgte ihrer Oma. Donnernd fiel die Haustür hinter ihr ins Schloss.

Was ist das für ein Geräusch?, dachte Arno.

Dann wurde es ihm klar: Er knirschte mit den Zähnen.

Kapitel 18

»Dat war mal wieder typisch für den alten Drachen«, sagte Otto Korittke, der mit seinen frischgebackenen Kurzzeit-Kollegen Sascha und Hotte oben auf dem Gerüst stand.

Aufmerksam hatten sie das Gespräch zwischen dem Kommissar und den beiden Frauen verfolgt. Gerade war Tim Lessing, der jüngste der Gruppe, zu Tillikowski hinuntergestiegen.

»Ist die immer so?«, fragte Sascha.

Otto schnaubte und winkte ab. »Dat war noch harmlos. Die Alte ist schlimmer als jede böse Märchenhexe. Und die andere, ihre Enkelin, ist auf dem besten Wege, eine würdige Nachfolgerin zu werden.«

»Vielleicht brauchen die beiden mal eine Lektion darin, wie man respektvoll mit Männern umgeht. Denen würde ich die Flötentöne schon beibringen. Von meiner Frau würde ich mir das jedenfalls nicht bieten lassen.« Hotte grinste überheblich. »Die spurt, das kann ich dir sagen. Die sagt mir nicht, was ich zu tun und zu lassen habe.«

Sascha prustete und legte seinem Kollegen die Hand auf die Schulter. »Dafür ruft sie dich alle zehn Minuten an, wenn du mit uns in die Kneipe gehst.«

Hotte schlug die Hand weg. »Das werde ich ihr auch noch austreiben. Man kriegt jede Frau klein, wenn man es nur richtig anstellt. Ich frage mich, warum du für diese Weiber arbeitest, Otto.«

»Ganz einfach«, erwiderte Otto. »Die Bezahlung ist sehr

gut. Außerdem sind sie lange nicht so schlau, wie sie glauben. Wat denkt ihr, wie viele Stunden ich schon abgerechnet habe, in denen ich schön gemütlich am Teich gesessen und gefaulenzt habe? Hunderte! Je arroganter die sich aufführen, desto mehr verdiene ich.« Sinnend betrachtete er den Kommissar, der mit Lessing ein paar Schritte beiseite gegangen war. »Sagt mal, wat will der Bulle eigentlich von euch?«

Natürlich entging ihm nicht, dass die beiden Männer neben ihm einen raschen Blick wechselten.

»Es gab einen Unfall auf unserer letzten Baustelle«, erwiderte Hotte dann.

»Wat denn – dafür kommt doch nicht die Kripo raus. Bei einem Arbeitsunfall? Dat wäre mir ja ganz neu!«

Wieder ein Blickwechsel zwischen Sascha und Hotte. »Na ja«, sagte Hotte leise, »das war nicht gerade ein typischer Arbeitsunfall. Ein Kollege von uns, der Kevin, der ist vom Gerüst gefallen.« Er fuhr sich mit dem Daumen quer über den Hals. »Vielleicht ist er schon tot, das wissen wir nicht. Er liegt im Koma.«

Otto riss die Augen auf. »Wat – im *Koma*? Ach du Schande. Aber trotzdem ein Arbeitsunfall, oder?«

»Nee.« Sascha schüttelte den Kopf. »Da gab es ein Brett, das angesägt war. Deshalb ist er abgestürzt. Jemand hat ihn geschubst oder so.«

Otto wich einen Schritt zurück und musterte die Bretter, die das Geländer bildeten. »Die hier sind doch wohl in Ordnung, oder? Aber Moment mal: Jemand hat ihn geschubst? Warum? War dat so ’n Arschloch?«

»Nee, der war voll in Ordnung. Die Polizei denkt, das war ’ne Lesbe, die da im Haus wohnt.« Sascha blickte zu Hotte, und der nickte – nach kurzem Zögern – bestätigend.

»Ist nicht euer Ernst! Hat dat wer gesehen?«

»Nicht direkt …«, murmelte Sascha, und Hotte fuhr fort: »Die hatte einen tierischen Hass auf Kevin. Weiß man ja, dass Lesben alle Männer hassen. Die hat sich auch ständig über ihn beschwert. Und weil das nicht gefruchtet hat …« Vielsagend zuckte er mit den Schultern.

»Aber deswegen bringt man doch keinen um!«, sagte Otto. »Dat ist doch Quatsch.«

»Lesben schon«, erwiderte Hotte. »Also schön aufpassen, Otto. Die Blonde ist bestimmt auch 'ne Lesbe – so, wie die mit dem Kommissar umgesprungen ist.«

Brüllend vor Lachen schlugen sich die Männer auf die Schenkel, dann gingen sie wieder an die Arbeit.

Stella stand hinter einem Vorhang verborgen an einem Fenster, das auf Kippe stand. Sie hatte jedes Wort mitgehört, das die Männer gesprochen hatten.

Otto machte seine Sache fantastisch, fand sie. Auch, dass er nicht weiter nachgebohrt hatte, warum Ruby sich über Kevin beschwert hatte. Das würde er schon noch rausfinden, dessen war Stella sicher.

Sie blickte zum Kommissar, der mit Tim Lessing sprach. Jetzt schien er sich zu verabschieden.

Sie musste unbedingt lernen, von den Lippen zu lesen, nahm sie sich vor.

Der Kommissar blickte herüber zum Haus und schien ihr direkt ins Gesicht zu sehen. Obwohl sie gut getarnt war, trat sie unwillkürlich einen Schritt zurück. Ohnehin musste sie sich schnellstmöglich einen Ort suchen, an dem die Männer sie – und ihr Telefon – nicht hören konnten, denn sie war sicher, Tillikowski würde sie binnen weniger Minuten anrufen. Vermutlich würde er seinen Wagen nur auf die Straße fahren und am Bordstein parken, um ihr schnellstmöglich die Leviten zu lesen.

Während der Kommissar die Einfahrt herunterfuhr, lief sie eilig aus dem Haus und rannte zur Orangerie. Kaum hatte sie ihr Büro betreten, als ihr Handy auch schon klingelte.

Obwohl sie alles, was sie besaß, bedenkenlos darauf verwettet hätte, dass Tillikowski der Anrufer war, meldete sie sich neutral. »Stella Albrecht, guten Tag.«

Sie hörte ein Schnaufen, dann sagte er: »Die offizielle Dienstmarke der Kriminalpolizei bekommt man *nich*t im Karnevalsbedarf!«

»Arno! Sie sind es doch, nicht wahr?«

»Natürlich bin ich es! Mussten Sie mich unbedingt wie einen Volltrottel aussehen lassen? War das nötig?«

Gütiger Himmel – er hat das tatsächlich persönlich genommen, dachte Stella amüsiert.

»Arno, das meinen Sie jetzt nicht ernst. Wir haben nicht Sie wie einen Volltrottel, wie Sie es nennen, aussehen lassen, sondern Oma und mich wie zwei arrogante Weiber. Und darum ging es. Andererseits: Je ernster Sie meine Darbietung nehmen, desto authentischer wirkt Ihre Reaktion auf die Männer. Ich betrachte das als Kompliment für meine Schauspielkunst. Und die meiner Oma. Vielen lieben Dank. Um ganz ehrlich zu sein: Innerlich habe ich mich vor Lachen gekrümmt.«

»Wie schön, dass Sie Ihren Spaß hatten«, erwiderte er. »Ich bin mir reichlich blöd vorgekommen.«

»Vor diesen Typen? Also wirklich. Übrigens ist unsere kleine Show bereits auf fruchtbaren Boden gefallen. Ich konnte vorhin ein Gespräch zwischen Otto und den beiden anderen belauschen.« Sie kicherte und fuhr fort: »Glauben Sie mir: Otto ist ein noch wesentlich besserer Schauspieler als wir alle zusammen. Er hat Oma in grellen Farben als böse Hexe geschildert, und dass ich ihre würdige Nachfolgerin bin. Natürlich sind die Männer sofort zu dem Schluss gekommen, dass ich – genau wie Ruby – eine Lesbes sein muss, da ich Sie derart respektlos behandelt habe.«

»Das war auch ganz schön frech«, murmelte Arno.

»Ja, und dafür würde man mir gerne mal die Flötentöne beibringen, wenn ich zitieren darf.«

»Ach?« Jetzt klang er interessiert. »Und wie soll sich das gestalten? Haben die was dazu gesagt?«

»Nein, aber das wird Otto ganz sicher noch herausfinden. Er hat stattdessen mal ganz vorsichtig nachgehorcht, warum die Kripo Fragen stellt.«

»Und?«

»Sie haben gesagt, ihr Kollege sei abgestürzt, und die Polizei würde denken, die Lesbe aus dem Haus wäre es gewesen, weil die sich ständig über ihn beschwert hätte, aber damit keinen Erfolg hatte.« Stella machte eine kurze Pause. »Sagen Sie mal, was habt ihr Männer eigentlich für ein Problem mit lesbischen Frauen?«

Tillikowski schnappte hörbar nach Luft. »*Ihr Männer*?«, blökte er empört. »Ich habe überhaupt kein Problem damit. Und ich verwahre mich ganz entschieden dagegen, mit solchen … solchen … intellektuellen *Dünnbrettbohrern* in einen Topf geworfen zu werden!«

»Ich glaube nicht, dass eine derartige Einstellung ein Zeichen von mehr oder weniger Intellekt ist«, erwiderte Stella. »Ich wette, es gibt auch Uniprofessoren, die mit Lesben und

Schwulen Probleme haben. Das hat was mit innerer Einstellung zu tun. Vor allem mit Toleranz. Ganz besonders mit der Toleranz alternativen Lebensmodellen gegenüber.«

»Ha! Was glauben Sie, mit wie vielen alternativen Lebensentwürfen ich tagtäglich zu tun habe? Da kann ich mir Intoleranz gar nicht leisten!«

»Na toll. Sind Sie jetzt aus beruflichen Gründen tolerant oder weil Sie es auch im Privatleben sind?«

Es folgte eine lange Pause, dann sagte er: »Wissen Sie was? Das diskutieren wir vielleicht mal an anderer Stelle. *Vielleicht.* Hören Sie einfach damit auf, mich mit irgendwelchen Heiopeis in einen Topf zu werfen, das kann ich nämlich ...«

»Ja, schon gut«, fiel sie ihm ins Wort, »das mit dem Topf, in den Sie nicht geworfen werden wollen, erwähnten Sie bereits. Ich habe es etwas verallgemeinernd ausgedrückt, zugegeben. Dennoch finde ich es faszinierend, dass *manche* Männer sofort zu diesem Schluss kommen, dass eine Frau eine Lesbe sein muss, wenn sie nicht allein schon deshalb vor Ehrfurcht und Bewunderung erstarrt, weil er dem männlichen Geschlecht angehört.«

»Pff. Gibt es etwa keine Frauen, die umgekehrt immerwährende Dankbarkeit und kritiklose Anbetung erwarten, nur weil sie Frauen sind? Seht her, ich bin eine Frau! Bezahl mir alles und trag mich auf Händen!«

Stella musste kichern. »Das sollten wir vielleicht tatsächlich an anderer Stelle mal vertiefen, das könnte spannend sein. Mal sehen, wer das letzte Wort behält. Was haben Sie eigentlich mit Tim Lessing besprochen?«

»Das werde ich Ihnen ganz bestimmt nicht auf die Nase binden.« Er zögerte und fügte hinzu: »Ich habe ihn aufs Präsidium gebeten. Eine Befragung auf dem Präsentierteller erschien mir nicht ... äh, angemessen. Außerdem möchte ich unbedingt, dass alles potenziell gerichtsverwertbar ist. Und das ist eine Befragung zwischen Farbeimern und in Anwesenheit anderer Leute, die neugierig die Ohren spitzen, sicherlich nicht.«

»Ach kommen Sie, Arno: Sie hatten Angst, dass Oma nochmal rauskommt und Sie mit vorgehaltener Schrotflinte vom Gelände jagt.«

»Vielleicht auch das«, sagte er, und Stella konnte tatsächlich ein Lächeln in seiner Stimme hören.

Na also, dachte sie, geht doch.

Sie rief Ben an und erreichte ihn in der Redaktion.

»Oma und ich haben Arno Tillikowski gerade nach allen Regeln der Zickenkunst zusammengefaltet – vor den staunenden Augen der Malerkolonne«, verkündete sie heiter, »es war großartig.«

»Was? Arno? Weiß er Bescheid? Wie hat er reagiert?«

»Die Kurzfassung ist, dass er stinkbeleidigt war. Aber keine Sorge, wir haben uns bereits wieder vertragen.«

Sie schilderte ihm das erste Telefonat mit Arno, die Szene vor der Villa und das erfreulichere Gespräch mit dem Kommissar danach, und Ben lachte. »Wunderbar, und für die Maler werdet ihr immer glaubhafter. Und wie macht sich unser lieber Otto?«

»Perfekt. Ich wette, die Kerle klüngeln bereits aus, wie sie Oma und mir eins reinwürgen können, um uns mal ordentlich zurechtzustutzen. Davon, wie wir mit Arno umgesprungen sind, waren sie höchst ... nun ja ... *beeindruckt*. Ich frage mich, was das bedeutet, wenn sie finden, wir hätten mal eine Lektion verdient.«

»Machst du dir Sorgen?«

»Ich weiß nicht. Vielleicht bekomme ich ja auch so einen Pracht-Penis zu sehen. Oder Maria hat das Vergnügen.«

Ben lachte lauthals. »Das würde ich mir an deren Stelle aber ganz genau überlegen«, prustete er. »Wie ich sie einschätze, belegt sie den armen Teufel mit einem Fluch, und vier Wochen später fällt der Pimmel ab wie ein winziger, verdorrter Ast. Das würde ich ihr glatt zutrauen!«

»Auch, dass ihr Fluch tatsächlich wirkt?«

»Na klar! Sie wird sich in Madame Pythia verwandeln und ein paar Dämonen heraufbeschwören, die ihr aufs Wort gehorchen und dafür sorgen, dass der Fluch so richtig einschlägt.«

»Du hast eine erstaunliche Fantasie. Ihre Idee war allerdings, eine Voodoo-Puppe des Übeltäters zu basteln und die Nadeln an strategisch relevanter Stelle zu platzieren.«

»Autsch! Vielen Dank für das Bild, das du mir gerade in den Kopf gepflanzt hast. Ich hatte schon beinahe vergessen, wie boshaft du sein kannst.«

Stella blickte hinaus in den Garten und seufzte. »Ach, Ben, ich wünschte wirklich, das alles wäre nur ein großer Spaß. Aber ein Mann ist im Koma, und Ruby läuft ernsthaft Gefahr, zur Verdächtigen Nummer eins zu avancieren. Hat die Polizei schon irgendwelche Informationen an die Presse rausgegeben?«

»Nein. Wehlings Sturz vom Gerüst ist vor drei Tagen geschehen. Wenn die Polizei derart eisern schweigt, kann das nur eins bedeuten: Arno ist sich nach wie vor nicht im Klaren darüber, was überhaupt passiert ist. Trotz all der Dinge, die wir mittlerweile wissen, könnte sich immer noch herausstellen, dass der Absturz nur ein Unfall war.«

Stella schnaubte. »Und das angesägte Brett?«

»Frag mich was Leichteres. Ein Streich, der schiefgegangen ist, vielleicht? Kann doch sein, dass es nicht für den zweiten Stock gedacht war. Oder dass derjenige, der es angesägt hat, eigentlich wollte, dass es entdeckt wird.«

»Ernsthaft? Das ist doch Quatsch. Glaub mir: Irgendwer hat das Ding manipuliert, als es längst Bestandteil des Baugerüsts war. Und zwar mit der Absicht, diesen Kevin vom Leben zum Tod zu befördern.«

»Und was, wenn es gar nicht Kevin treffen sollte, sondern einen anderen aus der Truppe? Was, wenn Kevin wirklich nur gestolpert und runtergesegelt ist?«

»Nein, das glaube ich nicht.« Stella stöhnte. »Jetzt bin ich noch verwirrter als zuvor. Hast du heute eigentlich schon mit Ruby gesprochen?«

»Ich will sie später besuchen. Kann ich ihr davon erzählen, was heute in der Villa passiert ist? Vielleicht muntert sie das ein wenig auf.«

Stella dachte nach. Dann sagte sie: »Okay – bis auf das Gespräch, das ich zwischen Otto und den Männern belauscht habe. Du weißt schon, das mit der Lektion, die Maria und ich verdient haben. Ich möchte nicht, dass sie sich vorschnell irgendwelche … äh … Hoffnungen macht, du verstehst. Vielleicht streichen die ja einfach die Villa und ziehen wieder von dannen, ohne dass irgendetwas passiert, das ihr helfen könnte. Ich möchte sie wirklich nicht enttäuschen. Sie hat schon genug Kummer.«

»Irgendetwas muss ich ihr sagen.«

»Du kannst ihr die Szene mit Arno erzählen. Schmück sie ruhig noch ein bisschen aus, das wird sie amüsieren. Sie glaubt aus mir völlig unerklärlichen Gründen, dass zwischen Arno und mir irgendwas ist. Absurd.«

»Ja, *vollkommen* absurd.« Ben kicherte und fuhr fort: »Nur komisch, dass zwischen euch diese Chemie ist.«

»Du spinnst ja. Welche Chemie sollte das wohl sein, du Märchenerzähler?«

»Die Chemie, die zwischen zwei Stoffen besteht, die miteinander reagieren. Wie bei einem Experiment in der Schule, wenn der Lehrer etwas zusammenschüttet und es eine gigantische Explosion gibt. So ist das bei euch beiden. Leider habt ihr wieder verlernt, normal miteinander zu sprechen. Wieso eigentlich? Nach dem Breidenbach-Fall hat das doch schon hervorragend funktioniert.«

»Das kann ich dir sagen: Sobald Arno sich auf seinem Territorium oder in seiner Männlichkeit bedroht fühlt, verliert er total die Fassung. Dann plustert er sich prompt auf wie … wie … wie ein Gockel und lässt den Bullen raushängen. Lächerlich.«

»Könnte daran liegen, dass er tatsächlich Bulle *ist.*«

»Als würde er mich das auch nur eine Sekunde lang vergessen lassen. Er verlangt Respekt von mir, während er das, was ich tue, als Blödsinn abqualifiziert.«

»Du musst aber zugeben, dass die berufliche Kluft zwischen einem Polizisten und einer Astrologin kaum größer sein könnte.«

»Und das führt zwangsläufig zu einer ebenso großen Kluft zwischen dem Mann Arno und der Frau Stella. Weder er noch ich sind imstande, unseren Beruf zu vergessen. Also hör endlich mit dieser angeblichen Chemie auf, die zwischen uns herrscht. Da ist nichts, rein gar nichts.«

Mitten in Bens Gelächter hinein beendete sie das Gespräch. Auf dieses Thema würde sie sich nie wieder einlassen, nahm sie sich vor.

Kapitel 19

Als Susanne Braukmann am frühen Abend klingelte, nahm Maria sie an der Haustür in Empfang. Sie hatte – gemeinsam mit Stella – entschieden, sich mit der jungen Frau in der Orangerie zu unterhalten. Schließlich konnte man nie wissen, welche Möglichkeiten diese spezielle Umgebung eröffnete.

»Kommen Sie, meine Liebe«, sagte Maria zur Begrüßung, »ich nehme Sie mit zu meinem persönlichen Rückzugsort. Dort sind wir ganz ungestört.«

Das stimmte zwar – und doch war es nicht die ganze Wahrheit: Zwischen Stellas und Marias Bereichen in der Orangerie gab es eine Reihe von schmalen Klappfenstern. Sie lagen knapp unter dem Glasdach und hatten früher einmal der Belüftung zwischen den verschiedenen Abteilungen des ursprünglich als Gewächshaus genutzten Gebäudes gedient. Großmutter und Enkelin hatten sich überlegt, dass es nicht schaden konnte, wenn Stella mithörte.

Susanne Braukmann zu belauschen war zwar vielleicht moralisch fragwürdig, aber so musste Maria nicht hinterher das Gespräch nacherzählen – und Stella konnte sich wichtige Dinge gleich notieren.

Maria führte die junge Frau um die Villa herum zur Orangerie und öffnete die Tür zu ihren Räumlichkeiten. »Herzlich willkommen, meine Liebe.«

»*Madame Pythia*? Sind Sie das?«, fragte Susanne Braukmann angesichts des in Schnörkelschrift gravierten Messingschildes, das neben dem Eingang hing.

»Hatte ich nicht erwähnt, dass ich das eine oder andere exzentrische Hobby habe?«, fragte Maria mit einem Lächeln.

»Doch, das hatt…«

Mitten im Wort brach Susanne Braukmann ab und sah sich fassungslos in dem Raum um, den sie gerade betreten hatten. Wie hätte sie auch damit rechnen sollen, nicht in der Villa einer eleganten Dame, sondern in einem Raum voller orientalischem Kitsch und esoterischem Krimskrams zu landen?

Maria ließ ihr Zeit und bereitete in der kleinen Küchennische eine Kanne Tee zu. Es war alles bereits vorbereitet; sie musste nur noch kochendes Wasser in die Kanne geben.

Als sie mit dem Tablett wieder hereinkam, stand ihr Gast noch immer mitten im Raum.

»Setzen Sie sich doch«, zwitscherte Maria fröhlich. »Wir zwei Hübschen machen es uns jetzt richtig gemütlich, was meinen Sie?«

Zögernd ließ Susanne Braukmann sich in einen der schwellenden Samtsessel sinken. »Sie müssen entschuldigen, aber ich … äh, ich hatte ein ganz anderes Bild von Ihnen, Frau Schmidt.«

»Oh, ich bin eine Frau mit vielen Facetten, meine Liebe«, erwiderte Maria. Sie goss Tee ein und schob einen Teller mit Plätzchen an der Glaskugel vorbei einladend in Richtung der jungen Frau. »Die vornehme Villenbesitzerin ist nur eine davon. Wie Sie zum Beispiel nun sehen können, bevorzuge ich privat deutlich bequemere Kleidung als ein elegantes Kostüm, Hütchen und passende Pumps.« Wie für sie üblich, trug sie Jeans und Pulli.

»Aha.« Beinahe geistesabwesend griff Susanne Braukmann zu einem Plätzchen. Sie biss nicht hinein, sondern fragte: »Und das alles hier … das ist Ihr Hobby? Können Sie wirklich aus der Glaskugel lesen?«

»Als ich bei Ihnen im Büro war, sagte ich Ihnen ja schon, dass ich gewisse Schwingungen wahrnehmen kann. Manchmal hilft die Kugel mir dabei.«

»Was sagt denn Ihr Mann dazu?«

»Mein Mann?«, fragte Maria verblüfft. Ach ja, richtig: Sie hatte einen Gatten, der auf Reisen war, das hätte sie beinahe vergessen. Gerade noch kriegte sie die Kurve.

»Was sollte er dazu sagen? Ich habe meine Hobbys, er hat seine. Während er an seinen geliebten Oldtimern herumschraubt, vergnüge ich mich hier in meinem kleinen Refugium. Wir respektieren einander. Das ist das Geheimnis unserer sehr glücklichen Ehe.«

Das Gesicht ihres Gegenübers umwölkte sich.

Maria schlug die Hand vor den Mund. »Du liebe Güte – wie unsensibel ich bin. Sie bangen um das Leben eines geliebten Menschen, und ich plappere von meiner glücklichen Ehe. Bitte verzeihen Sie mir.«

»Schon gut. Sie haben es ja nicht böse gemeint. Können Sie … ich meine, sehen Sie auch Sachen von anderen Leuten in der Kugel?«

»Was denn zum Beispiel, meine Liebe?«

Susanne Braukmann zuckte mit den Schultern. »Ich weiß nicht. Irgendwelche Sachen eben. Die Zukunft oder so.«

»Die Zukunft?« Maria wiegte den Kopf. »Es ist nicht immer gut, zu viel über seine Zukunft zu wissen. Manchmal erfährt man Dinge, die man – im Nachhinein – dann doch lieber nicht wissen wollte. Aber dann ist es zu spät. Es ist doch viel schöner, sein Schicksal selbst in die Hand zu nehmen, als auf irgendetwas zu warten, das angeblich in der

Zukunft passieren wird. Oder schlimmer: es zu fürchten und deshalb handlungsunfähig zu sein.«

»Und was ist, wenn das Schicksal schon längst besiegelt ist?«, fragte Susanne Braukmann leise.

»Nichts ist besiegelt, was sich nicht noch ändern ließe, glauben Sie mir. Aber lassen Sie uns lieber über die Gegenwart sprechen. Sie sind so traurig, meine Liebe. Wie kann ich Ihnen helfen?«

»Niemand kann mir helfen. Es ist wegen Kevin.«

»Kevin? Das ist bestimmt der junge Mann, um den Sie sich sorgen?«

Die junge Frau nickte, und ihre Augen füllten sich mit Tränen. Maria bemerkte, dass sie die Hand auf den Bauch legte.

Du liebe Güte, dachte Maria bestürzt, ist die Ärmste etwa schwanger von ihm?

»Kevin liegt im Koma. Es war ein Unfall. Ich war im Krankenhaus und habe gesagt, ich bin seine Verlobte, er hat ja sonst niemanden. Sie … sie haben mich zu ihm gelassen, er hängt an diesen Maschinen. Es ist schrecklich. Sie haben gesagt, sie wissen nicht, ob er durchkommt.« Sie holte tief Luft und fuhr fort: »Wissen Sie, es wäre vielleicht besser, wenn er nicht … weil sein Kopf kaputt ist, verstehen Sie? Er wird niemals wieder gesund werden.«

»Das tut mir unendlich leid. Dafür kann es keinen Trost geben, ich weiß. Und es ist erst vor einigen Tagen passiert, habe ich das richtig verstanden?«

»Ja.«

Maria spürte, dass Susanne Braukmann einen Moment brauchte, um ihre Fassung zurückzugewinnen, also schenkte sie Tee nach und lehnte sich im Sessel zurück.

So ein hübsches Mädchen, dachte sie, warum verfällt sie ausgerechnet so einem Grobian wie diesem Kevin?

Bei allem, was sie über Kevin Wehling wusste – und wie dessen Kollegen über Frauen sprachen, wie sie von Otto erfahren hatte –, fand sie es darüber hinaus seltsam, dass Kevin sich umgekehrt für Susanne interessiert hatte. Mal abgesehen davon, dass die Liebe hinfiel, wo sie wollte – die beiden schienen vorne und hinten nicht zusammenzupassen. Oder besser: zusammengepasst zu haben.

»Ich hatte den Eindruck – und korrigieren Sie mich bitte, falls er falsch ist –, dass Ihr Vater nichts von Ihrer großen Sorge um Kevin wissen darf«, sagte Maria schließlich.

Susanne Braukmann seufzte zittrig. »Sie haben ja keine Ahnung. Papa weiß noch nicht einmal, dass Kevin und ich uns näher kennen. Geschweige denn, dass …«

Weil sie verstummt war, sagte Maria: »Dass Sie eine Liebesbeziehung haben? Warum darf Ihr Vater es nicht wissen?«

»Er arbeitet … er hat für unsere Firma gearbeitet. Und Papa kann Kevin nicht ausstehen.«

»Und wie kam es dann, dass Sie beide zusammengekommen sind?«

»Er hat mit mir geflirtet, wenn Papa nicht da war.« Susanne Braukmann lächelte flüchtig und fuhr fort: »Erst habe ich es überhaupt nicht bemerkt, weil ich es mir nicht vorstellen konnte, dass er mich interessant findet. Er ist so charmant und lustig, er könnte bestimmt jede Frau haben, die er will. Aber er hat mir immer Komplimente gemacht und so. Manchmal hat er mir etwas vorgesungen. Er hat sich ganz nah zu mir gebeugt und …« Sie summte ein paar Takte der Melodie, dann sang sie leise: »*Das Lied vom Glück erklingt, wenn der Venuswalzer in verliebte Herzen dringt* …«

Maria lächelte. »Das hätte mich auch beeindruckt. Ich kenne das Lied, es ist ein Schlager aus den Sechzigern. Damit hat er Ihr Herz bestimmt im Sturm erobert.«

»Ja. Und irgendwann hat er gefragt, ob ich mich mit ihm treffen möchte.«

»Hatten Sie sich schon in ihn verliebt, als er Sie das gefragt hat?«

»Ich weiß es nicht. Aber es war so, dass ich jeden Tag gehofft habe, dass er kurz ins Büro kommt. Und wenn er es nicht getan hat, war ich enttäuscht. Also habe ich seine Einladung angenommen.«

»Aber wie haben Sie es geschafft, dass Ihr Vater davon nichts mitbekommen hat? Denn das durfte er ja auf keinen Fall, oder?«

Die junge Frau schüttelte heftig den Kopf. »Nein, unter keinen Umständen! Er hätte es mir ganz sicher verboten. Und Kevin sofort entlassen. Kevin hatte aber schon einen Plan: Timmy hat mich immer abgeholt und so getan, als würde *er* mit mir ausgehen.«

»Ganz schön hinterlistig.« Maria drohte ihr scherzhaft mit dem Finger. »Es hat Ihnen gut gefallen, Ihren Vater zu überlisten, möchte ich wetten.«

»Oh ja, das war aufregend.«

»Und dieser Timmy … bei den Männern, die momentan die Villa streichen, ist ein Tim. Ist das der junge Mann, der Sie immer abgeholt hat?«

»Ja, das war sehr nett von ihm.« Sie stockte kurz und fügte hinzu: »Aber das ist jetzt ja nicht mehr nötig. Das wird nie wieder nötig sein.«

»Was haben Sie – also Kevin und Sie – denn Schönes zusammen unternommen? Ausflüge gemacht? Lange Spaziergänge im Mondlicht? Oder sind Sie lieber ins Kino gegangen?«

»Gar nichts davon. Wir waren bei Kevin zu Hause, nie woanders. Er hat gesagt, er will nicht riskieren, dass mein Vater uns erwischt.«

»Ach, ist Ihr Vater so viel unterwegs?«

Susanne Braukmann stutzte sichtlich. Dann schüttelte sie wie in Zeitlupe den Kopf. »Nein, er geht nie weg. Er kommt nach Hause, isst sein Abendbrot und schläft dann vor dem Fernseher ein.«

»Dann haben Sie mit Ihrem Liebsten also lange, gemütliche Abende in trauter Zweisamkeit verbracht. So haben Sie immerhin wunderbare und ganz warme Erinnerungen an Ihre gemeinsame Zeit, die Sie für immer in Ihrem Herzen bewahren können.«

Susanne Braukmann schien kaum noch zuzuhören. Ganz in Gedanken versunken zerkrümelte sie den Keks, den sie in der Hand gehalten hatte.

Plötzlich blickte sie hoch und sagte: »So gemütlich waren die Abende nun auch nicht. Und lang schon überhaupt nicht. Eigentlich waren unsere Treffen immer recht kurz. Wir … also, wenn ich es recht bedenke, haben wir uns immer nur zum Sex getroffen. Und dann hat er mich ziemlich schnell wieder nach Hause geschickt.«

»Wie – Sie haben niemals eine ganze Nacht zusammen verbracht?«

Als Antwort bekam Maria wieder dieses Zeitlupen-Kopfschütteln, als wäre die junge Frau mit ihren Gedanken ganz woanders. Mit zusammengepressten Lippen starrte sie regungslos auf die Glaskugel, die zwischen ihnen auf dem Tisch stand.

Tatsächlich konnte Maria sich recht gut vorstellen, was ihr durch den Kopf ging: Gerade schien sie die Natur ihrer Beziehung mit Kevin Wehling zu begreifen – und diese Erkenntnis war alles andere als tröstlich.

Aber vielleicht verlieh ihr das genau die Stärke, die sie gerade jetzt so dringend nötig hatte. Manchmal konnte gesunde Wut ja ungeahnte und durchaus heilsame Energien freisetzen, die ihr half, sich aus der Trauer zu befreien …

»Können Sie für mich in die Kugel gucken?«, fragte Susanne Braukmann unvermittelt. »Jetzt sofort?«

Maria zögerte. »Aber was erhoffen Sie sich denn davon, meine Liebe?«

»Ich weiß es nicht. Antworten, vielleicht. Ob Kevin überleben wird. Ach, ich bin so durcheinander.«

»Ich denke, die Fragen, die Sie sich im Moment stellen, können Sie sich alle selbst beantworten. Und ob Ihr Geliebter überleben wird, kann die Kugel mir nicht auf Kommando mitteilen. So funktioniert sie leider nicht. Was Sie jetzt unbedingt tun sollten, ist, ganz in Ruhe nachzudenken. Über alles, was in letzter Zeit geschehen ist.« Maria beugte sich vor und nahm Susanne Braukmanns Hand, die eiskalt war. »Wissen Sie, einen Blick in die Kugel halte ich wirklich für keine gute Idee. Noch nicht, dazu ist es viel zu früh. Die Kugel wird uns nichts mitteilen, was Sie trösten könnte. Wenn Sie es später einmal immer noch möchten, dann werde ich Ihnen diesen Gefallen tun, das verspreche ich Ihnen. Jederzeit. Glauben Sie mir, ich will Ihnen nur helfen.«

»Das weiß ich«, flüsterte Susanne Braukmann. Sie seufzte, entzog Maria die Hand und stand auf. »Dann werde ich jetzt gehen. Ich habe Ihnen schon viel zu viel von Ihrer Zeit gestohlen.«

Maria unternahm nichts, um sie zurückzuhalten, und begleitete ihren Gast zur Tür. »Bitte melden Sie sich bei mir. Unbedingt. Lassen Sie mich daran teilhaben, wie es Ihnen geht. In Ordnung?«

Susanne Braukmann nickte. »Das mache ich. Vielen, vielen Dank, dass Sie Zeit für mich hatten. Ich werde … ich muss nachdenken.«

Damit drehte sie sich um und ging.

Um sicherzugehen, Susanne Braukmann nicht über den Weg zu laufen, wartete Stella ein paar Minuten, bevor sie zu ihrer Oma rüberging. Maria war dabei, das benutzte Geschirr abzuräumen, als Stella eintrat.

»Immerhin wissen wir jetzt alles über die Beziehung zwischen Kevin Wehling und Braukmanns Tochter«, sagte Stella. »Die Plätzchen kannst du übrigens ruhig hierlassen.«

»Zumindest alles, was es darüber zu wissen gibt«, erwiderte Maria. »Das arme Ding.«

Stella lümmelte sich in einen Sessel und knabberte an einem Keks herum. »Um es mal ganz pragmatisch zu betrachten: Beide hatten etwas davon, denkst du nicht? Der Typ hat es mit Sicherheit genossen, hinter dem Rücken seines Chefs mit dessen Tochter rumzumachen.«

»Hätte er nicht mehr davon gehabt, wenn Braukmann es gemerkt hätte?«

»Nee, das glaube ich nicht. Männer wie Wehling lachen sich lieber heimlich ins Fäustchen, als eine echte Auseinandersetzung zu provozieren. Außerdem bin ich sicher, dass er für das Mädchen keine echten Gefühle hatte. Er hat sie lediglich benutzt. Nie ausgehen? Kurze Treffen bei ihm zu Hause? Er hat sie gebumst und dann weggeschickt. Das reichte ihm.«

»Stella! Musst du es so deutlich aussprechen?«

Stella zuckte mit den Schultern. »Warum denn nicht? An diesem Arrangement gibt es rein gar nichts zu beschönigen, finde ich.«

»Und was hatte Susanne davon?«

»Sie hat es selbst gesagt: Sie fand es aufregend. Gerade das Heimliche daran hat ihr gefallen. Natürlich hatte sie Angst davor, dass ihr Vater ihnen auf die Schliche kommt und dem Ganzen einen Riegel vorschiebt. Bei der Gelegenheit: Sie erwähnte, dass ihr Vater es verboten hätte. Sie ist doch kein Teenager mehr – er hat ihr gar nichts zu verbieten. Warum lässt sie es sich gefallen?«

»Weil sie so geprägt ist«, erwiderte Maria. »Erst der dominante Vater, dann der dominante Geliebte. Das passt doch zusammen.«

»Hm. Wie geht es ihr jetzt, was meinst du?«

»Sie ist tief erschüttert. Ich konnte richtig sehen, wie es in ihr gearbeitet hat, als der Groschen gefallen war. Ich glaube übrigens, dass sie schwanger ist.«

»Was? Etwa von diesem Wehling?«

Das brachte Maria zum Kichern, aber sie wurde sofort wieder ernst. »Fragst du mich das ernsthaft? Hast du etwa den Eindruck gewonnen, dass sie neben ihm noch weitere Liebhaber hatte? Nie im Leben.«

»Nein, du hast recht. Die Frage ist: Wusste Wehling davon? Oder sonst wer? Ihr Vater?«

Die beiden saßen noch lange zusammen. Es war bereits dunkel, als sie in die Villa gingen. Deshalb sahen sie auch die dunkle Gestalt nicht, die in den Büschen hockte und sie beobachtete.

Kapitel 20

Der Mann, der sich in den Büschen versteckt hatte, verfügte über Geduld.

Auch, nachdem die beiden Frauen im Haus verschwunden waren, rührte er sich nicht. Er sah, wie verschiedene Lampen im Haus angingen – im Erdgeschoss und in der Mansardenwohnung unter dem Dach – und dann eins nach dem anderen wieder erloschen, bis nur noch zwei Fenster schwach erleuchtet waren. Das mussten die Schlafzimmerfenster sein, vermutete er.

Für das, was er vorhatte, störte es ihn nicht. Hauptsache, die beiden Weiber liefen nicht mehr draußen herum. Sie würden ihn nicht bemerken, denn er hatte nicht vor, Krach zu machen oder dergleichen.

Er wollte nur etwas abliefern.

Kurz überlegte er, ob er in die Orangerie einbrechen und sich dort umschauen sollte. Stundenlang hatten die beiden dort gehockt, bis sie endlich ins Haus gegangen waren.

Er fand es ganz erstaunlich, dass an der Villa weder Bewegungsmelder noch sonstige Alarmanlagen installiert waren; nicht einmal einen noch so winzigen Hund hatten sie, der sie bewachte. Der musste ja nicht groß sein – nur kläffen, wenn sich auf dem Grundstück jemand herumtrieb, der dort nicht hingehörte.

So wie er gerade.

Die waren so überheblich, dass sie dachten, ihnen könnte nichts passieren, das musste man sich mal vorstellen.

Langsam wurde es Zeit, sich um seine Angelegenheit zu kümmern. Er kroch aus dem Gebüsch und streckte seine lahmen Glieder, bis sie wieder geschmeidig waren. Mit zusammengekniffenen Augen starrte er hoch zum hellen Fenster in der Dachmansarde. Dort oben wohnte *sie*, denn ganz sicher würde sie nicht ihre Großmutter die Treppen ihrer großkotzigen Villa hochkeuchen lassen, während sie selbst schön bequem im Erdgeschoss wohnte.

Wenn sie geglaubt hatte, er würde sie nicht wiedererkennen, so hatte sie sich getäuscht. Er hatte sich natürlich nichts anmerken lassen und so getan, als wäre sie eine vollkommen Unbekannte für ihn.

Vor drei Tagen, als er Kevin vom Gerüst gestoßen und danach mit den anderen Menschen auf der Straße gestanden und Bestürzung geheuchelt hatte, war sie plötzlich aufgetaucht und ins Haus gegangen. Betont unauffällig, aber nicht unauffällig genug. *Tipptipptipp* um die gaffenden Leute herumgetrippelt, zwei-, dreimal diskret – aber nicht diskret genug – umgesehen und dann husch, husch rein ins Haus.

Wie schon dieser Typ vorher, der auf einmal wieder rausgekommen war und sich dann dem Bullen gegenüber als Journalist ausgegeben hatte.

Obwohl – irgendwie hatte er den Eindruck gehabt, dass der Bulle und der Schreiberling – vielleicht war er ja wirklich einer – sich kannten. Allerdings hatte der Bulle nicht besonders begeistert ausgesehen, den Kerl dort zu treffen.

Und die Frau?

Die war garantiert zu der Blauhaarigen gegangen. Wohin auch sonst? War ja keiner außer der im Haus.

Das alles war ja noch nicht so schlimm, aber jetzt gab es

plötzlich diesen Auftrag. Keiner konnte ihm erzählen, dass das ein Zufall war, nie im Leben war es das. Da sei eine Villa zu streichen, hatte es geheißen. Und dann kommt plötzlich die Frau, die zu der Blauhaarigen gehörte, raus aus der Villa, und *das* sollte ein Zufall sein? Ihn hatte fast der Schlag getroffen, als er sie gesehen hatte.

Und ihm war sofort klar gewesen, was das zu bedeuten hatte: Die wollte rumschnüffeln.

Die wollte Dinge rauskriegen, die der Blauhaarigen helfen konnten.

Und dabei hatte die Blauhaarige – er hatte sein Glück kaum fassen können – Kevin auch noch bedroht. *Ich bring dich um!* hatte die gekreischt, quer über die Straße. War doch klar, dass die Bullen jetzt denken mussten, dass die Blauhaarige Kevin vom Gerüst geschubst hatte – und das war auch gut so. Besser ging es gar nicht.

Und deshalb musste er jetzt was unternehmen, um dieser neugierigen Tussi das Maul zu stopfen. Ein bisschen Angst einjagen. Woher hatten die und ihre Großmutter überhaupt gewusst, dass sie Zeit hatten, kurzfristig diesen Auftrag anzunehmen? Die hatten doch bestimmt nicht einfach so im Trüben gestochert und gehofft, dass ihr hinterfotziger Plan aufgehen würde …

Am liebsten hätte er die Hütte mit den blöden Weibern drin angezündet, aber da wohnte noch eine, die mit der ganzen Sache nichts zu tun hatte. Und er war ja schließlich kein Mörder. Jedenfalls keiner, dem es egal war, wer ins Gras beißen musste.

Er ging zur Haustür und zog eine winzige Taschenlampe aus der Jackentasche. Wegen der Handschuhe hatte er Probleme, sie anzuknipsen, aber schließlich klappte es. Der dünne Lichtstrahl beleuchtete die Briefkastenschlitze. Welcher war ihrer? *M. Schmidt* stand an einem, das war die Alte. Die beiden anderen waren mit *F. Albrecht* und *S. Albrecht* beschriftet.

Er dachte nach. Wie hieß die Tussi noch? Stella, genau.

Aus der Innentasche seiner Jacke zog er einen zusammengefalteten Zettel und schob ihn durch den Briefschlitz.

Dann drehte er sich um und ging eilig die Auffahrt hinunter.

Diese arroganten Weiber. Er hasste sie.

Da sie ihrem Vater an diesem Abend keinesfalls begegnen wollte, fuhr Susanne noch mit dem Auto herum. Eine Zeit lang stand sie auf dem großen Parkplatz einer Firma, deren Angestellte längst Feierabend gemacht hatten, und dachte nach, ohne aber zu einem Ergebnis zu kommen.

Ursprünglich hatte sie vorgehabt, nach dem Treffen mit Frau Schmidt zu Kevin ins Krankenhaus zu fahren, aber sie hatte sich nicht dazu durchringen können.

Sie war aufgewühlt.

Die unerwartete Erkenntnis, dass ihre Beziehung mit Kevin nicht normal gewesen war, hatte sie mitten ins Herz getroffen. Erst durch die Fragen, die Frau Schmidt ihr gestellt hatte, war es ihr bewusst geworden. Kino? Ausgehen? Spaziergänge? Fehlanzeige. Nichts als schnelle Nummern in seinem stets ungemachten Bett.

Aber woher hätte sie wissen sollen, was Verliebte normalerweise unternahmen? Kevin war ihr erster fester Freund gewesen. Nie zuvor hatte ein männliches Wesen sich ernsthaft für sie interessiert, weder in der Schule noch danach. Ihre erste und – vor Kevin – einzige sexuelle Erfahrung war ihre Entjungferung auf einer Klassenfete gewesen: betrunkenes, ungeschicktes Gefummel, dann ein stechender Schmerz, das Ganze hatte vielleicht eine Viertelstunde gedauert. Rein, raus, danke schön.

Nein, nicht einmal ein Dankeschön. Hinterher war der Junge gegangen und hatte sie keines Blickes mehr gewürdigt, nie wieder mit ihr geredet.

Sie hatte dabei mitgemacht, weil sie für das Interesse des Jungen dankbar gewesen war. Und weil sie endlich hatte wissen wollen, worüber ihre Klassenkameradinnen sich kichernd austauschten.

Und sie dumme Gans hatte Kevin tatsächlich geglaubt, dass er sie nur vor der zufälligen Entdeckung durch ihren Vater und seinen Chef schützen wollte, wenn sie nie ausgingen. *Er wird alles tun, um uns auseinanderzubringen*, hatte Kevin beschwörend gesagt und ihr treuherzig in die Augen gesehen, *das könnte ich nicht ertragen*. Sie war dahingeschmolzen wie ein Eiswürfel in der Sonne. Vor allem, wenn er dann wieder diese blöde Venuswalzer-Schnulze gesungen hatte: *Nur wenn man zueinander hält, bleibt das Lied vom Glück das Schönste auf der Welt …* Ja klar.

Sie war so blöd gewesen, sich geschmeichelt zu fühlen. Dabei hätte ihr Vater sie höchstens dann erwischen können, wenn Kevin und sie sich in der Braukmann'schen Küche getroffen hätten – dem einzigen Ort, den er abends manchmal aufsuchte, um sich eine frische Flasche Bier zu holen. Und das auch nur, wenn sie, die folgsame Tochter, nicht verfügbar war, um ihn zu bedienen.

Und seit Kurzem wusste sie zu allem Überfluss, dass sie schwanger war. Sie hatte sich bisher nicht getraut, es Kevin zu sagen, denn immerhin hatte er auf ihre Mitteilung, ihre

Regel sei verspätet, nicht gerade mit Freudensprüngen reagiert. Und nach seinem Unfall war es ohnehin zu spät gewesen. Aber immerhin hatte sie gedacht, sie trüge ein Kind der Liebe unter dem Herzen – wie es so schwülstig hieß –, eine lebendige Erinnerung an ihren Geliebten, der vielleicht für immer im Koma liegen würde.

Sie schämte sich ein wenig, aber sie hatte den Gedanken, dass sie in unzerstörbarer Treue an seinem Krankenbett sitzen und niemals die Hoffnung aufgeben würde, sogar recht romantisch gefunden.

Ein Kind der Liebe – klar.

Bei dem Gedanken hätte sie sich auf der Stelle übergeben können. Sie musste unbedingt ihre Gedanken sortieren – warum bloß war das so unglaublich schwer?

Alles hatte sich durch das Gespräch mit Frau Schmidt verändert. Sie wusste noch längst nicht, ob sie froh darüber sein sollte, dass diese Frau ihr – mit Sicherheit unabsichtlich – die Augen geöffnet hatte, oder ob sie lieber unwissend geblieben wäre und Kevin in liebevoller Erinnerung behalten hätte. Immerhin gehörte er jetzt ganz und gar ihr allein, denn jemand, der im Koma lag, konnte sie weder betrügen noch verlassen.

Aber sie musste dringend entscheiden, ob dieses Kind zur Welt kommen sollte.

Es war bereits nach elf Uhr, als sie leise die Wohnungstür aufschloss. Sie hielt inne, als sie den Fernseher aus dem Wohnzimmer hörte. Lag er etwa noch nicht im Bett? Dann musste sie sich an ihm vorbeischleichen und ihr Nachthemd anziehen, danach konnte sie ihn wecken.

Sie streifte die Schuhe ab und huschte auf Zehenspitzen

an der offenen Wohnzimmertür vorbei – zumindest hatte sie das vorgehabt.

»Susi! Da bisse ja endlich!«, dröhnte die Stimme ihres offenkundig sehr wachen Vaters aus dem Raum. »Ich hab schon auf dich gewartet! Komm mal her.«

Vor Entsetzen war sie kaum imstande, sich zu rühren. Er war der letzte Mensch auf der Welt, mit dem sie jetzt sprechen wollte. Sie war verheult, sie war unglücklich, sie wollte ihre Ruhe.

»Ich bin müde, Papa. Können wir morgen reden?«

»Nein, dat kann nich bis morgen warten. Ich bin zu aufgeregt. Komm her.«

Sie seufzte ergeben und trat ins spärlich beleuchtete Wohnzimmer. Sorgfältig vermied sie es, in den Lichtkegel der Stehlampe zu geraten. »Was gibt es denn?«

Ihr Vater musterte sie mit einem breiten Grinsen. »Sach mal, wann wollteste mir denn sagen, dat ich Opa werde?«

Ihre Beine wurden weich. Damit hatte sie nicht gerechnet – wie auch? Vorerst hätte niemand davon erfahren sollen. Vielleicht niemals, wenn sie sich dazu entschlossen hätte, das Kind nicht zu bekommen.

»Wie … wie kommst du darauf, dass ich schwanger bin?«, hörte sie sich stammeln.

Er deutete auf einen schmalen, länglichen Gegenstand, der auf der Tageszeitung auf dem Wohnzimmertisch lag. »Schwangerschaftstest!«, trompetete er triumphierend. »Meiner is dat jedenfalls nich!«

Sie konnte es nicht fassen. Wie hatte er den entdecken können? Sie hatte ihn tief im Mülleimer in der Küche vergraben. Und das war ein Ort, an den er sich ihres Wissens noch nie freiwillig begeben hatte.

»Ich … wie hast du den gefunden?«, fragte sie.

Susanne fühlte sich wie betäubt. Eigentlich war es vollkommen egal, *wie* er ihn gefunden hatte, denn offensichtlich *hatte* er ihn gefunden. Sie hatte diese Frage nur gestellt, um etwas zu sagen, um Zeit zu gewinnen. Sie musste sich dringend irgendwas einfallen lassen …

»Ich hatte meine Lesebrille verbaselt«, sagte ihr Vater, »und du warst ja nich da, um danach zu suchen. Wo warste eigentlich? Mit Timmy unterwegs? Der freut sich bestimmt, oder? Dann könnt ihr ja jetzt endlich heiraten! Du, ob der Timmy wohl unsern Namen annehmen würde? Dat is doch heutzutage möglich, und der Timmy is doch 'n moderner Mann. Dann würde unsere Firma Braukmann & Braukmann heißen, dat klingt so schön nach Familie. Und euer Sohn, den könntet ihr Johannes nennen, dat wär doch schön traditionell. Die Hochzeit ziehn wir ganz groß auf, da lass ich ordentlich wat springen …«

Während er weiterhin plapperte, wurde das Rauschen in ihren Ohren immer lauter.

Als sie dachte, sich keine Sekunde lang mehr auf den Beinen halten zu können, würgte sie hervor: »Mir ist schlecht. Lass uns morgen reden, ja?«

»Deine Mutter war auch immer schlecht, als die mit dir schwanger war. Wie eine Irre musste die brechen, wochenlang. Aber irgendwann war dat vorbei, urplötzlich. Wie wenn nie wat gewesen wär. Echt komisch seid ihr Frauen.«

»Papa, nicht jetzt. Ich …« Sie wollte nur weg von ihm, aber dann fiel ihr noch etwas ein. »Papa, ich komme morgen etwas später ins Büro. Ein Kommissar von der Kripo hat heute im Büro angerufen. Ich soll morgen früh zu ihm ins Präsidium kommen.«

Braukmann kniff die Augen zusammen. »Wat? Wieso dat denn?«

»Er will mir einige Fragen über Kevin Wehling stellen, hat er gesagt.«

»Über den Kevin? Wat könntest ausgerechnet du ihm denn über diesen Penner erzähln?«

Sie zuckte mit den Schultern. »Ich … ich weiß es nicht. Er sagt, er befragt alle, die ihn kannten. Oder beruflich mit ihm zu tun hatten oder so.«

»Zu tun? Wat hattes du denn mit dem zu tun?«

Susanne Braukmann verlor die Beherrschung. »Herrje – wie soll ich das denn wissen?«, schrie sie ihren Vater an. »Frag ihn das doch verdammt noch mal selbst, wenn es so wichtig für dich ist!«

Ihr Ausbruch machte ihn so fassungslos, dass er sie nur mit offenem Mund anstarren konnte. Sie drehte sich um und floh in ihr Zimmer.

Natürlich konnte sie nicht einschlafen, zu viel ging ihr im Kopf herum.

Wie hatte sie nur so dumm sein können, Kevins Interesse an ihr für Liebe zu halten? Ihm war es nur um Sex gegangen. Tatsächlich hatte er ihr gegenüber nie von *Gefühlen* gesprochen, wenn sie es recht bedachte.

In Gedanken ging sie die Treffen mit ihm durch. Gefühle? Nein. Er hatte sie sofort flachgelegt, schon bei der ersten Verabredung.

Nun, sie hatte es ihm auch nicht besonders schwer gemacht, wie sie zugeben musste. Sie war überglücklich gewesen, sich ihm hingeben zu können. *Lass uns den Venuswalzer tanzen,* hatte er immer gesagt.

Sie konnte sich jetzt auch lebhaft vorstellen, was er in der ganzen Zeit gemacht hatte, die sie nicht zusammen verbracht hatten. Sie hatte irgendwann Timmy danach gefragt.

Ach, wir hängen nur zusammen ab, hatte Timmy geantwortet, *wir gehen in die Kneipe oder manchmal auch in die Disco. Nichts Wildes. Nur ein bisschen Spaß. Ein paar Bier trinken und ein bisschen Spaß haben und so.*

Dabei hatte er sie nicht ansehen können, das allein machte die Antwort verdächtig, wie sie jetzt fand. *Spaß haben,* klar.

Plötzlich war sie sicher, dass die Kerle dort auf die Jagd gegangen waren und willige Frauen abgeschleppt hatten. Blieb die Frage, warum Kevin sich außerdem noch mit ihr abgegeben hatte. Besonders viel Zeit hatte er ja nicht in sie investiert, aber immerhin hatten sie sich regelmäßig getroffen.

War es etwa nur deshalb gewesen, weil sie die Tochter des Chefs war? Konnte das wirklich sein? Was hatte er davon, wenn ihr Vater doch nie von dem heimlichen Verhältnis erfahren hatte? Worin lag Kevins Triumph?

Auch wenn sie der Gedanke schmerzte, dass Kevin sie betrogen und benutzt hatte – das war jetzt Nebensache. Sie hatte jetzt ganz andere Probleme zu lösen.

Dummerweise hatte sie keinen blassen Schimmer, wie sie das bewerkstelligen sollte. Sie brauchte Hilfe.

Ob sie sich Timmy anvertrauen konnte? Ob er vielleicht sogar bereit dazu war, sich als Vater des Kindes auszugeben – für den Fall, dass sie sich dafür entschied, es auszutragen?

Oder sie könnte es wegmachen lassen und dann behaupten, sie hätte eine Fehlgeburt gehabt … das würde ihren Vater zwar enttäuschen, aber sie wäre das Problem los.

Das könnte die optimale Lösung sein.

Sie nahm sich vor, Frau Schmidts Angebot anzunehmen, sie anzurufen, falls sie Hilfe benötigte.

Irgendwann schlief sie ein.

Kapitel 21

Entgeistert starrte Stella auf den Zettel, den sie gerade – zusammen mit ihrer Tageszeitung – aus dem Briefkasten geholt hatte.

Ich habe dich erkannt, stand dort in Blockbuchstaben, *halt dich raus, kapiert? Sonst passiert dir was. Oder deiner Oma. Die Polizei denkt, dass die Blauhaarige den Kevin runtergeschubst hat. Dabei muss es bleiben.*

Sie ließ die Nachricht sinken und sah sich unwillkürlich um, als könnte der Absender noch irgendwo herumstehen und ihr fröhlich zuwinken. Aber das war natürlich lächerlich.

Ob einer von der Malertruppe das Ding heute Morgen in ihren Briefkasten geworfen hatte? Nein, das konnte nicht sein, denn der Zettel hatte *unter* der Zeitung gelegen, und die kam immer zwischen fünf und sechs Uhr am Morgen.

Also musste es in der vergangenen Nacht passiert sein, denn sie hatte noch nach Post gesehen, als sie gestern Abend mit ihrer Großmutter von der Orangerie ins Haus gegangen war. Stella spürte eine Gänsehaut auf den Armen.

Irgendwer war nachts um die Villa geschlichen.

Sie suchte nach ihrer Großmutter. In der Wohnung war sie nicht, also ging Stella in die Orangerie – und fand Madame Pythia vor. In wallendem Kaftan samt Turban mit wippender Pfauenfeder polierte Maria Schmidt ihre Glaskugel, wie sie es immer tat, wenn sie Kundschaft erwartete.

»Bist du etwa so vor den Malern rumgelaufen?«, fragte Stella entgeistert.

Maria lachte. »Du tust gerade so, als hätte ich Dessous und Strapse an. Aber um dich zu beruhigen: Nein, das bin ich nicht. Ich bin doch nicht verrückt. Die Maler würden doch glatt vom Gerüst fallen, auch, ohne dass jemand ein Brett angesägt hat. Außerdem passt es nicht zu meiner offiziellen Rolle als herrischer Villenbesitzerin. Mein Madame-Pythia-Kostüm hatte ich hier deponiert; niemand hat mich so gesehen. Aber du weißt, was es bedeutet: Ich habe nicht viel Zeit für dich, weil gleich eine Klientin kommt.«

»Nur eine Minute, ich möchte dir etwas zeigen«, sagte Stella und hielt ihrer Oma die Nachricht hin. »Das habe ich gerade in meinem Briefkasten entdeckt.«

Maria überflog die Zeilen. »Aber das ist doch wunderbar! Damit ist bewiesen, dass Ruby diesen Kerl nicht ermordet hat. Gratuliere!«

»Wie bitte? Das ist alles, was dir dazu einfällt? Wir werden *bedroht*. Von jemandem, dem sehr daran gelegen ist, dass man Ruby für die Täterin hält. Von wem also ist diese Nachricht? Vom *Täter*. Der vermutlich zu allem entschlossen ist, um nicht aufzufliegen. Wird dir bei diesem Gedanken gar nicht mulmig?«

»Nun ja …« Maria stellte die Kugel zurück und setzte sich. »Weiß der nette Kommissar schon Bescheid?«

»Nein, ich habe den Wisch ja gerade erst gefunden.«

»Dann rufst du ihn jetzt sofort an. Er wird schon wissen, was zu tun ist. Und ich schnappe mir Otto und erzähle ihm davon, vielleicht kriegt er ja was raus.«

»Du denkst also, dass es einer von den Malern war?«, fragte Stella.

»Natürlich. Wer denn sonst? Die haben laut Otto doch davon gefaselt, dass wir beide mal eine ordentliche Lektion verdient hätten.«

»Mal abgesehen davon, dass es vermutlich tatsächlich einer von der Braukmann-Truppe war – ging es bei dieser ominösen Lektion nicht darum, dass uns Respekt vor Männern beigebracht werden sollte?«

Maria zuckte mit den Schultern. »Was auch immer – du sprichst mit Kommissar Arno und ich mit Otto. Und danach sehen wir weiter.«

Von ihrem Büro aus rief Stella im Präsidium an. Tillikowski meldete sich sofort, er klang verschlafen.

»Guten Morgen«, sagte Stella. »Es ist etwas passiert.«

»Ach ja?«, erwiderte er nicht sonderlich interessiert. »Was denn? Ist Jupiter mit Saturn zusammengestoßen?«

Ruhig bleiben, Stella, nicht darauf eingehen, ermahnte sie sich und erwiderte: »Ich habe einen Drohbrief bekommen, der mit Kevin Wehling zu tun hat. Genauer gesagt: Oma wird ebenfalls bedroht.«

»Wirklich?«

Nein, das habe ich mir aus Langeweile ausgedacht, du Blödmann, hätte sie beinahe gesagt.

»Ja, wirklich. Ich fand ihn vorhin in meinem Briefkasten. Hören Sie.« Sie las ihm die Zeilen vor.

»Ist ja 'n Ding. Natürlich anonym, vermute ich.«

»Natürlich. Alles andere wäre ja wohl ziemlich dämlich vom Absender, oder nicht? Kein Umschlag, nichts – nur dieser Zettel. Und Ihnen ist ja wohl klar, was diese Botschaft bedeutet.«

»Nämlich?«

»Dass Ruby nicht die Täterin ist, verdammt. Sind Sie morgens immer so langsam? Ihr Gehirn läuft wohl noch im Energiesparmodus. Und ich habe noch eine weitere Information für Sie.«

Er seufzte vernehmlich und sagte: »Schießen Sie los. Ich bin ganz Ohr.«

»Meine Großmutter hatte gestern Besuch, und zwar von Susanne Braukmann.«

»Ach, und die kam ganz zufällig auf ein Schwätzchen bei Ihnen vorbei? Besucht Frau Braukmann wohl alle Kunden ihres Vaters?«

Am liebsten hätte Stella ohne ein weiteres Wort aufgelegt, aber das brachte sie auch nicht weiter. »Meine Güte, Tillikowski, könnten Sie für einen kurzen Moment mal etwas weniger pomadig sein und einfach mal zuhören? Also: Susanne Braukmann hatte tatsächlich ein heimliches Verhältnis mit Kevin Wehling.«

»Das hat sie Ihnen gesagt?«

»Nicht mir – meiner Großmutter. Aber ich habe dem Gespräch von nebenan zugehört, ohne dass Susanne Braukmann es wusste.«

»Mal wieder. Was Sie heimlich mithören, ist nicht gerichtsverwertbar, wie oft muss ich es Ihnen denn noch erklären?«

»Sie hat es meiner Großmutter gesagt, und die kann es jederzeit vor Gericht zum Besten geben, wenn es sein muss. Ich wollte Ihnen nur klarmachen, dass meine Großmutter es nicht falsch verstanden haben kann, weil ich mitgehört habe. Wenn Sie mit Susanne Braukmann sprechen, haben Sie etwas, mit dem Sie sie konfrontieren können, falls sie nicht von selbst damit herausrückt. Denken Sie daran, was ich Ihnen letztens ans Herz gelegt habe: Lesen Sie aufmerksam in den Gesichtern der Leute, die Sie befragen. Sehen Sie genau hin! Jedes Muskelzucken kann die Geschichte erzählen, die man vor Ihnen verbergen will.«

»Oh, Ihren diesbezüglichen Vortrag habe ich nicht vergessen. Vielen Dank für die Informa...« Sie hörte, dass bei ihm an die Tür geklopft wurde, dann sagte er gedämpft: »Sie soll reinkommen.«

»Ich merke, Sie sind beschäftigt, Herr Tillikowski. Wie wäre es, wenn ich am späteren Vormittag vorbeikomme und Ihnen den Drohbrief bringe?«

»Hm ... das ist schlecht«, erwiderte er, »ich habe noch weitere Termine. Aber wir könnten uns in meiner Mittagspause treffen.«

Sie verabredeten sich in der Pizzeria und legten auf.

»Entschuldigen Sie bitte, Frau Braukmann, das war wichtig«, sagte Tillikowski zu der jungen Frau, die in seiner Tür wartete, und stand auf. »Setzen Sie sich doch.«

Zögernd kam sie herein und hockte sich auf die äußerste Kante des Besucherstuhls, während er die Tür schloss und dann hinter seinem Schreibtisch Platz nahm. »Vielen Dank, dass Sie gekommen sind.«

»Ich weiß gar nicht, wie ich Ihnen helfen könnte«, murmelte sie, ohne ihn anzusehen.

»Das sehen wir dann. Ich bin für jede noch so kleine Information dankbar, die mich bei der Aufklärung des Unfalls von Herrn Wehling weiterbringt. Und Sie kennen Herrn Wehling, ist das richtig?«

Sie sah ihn an, was sie sichtliche Überwindung kostete, und nickte langsam. »Er arbeitet für ... er hat für meinen Vater gearbeitet.«

»Das ist mir bekannt, wie Sie sich denken können.« Tilikowski lächelte freundlich, um seine Worte etwas abzumildern. Es brachte nichts, wenn er sie einschüchterte. »Wie war er denn so?«

»Wer – mein Vater?«

Herrje. Fragte sie das ernsthaft? Wollte sie etwa Zeit gewinnen?

Noch immer lächelnd, schüttelte er den Kopf. »Nein, Frau Braukmann, ich spreche von Kevin Wehling.«

Erneut blickte sie weg. »Ich … was soll ich Ihnen erzählen? Er war einer der Angestellten meines Vaters, nichts weiter. Manchmal haben wir morgens oder abends ein paar Worte gewechselt, wenn wir uns zufällig über den Weg gelaufen sind. Ganz harmlos.«

Harmlos, soso. Interessant, dass sie dieses Wort verwendete. Das stank geradezu danach, dass es alles andere als harmlos war. Selbst, wenn Stella ihm nicht gerade von der heimlichen Liaison erzählt hätte, wäre er jetzt ziemlich misstrauisch geworden. Sie verhielt sich auffällig, das entging ihm keineswegs.

Immer, wenn es um Kevin Wehling geht, weicht sie meinem Blick aus, dachte er, und auch ohne Stellas Klugscheißerei weiß ich, dass mir dieses Verhalten etwas erzählt.

»Ganz harmlos, verstehe. Ganz unverbindlicher Smalltalk, nehme ich an. Unter Kollegen, die sich nicht näher kennen. Guten Morgen, wie geht's, ich wünsche ein schönes Wochenende … so etwas in der Art?«

Susanne Braukmann nickte wieder. »Genau. Wie mit allen anderen Mitarbeitern meines Vaters auch. Nur höfliche Belanglosigkeiten. Nichts Persönliches, wenn Sie das meinen. Gar nichts.«

»Aha. Können Sie mir trotzdem zufällig etwas über sein Privatleben erzählen?«

»Ich?« Ihr entfuhr ein kurzes Lachen, das einen schrillen Unterton hatte. »Wie kommen Sie denn darauf? Gar nichts weiß ich über sein Privatleben. Ich sagte doch gerade, dass wir nichts miteinander zu tun hatten.«

Tillikowski lehnte sich zurück und musterte sie. »Sind Sie sicher?«

»Natürlich bin ich sicher!«

Jetzt oder nie, dachte Tillikowski. Ich bin gespannt, wie sie reagiert.

»Das erstaunt mich jetzt, ehrlich gesagt, denn ich habe gehört, dass Sie und Kevin Wehling eine heimliche Liebesbeziehung haben, Frau Braukmann.«

Sie fuhr zurück, als hätte er eine Knarre gezogen und ihr unter die Nase gehalten. Was war das in ihrem Gesicht? Schock? Entsetzen? Mit einer kleinen Prise Schuldbewusstsein, vielleicht, weil sie bei einer Lüge ertappt worden war? Ihre Augen waren weit aufgerissen wie bei einem Kaninchen, das wie hypnotisiert in den Lichtkegel von Autoscheinwerfern starrt und sich nicht bewegen kann. Genau so.

Endlich fasste sie sich und fragte mit dünner Stimme: »Eine Liebesbeziehung? Kevin Wehling und ich? Das ist vollkommen lächerlich.«

»Immerhin haben Sie ihn im Krankenhaus besucht, wie mir berichtet wurde. Das waren doch Sie, die sich als seine Verlobte vorgestellt hat, oder? Der Beschreibung des Personals gleichen Sie jedenfalls verblüffend.«

»Das habe ich nur gemacht, weil ich Mitleid mit ihm habe! Er hat keine Angehörigen, das hat er mir mal erzählt.

Und das mit der Verlobten habe ich mir ausgedacht, damit sie mich zu ihm lassen.«

»Und nicht etwa, weil Sie eine Liebesbeziehung haben, verstehe.«

»Wer behauptet das? Ich will sofort wissen, wer das behauptet hat!«

»Ich habe meine Quellen. Und? Stimmt es?«

Sie schoss vom Stuhl hoch. »Nein, das stimmt *nicht*. Beweisen Sie mir das Gegenteil, wenn Sie können. Ich möchte jetzt gehen. Oder bin ich verhaftet?«

Er schüttelte den Kopf. »Warum sollte ich Sie verhaften? Wegen einer heimlichen Affäre zu lügen ist erst mal nicht strafbar. Ich vermute, Sie haben Ihre Gründe. Wenn diese Lüge mich allerdings in meiner Ermittlungsarbeit behindert, könnte es eng werden, das nur als Information für Sie. Sie können gehen.«

Nachdenklich starrte er auf die geschlossene Tür. Susanne Braukmann war im Eiltempo aus seinem Büro geflüchtet. Vermutlich hatte sie noch nicht einmal gelogen, was eine *Liebes*beziehung anging. Wenn alles, was er über Kevin Wehling gehört hatte, stimmte, war die Sache zwischen den beiden alles gewesen, aber keine Liebe.

Tillikowski blickte auf die Uhr. Er hatte noch ein wenig Zeit, um sich Notizen über sein Gespräch mit Braukmanns Tochter zu machen, bevor Tim Lessing auftauchen würde.

Er gestand sich ein – nicht gerne allerdings –, dass Stella wahrscheinlich recht hatte und Andrea Rubikon vermutlich tatsächlich nicht die Täterin war.

Und woher hatte sie diese Weisheit? Aus einem Horoskop, natürlich. Weil Rubikons Horoskop ihrer Meinung nach zweifelsfrei bewies, dass sie zu so einer Tat nicht imstande war. Und sich den Männern keinesfalls an den Hals geworfen haben konnte, obwohl die Maler das übereinstimmend ausgesagt hatten.

Aber wer hatte den Mann vom Gerüst gestoßen? Einer seiner Kollegen – obwohl sie bei der Befragung alles taten, um ihn beziehungsweise seinen Ruf zu schützen? Oder Braukmann selbst? Hatte Braukmann vielleicht vom Verhältnis seiner Tochter mit Wehling erfahren?

Es klopfte, und ein Kollege steckte seinen Kopf zur Tür herein. »Ein Herr Lessing für dich, Arno.«

Gong zur nächsten Runde, dachte Tillikowski. »Soll reinkommen!«

Tim Lessing betrat das Büro deutlich selbstbewusster als beim letzten Mal. Ohne dazu aufgefordert zu werden, nahm er auf dem Stuhl vor dem Schreibtisch Platz. »Können wir uns beeilen?«, fragte er. »Ich muss zurück zur Baustelle. Die waren nicht gerade begeistert, dass ich mitten während der Schicht abhaue.«

»Je schneller Sie antworten, desto schneller sind wir fertig«, erwiderte Arno. »Es liegt also ganz bei Ihnen. Ich möchte mich mit Ihnen noch einmal über Ihr Verhältnis zu Kevin Wehling unterhalten.«

»Habe ich Ihnen doch schon erzählt. Wir sind zusammen auf die Rolle gegangen. Mal in die Kneipe, mal in die Disco. Frauen aufreißen und so.«

»Sie oder Kevin? Frauen aufreißen, meine ich.«

»Na ja, wir beide eben. Manchmal kann man mehr erreichen, wenn man zu zweit unterwegs ist. Mädels anquatschen und so. Man sieht ein paar Freundinnen und stellt sich dazu …« Er zuckte mit den Schultern und fuhr grinsend fort: »Das funktioniert echt viel besser, wenn man nicht alleine unterwegs ist. Da wird man längst nicht so schnell abgewimmelt, habe ich festgestellt.«

»Sie sind also im Kielwasser des großen Hechts mitgeschwommen, der im Karpfenteich auf der Jagd war, sehe ich das richtig?«

Lessing rutschte sichtlich verlegen auf dem Stuhl herum. Diese Frage war ihm eindeutig nicht angenehm. »Na ja, wenn Sie es so formulieren ...«, murmelte er.

»Und wie ist Ihr Verhältnis zu Susanne Braukmann?«

»Susi? Wie soll das sein? Freundschaftlich. Obwohl – eigentlich nicht mal das. Wie unter Kollegen halt.«

Der Kommissar nickte und fragte: »Und Johannes Braukmann? Wie stehen Sie zu dem?«

»Er ist mein Chef und Lehrherr, wie Sie wissen. Ich habe großen Respekt vor ihm.«

Respekt – genau. Es war an der Zeit, mit der großen Keule auszuholen, fand Arno.

»So gehört sich das auch, Herr Lessing. Sehr lobenswert. Aber dennoch haben Sie nicht genug Respekt, um ihn nicht zu hintergehen, oder? Wie verträgt sich das?«

Für einen winzigen Moment blieb dem jungen Mann der Mund offen stehen, dann straffte er die Schultern und sagte: »Ich verstehe nicht, was Sie meinen. Ich hintergehe Herrn Braukmann nicht.«

»Ach so? Wie würden Sie es denn nennen, Interesse für die Tochter zu heucheln, um deren Verhältnis mit Kevin Wehling zu decken? Ich nenne das Hintergehen! Und wie fühlt es sich an, zusammen mit Wehling Mädels aufzureißen – wohl wissend, dass die Tochter des Chefs eine Liebesbeziehung mit ihm hat und sich wahrscheinlich eine gemeinsame Zukunft mit ihm erhofft?«

»Wa… was? Woher wissen Sie das?«

Woher wissen Sie das? Arno verkniff sich ein Grinsen. Damit hatte Lessing es zugegeben. Susanne Braukmann hatte vorhin standhaft weiterhin alles geleugnet, während der junge Bursche hier sofort einknickte.

»Herr Lessing, ich weiß deutlich mehr, als Sie sich vorstellen können. Ich bin nämlich die Polizei.« Er beugte sich über den Schreibtisch zu seinem Gegenüber. »Also: Haben oder haben Sie nicht dabei geholfen, das Verhältnis zwischen Kevin Wehling und Susanne Braukmann zu vertuschen?«

»Ja, ist ja gut! Ich hab die Susi abgeholt und so getan, als wäre ich verliebt in sie. Und dann hab ich sie zum Kevin gebracht. Na und? Ist das etwa strafbar?«

Tillikowski schüttelte den Kopf. »Nicht, wenn es nichts mit dem Unfall von Herrn Wehling zu tun hat.«

»Dann verstehe ich nicht, warum wir darüber sprechen! Dass ich das getan habe, war ein privater Gefallen für Kevin und Susi. Das geht Sie nichts an.«

»Mag sein. Es sei denn, Herr Braukmann ist hinter das Verhältnis gekommen. Meines Wissens konnte Braukmann Ihren Kumpel Kevin nicht besonders gut leiden. Haben Sie Ihrem Chef etwas verraten, Herr Lessing? Vielleicht, um sich bei ihm beliebt zu machen und Ihre Position in der Firma zu verbessern?«

Lessing fuhr hoch wie von der Tarantel gestochen. »Was? Nein! Kevin konnte sich total auf mich verlassen. Ich verrate doch keinen, um mich beim Chef einzuschleimen.« Er ließ sich wieder auf den Stuhl fallen und runzelte die Stirn. »Moment mal: Wollen Sie etwa damit sagen, der Chef wusste davon und hat Kevin deswegen vom Gerüst gestoßen? Ist es das, was Sie hier andeuten wollen?«

Arno Tillikowski schwieg und konzentrierte sich darauf, möglichst wissend auszusehen.

Manchmal war es besser, die Klappe zu halten, das hatte er in diversen Seminaren über Verhörtechnik gelernt. Einfach den zu Befragenden – wie der Fachterminus lautete – ansehen und abwarten. Das hielten die wenigsten aus. Die meisten verloren nach relativ kurzer Zeit die Nerven und …

»Die Blauhaarige wars!«, schrie Lessing plötzlich. »Ich dachte, das wäre klar! Die hat den Kevin abgrundtief gehasst, weil er nicht an sie ranwollte! Mich und die anderen hat die auch angemacht!«

»Dabei war der Kevin doch so ein notorischer Casanova … Haben Sie mir nicht bei unserem letzten Gespräch voller Bewunderung von seinen zahllosen Eroberungen berichtet? Manchmal sogar mehr als eine pro Abend? Und dann lässt er sich so eine Gelegenheit entgehen? Eine Frau, die ihn praktisch einlädt?«

»Wer packt denn so eine wie die Blauhaarige freiwillig an? So hässlich, wie die ist! Und hat die den Kevin etwa nicht angebrüllt, dass sie ihn umbringt, weil er …« Er brach ab und verschränkte die Arme vor der Brust.

»Hm … Weil der Kevin was getan hat?«, erkundigte Tillikowski sich mit sanfter Stimme. »Reden Sie doch bitte weiter, Herr Lessing.«

»Ich habe nichts mehr zu sagen«, blaffte Tim Lessing. »Nicht mehr und nichts anderes, als ich bereits gesagt habe.«

»Sind Sie sicher?«

»Ja. Und beim nächsten Mal schicken Sie mir eine offizielle Vorladung, aber dann bringe ich einen Anwalt mit, darauf können Sie Gift nehmen.«

»Herr Lessing, das schüchtert mich nicht im Mindesten ein, falls Sie das gehofft haben sollten. Aber ich finde es interessant, dass Sie anwaltlichen Beistand zu benötigen glauben.«

»Denken Sie doch, was Sie wollen. Ist mir egal. Kann ich jetzt gehen?«

»Niemand hält Sie auf, Herr Lessing. Sie sind freiwillig meiner Einladung zum Gespräch gefolgt, und Sie können dieses Büro jederzeit verlassen.«

Seine letzten Worte sprach Tillikowski bereits zu einem leeren Stuhl.

Er lächelte in sich hinein. Heute hatten es alle verdächtig eilig, sein Büro zu verlassen. Dennoch: Er war sehr zufrieden. Und eines wusste er jetzt mit Sicherheit: Susanne Braukmann hatte ihn angelogen. Aber warum?

Kapitel 22

«Herr Korittke? Ich würde Sie gerne kurz sprechen!«

Maria Schmidt blickte hoch zum Gerüst, wo die Maler gerade zusammenstanden und miteinander tuschelten – anders konnte sie es nicht nennen. Sie steckten die Köpfe zusammen und schienen aufgeregt Neuigkeiten auszutauschen.

Maria war ums Haus gegangen, um nach den Männern zu suchen, und hatte sie an der Rückseite der Villa entdeckt.

Vor circa einer Viertelstunde hatte sie Tim Lessing kommen sehen; vermutlich war er im Präsidium gewesen, wie sie annahm. Sie grinste innerlich – also hatte dieser reizende Kommissar den Termin doch nicht außerhalb der Arbeitszeit gemacht, natürlich nicht. Das hatte sie auch nicht wirklich erwartet.

Bei ihrem Auftauchen stoben die Maler auseinander und entfalteten hektische Betriebsamkeit.

»Sie da – junger Mann«, rief sie und deutete auf Lessing, »waren Sie etwa gerade bei diesem Kommissar?« Als Lessing nickte, stemmte sie die Hände in die Hüften. »So eine Unverschämtheit. Immerhin bezahle ich Sie dafür, dass Sie arbeiten, und nicht für Ausflüge. Na, der soll mich kennenlernen. Ich werde mich bei seinem Vorgesetzten beschweren. Was ist los, Herr Korittke? Benötigen Sie etwa noch eine Extraeinladung? Wie lange soll ich noch auf Sie warten?«

»Ich komme, Frau Schmidt! Bin schon unterwegs! Ein alter Mann ist kein D-Zug!«, rief Otto zurück und turnte behände das Gerüst herunter.

»Das sehe ich selbst, vielen Dank. Kommen Sie mit«, sagte Maria in schönstem Kommandoton und marschierte los, Otto im Schlepptau.

Erst, als sie im Garten und außer Hörweite waren, blieb sie stehen. »Otto, Stella und ich haben einen Drohbrief bekommen. Heute Nacht hat uns irgendwer diese Nachricht in den Briefkasten geworfen.«

Sie gab ihm eine Kopie des Zettels, die ihr Stella hinterlegt hatte, als ihre Klientin bei ihr war. Otto überflog die Nachricht.

Mit gerunzelter Stirn sah er sie an. »Dat finde ich beunruhigend. Habt ihr einen konkreten Verdacht, wer dat gewesen sein könnte?«

»Niemand Bestimmtes, aber wir glauben, es war einer von der Firma – logisch. Die waren am Tag des Unfalls vor Ort, wie Stella auch. Wir hatten gehofft, es würde nicht passieren, aber der Briefschreiber hat sie wiedererkannt und weiß jetzt, dass dieser Auftrag hier kein normaler ist.«

Otto gab ihr die Nachricht zurück. »Weiß der Kommissar schon Bescheid?«

»Stella ist auf dem Weg zu ihm. Der Täter hat diese Nachricht geschickt, denkst du nicht auch?«

»Diese Schlussfolgerung liegt zumindest nahe. Ich halte mal die Augen und Ohren offen.«

»Gutes Stichwort: Was hattet ihr Männer denn gerade zu tuscheln?«

Otto kicherte. »Der Jungspund, dieser Tim, hat sich über den unverschämten Kommissar beschwert. Er sagt, der Bulle – ich zitiere bloß – hätte Ruby nicht mehr ganz oben auf der Liste der Verdächtigen, aber er hätte dafür gesorgt, dass sie wieder in den Fokus gerät.«

»Hattest du den Eindruck, dass diese Strategie unter ihnen abgesprochen ist?«

»Dem darauffolgenden gegenseitigen Abklatschen nach zu urteilen: ja. Aber sie trauen mir nicht zu hundert Prozent, dat spüre ich. Ich glaube, dat sie bestimmte Themen nicht vor meinen Ohren besprechen.«

»Haben die Männer Lunte gerochen, dass mit dem Auftrag hier etwas faul ist?«

»Nee.« Otto schüttelte den Kopf. »Diese Erkenntnis hat der Briefschreiber offenbar bisher für sich behalten. Dat die unter einer Decke stecken, wat Ruby angeht, heißt ja nicht automatisch, dat die alle wissen, wer diesen Wehling angegriffen hat. Dat mit Ruby ist so 'ne merkwürdige männliche Solidarität. Die haben außerdem Schiss, wat ihnen blüht, wenn bewiesen wird, dat Ruby die Wahrheit sagt. Also müssen sie alle behaupten, dat dat Mädchen lügt.«

»Okay.« Maria umarmte Otto herzlich. »Bleib dran. Und pass bitte auf dich auf, mein Bester.«

Als Otto zu seinen Kollegen zurückkehrte, begrüßten sie ihn mit breitem Feixen.

»Na? Hat der alte Drache ordentlich die Peitsche knallen lassen?«, fragte Sascha.

Otto winkte ab. »Ach, dat bin ich gewöhnt. Dat braucht die ab und zu.« Er deutete auf sein Ohr. »Hier rein und da wieder raus. Ich lass die Alte einfach labern, wat sie will, und tu so, als würd es mich interessieren. Dann ist sie zufrieden, und ich hab meine Ruhe.«

»Der sollte man wirklich mal einen ordentlichen Denkzettel verpassen«, sagte Sascha, und die beiden anderen, Tim und Hotte, nickten.

»Wat schwebt euch denn da so vor?«, fragte Otto. »Einen tüchtigen Schreck einjagen oder so wat?«

»Wir können uns ja mal ein paar warme Gedanken dazu machen, was, Jungs? Beim Feierabend-Bierchen, zum Beispiel. Du bist herzlich eingeladen, Otto. Uns wird schon etwas einfallen, um der alten Schabracke die Knie schlottern zu lassen. Und der jungen auch.« Hotte grinste schmierig, aber plötzlich blickte er an Otto vorbei zur Auffahrt. »Ich werd verrückt! Jungs, ihr werdet es nicht glauben – die Blauhaarige ist im Anmarsch!«

Otto drehte sich um.

Tatsächlich: Eine schmale Gestalt in zerrissener Jeans und Lederjacke, die Haare zu einem knallblauen Irokesenschnitt gestylt, kam auf die Villa zumarschiert. Am Gerüst blieb sie stehen und blickte nach oben.

»Was willst du denn hier?«, grölte Sascha zu ihr hinunter. »Hast du uns etwa vermisst? Du kannst wohl nicht genug von uns kriegen!«

Die Männer brüllten vor Lachen, und Otto hielt die Luft an. Hoffentlich hatte Maria das Auftauchen der jungen Frau bemerkt und konnte eingreifen, bevor hier alles aus dem Ruder lief.

»Was soll ich vermisst haben?«, schrie Ruby. »Eure dreckigen Pimmel etwa?« Sie schüttelte die Fäuste in Richtung der Männer. »Am liebsten würde ich euch verdreschen! Einen nach dem anderen!«

»Oha, die Kleine ist wütend! Jetzt haben wir aber richtig Angst bekommen!« Wieder lachten die Männer hämisch, und Hotte beugte sich grinsend über das Sicherungsbrett nach unten. »Na komm, du leckst dir doch alle zehn Finger nach einem richtigen Mann«, sagte er.

»Ihr wollt Männer sein? Armselige kleine Würstchen seid ihr, nichts weiter! Ihr werdet mit euren verfluchten Lügen nicht durchkommen, das verspreche ich euch!«, kreischte Ruby. »Was habe ich euch Drecksäcken eigentlich getan? Warum erzählt ihr der Polizei diese Lügen über mich? Fühlt ihr euch stark und männlich dabei, mein Leben zu zerstören?«

Maria saß im Wintergarten, als der Tumult draußen losging. Eine Frau fluchte, und sie hörte Männer lachen.

Sie spähte aus dem Fenster und sah eine kleine, aufgeregte Person mit blauen Haaren am Gerüst stehen und die Maler anschreien. Die junge Frau wirkte nicht nur zornig, sondern vor allem auch sehr verzweifelt.

»Oje, das ist Ruby, ich muss etwas unternehmen«, murmelte sie und rannte los.

Sie riss die Haustür auf und ging eilig auf Ruby zu. »Wer sind Sie? Warum veranstalten Sie hier einen derartigen Lärm? Unterlassen Sie das, aber sofort!«

»Genau!«, rief einer der Männer von oben. »Die ist verrückt! Die sollten Sie besser verscheuchen! Die soll uns in Ruhe arbeiten lassen!«

»Sonst seid ihr doch auch froh, wenn ihr euch faul in irgendwelchen Ecken rumdrücken könnt!«, brüllte Ruby. »Und ich soll euch nicht von der Arbeit abhalten? Das ist ja wohl ein Witz!«

»Junge Frau«, sagte Maria streng. »Sie sind jetzt sofort ruhig, verstanden? Das, was Sie hier veranstalten, ist Hausfriedensbruch. Ich bin durchaus geneigt, die Polizei zu alarmieren.«

Ruby sah sie an. »Ach ja? Bitte! Ich halte Sie nicht auf!

Aber dies ist ein freies Land, und ich habe das Recht auf freie Meinungsäußerung!«

»Aber nicht auf meinem Grundstück!« Maria schnappte sich den Arm der jungen Frau und zog sie nah zu sich heran. »Bitte beruhigen Sie sich«, flüsterte sie, »ich bin doch auf Ihrer Seite – genau wie Stella.« Dann keifte sie lautstark: »Sie kommen jetzt mit, junge Dame, verstanden? Und dann sagen Sie mir, wer Sie sind und was Sie hier zu suchen haben. Versuchen Sie ja nicht, abzuhauen, sonst zeige ich Sie sofort an. Und mit Ihrer Haartracht dürfte die Polizei Sie schnell finden.«

Als die Männer auf dem Gerüst lachten, blickte Maria hoch. »Und ihr da oben – genug Maulaffen feilgehalten. Die Show ist vorbei. An die Arbeit, aber hopphopp, sonst geht postwendend eine Beschwerde an den Chef.«

Rigoros zog sie Ruby hinter sich her zur Orangerie. Sie ließ sie erst los, als sie in ihren Räumlichkeiten standen.

»Ruby, bitte – mit so einem Auftritt gefährden Sie unsere Aktion!«, sagte Maria.

Rubys Augen sprühten Funken. »Und wieso, wenn ich fragen darf?«

»Ganz einfach: Die Männer werden sich jetzt fragen, woher Sie wissen, dass sie hier arbeiten! Das haben wir ja nicht gerade im Ruhrgebiets-Anzeiger verkündet. Wenn wir Pech haben, zählen die jetzt eins und eins zusammen und kommen zu dem Schluss, dass Stella und ich mit Ihnen unter einer Decke stecken! Und wenn wir großes Pech haben, halten sie Otto für einen Mitverschwörer.«

Maria hielt es für besser, der jungen Frau nicht zu sagen, dass zumindest ein Mitarbeiter der Firma Braukmann Stella längst enttarnt hatte.

Ruby begann zu weinen, schlug die Hände vors Gesicht und sank auf das ausladende Sofa. »Ich hab es einfach nicht mehr ausgehalten«, schluchzte sie. »Ich fühle mich so ohnmächtig. Niemand glaubt mir!«

Maria setzte sich neben sie und legte ihr den Arm um die Schultern. »Doch, mein Kind. Ich glaube Ihnen, Stella ebenfalls. Und Ben sowieso. Wir tun doch alles nur, um Ihnen zu helfen. Haben Sie den älteren Herrn auf dem Gerüst gesehen?«

Ruby ließ die Hände sinken und nickte schniefend.

»Das ist mein Freund Otto, den ich vorhin erwähnt habe. Den haben wir bei den Malern eingeschleust, damit er die Kerle aushorchen kann. Deshalb war ich auch besonders grob zu Ihnen, das ist nämlich meine Rolle: die herrschsüchtige, arrogante alte Hexe.« Maria lächelte und fuhr fort: »Sie hätten mal sehen sollen, wie ruppig ich gestern mit dem netten Kommissar umgesprungen bin – natürlich auch vor großem Publikum, das auf dem Baugerüst Augen und Ohren aufgesperrt hat. Auch Otto gegenüber benehme ich mich herrisch und unberechenbar.«

Ruby fingerte eine Packung Papiertaschentücher aus der Jackentasche, dann putzte sie sich geräuschvoll die Nase. »Sagen Sie: Warum tun Sie das?«

»Damit die Männer sich mit Otto solidarisieren, verstehen Sie? Wir Männer halten gegen die blöden Weiber zusammen und so. Vielleicht packen sie Otto gegenüber aus, was bei Ihnen am Haus wirklich vorgefallen ist. Man ist sich übrigens bereits einig, dass Stella und ich eine Lektion verdient haben. Wir betrachten das als Erfolg.«

»Nein, das meinte ich nicht«, sagte Ruby leise. »Warum helfen Sie mir? Sie kennen mich doch gar nicht.«

»Ich kenne Ihr Horoskop, und das ist beinahe so, als würde ich Sie persönlich kennen. Sie sind niemals imstande, die Dinge zu tun, die man Ihnen unterstellt. Leider reicht der Polizei das Horoskop nicht, um Ihre Unschuld zu beweisen … was ich durchaus verstehe. Kommissar Tillikowski ist ein sehr netter Mann, aber Astrologie passt nun wirklich nicht mit seinen Ermittlungen zusammen. Und außerdem hat Ben Sie sehr gern und legt seine Hand für Sie ins Feuer. Das allein reicht doch schon als Referenz, finde ich. Wussten Sie, dass Ben und Stella zusammen zur Schule gegangen sind? Ich kenne ihn schon sehr lange.«

Ruby lächelte schüchtern. »Ben verdanke ich ja auch, dass ich Stella kennengelernt habe und dass ich in Ihnen Unterstützung gefunden habe. Ist Stella nebenan?«

»Nein, ich muss Sie leider enttäuschen. Sie trifft sich gerade mit Kommissar Tillikowski. Glauben Sie mir, er ist schon beinahe überzeugt, dass Sie nicht die Täterin sind. Noch wissen wir längst nicht, wer es war. Leider. Aber das werden wir auch noch herausfinden.«

»Oh, das hoffe ich wirklich. Diese Ungewissheit ist schrecklich. Ich rechne ständig damit, dass die Polizei vor meiner Tür steht und mich verhaftet.« Rubys Augen füllten sich wieder mit Tränen.

»Das wird nicht passieren, glauben Sie mir. Sie müssen mir versprechen, fest auf den guten Ausgang dieser schrecklichen Sache zu vertrauen. Und bitte: keine Dummheiten wie diese mehr, okay? Damit schaden Sie sich nur. Vor allem Ihrer zarten, gequälten Seele. Also: Kann ich Sie wegschicken? Denn das muss ich jetzt leider machen, damit die Männer nicht misstrauisch werden, was wir zwei Hübschen so lange zu bequatschen haben.«

»Keine Dummheiten mehr, versprochen. Ich … ich hab einfach die Nerven verloren. Einfach untätig herumzusitzen und darauf zu warten, dass irgendetwas passiert … Ich dachte, ich muss irgendwas tun. Verzeihen Sie bitte. Das war sehr dumm.«

»Schon gut, wirklich. Ich habe Ihnen gar nichts zu verzeihen, denn ich kann Sie sehr gut verstehen.« Maria drückte Ruby an sich, dann stand sie auf. »Und jetzt werde ich Sie unter großem Trara vom Gelände geleiten. Einverstanden?«

In Sicht- und Hörweite der Villa packte Maria die junge Frau wieder fest am Arm und zerrte sie hinter sich her.

»Lassen Sie sich nie wieder hier blicken, verstanden?«, zeterte sie in den höchsten Tönen. »Beim nächsten Mal rufe ich sofort die Polizei und lasse Sie abführen! Unverschämtheit, auf meinem Grund und Boden so einen Zirkus zu veranstalten!«

Erst am Ende der Auffahrt ließ sie Ruby los, die sich eilig entfernte. Nach einigen Schritten drehte Ruby sich noch einmal um und warf Maria eine Kusshand zu.

So ein reizendes Mädchen, dachte Maria, während sie zurück zur Villa ging – wohl wissend, dass sie von mehreren Augenpaaren beobachtet wurde. Also gab sie sich alle Mühe, möglichst streng zu gucken, solange sie noch gesehen werden konnte.

Zurück in der Wohnung griff sie sofort zum Telefon, um Stella anzurufen.

Kapitel 23

Stella nahm sich vor, sich nicht von Tillikowski provozieren zu lassen – und ebenfalls auf spitze Bemerkungen zu verzichten. Immerhin besaß *sie* die nötige Selbstreflexion, um ihren Anteil an den Streitgesprächen zu begreifen, was man von ihm nicht behaupten konnte. Oha, es war ihr wieder passiert. Sie hatte keine Ahnung, wie er darüber dachte. Vielleicht ärgerte er sich ja auch über den Sarkasmus, den er ihr gegenüber immer wieder zeigte.

Ist Jupiter mit Saturn zusammengestoßen? Also wirklich. Eine Frechheit, eine derart unqualifizierte Frage zu stellen – wohl wissend, dass er sie und ihren Beruf als Astrologin damit beleidigte. Andererseits ging sie mit ihm auch nicht gerade zimperlich um.

Diese merkwürdige Eigendynamik, die sich prompt immer dann entwickelte, sobald sie aufeinandertrafen … wirklich seltsam. Denn eigentlich mochte sie ihn, wenn sie es sich auch nur höchst widerstrebend eingestand. Wenn sie an ihn dachte – was gar nicht so selten geschah –, hatte sie keine negativen Gedanken, im Gegenteil. Als Mann gefiel er ihr sogar ausnehmend gut … wenn nur nicht all diese Dinge wären, die fest gemauert zwischen ihnen standen.

Dennoch scheute sie davor zurück, ein Composit-Horoskop von ihnen zu machen – gesetzt den Fall, sie könnte überhaupt an seine Daten kommen, ohne dass er davon erführe. Denn wüsste er davon, würde er völlig verrücktspielen, das war so sicher wie das Amen in der Kirche.

Er war noch nicht da, als sie die Pizzeria betrat, in der, wie üblich, Italo-Schnulzen aus den Lautsprechen sickerten wie viel zu süßer Sirup. Sie wählte einen Tisch in einer abgelegenen Ecke aus und hatte sich gerade hingesetzt, als ihr Handy klingelte. Es war ihre Großmutter – und nicht etwa Tillikowski, um abzusagen, wie sie kurz befürchtet hatte.

»Ruby war gerade hier«, sagte Maria.

»Wollte sie mich sprechen? Nein, was viel wichtiger ist: Haben die Maler sie gesehen?«

»Allerdings. Sie hat sich vor dem Gerüst aufgebaut und die Männer nach allen Regeln der Kunst angepöbelt.«

»Ach du liebe Güte. Das Kind ist jetzt wohl in den Brunnen gefallen.«

»Vielleicht noch nicht. Ich habe mich aufgeführt wie eine Irre, was von Hausfriedensbruch gefaselt und ihr mit der Polizei gedroht.«

»Und die Männer?«

»Hatten ihren Spaß, was denkst du denn?«

»Hoffentlich sind sie so mit ihrem Spaß beschäftigt, dass sie sich nicht wundern, woher Ruby wusste, dass sie bei uns arbeiten.«

Maria seufzte. »Da sprichst du ein großes Wort gelassen aus – das war auch gleich meine Befürchtung. Sie war vollkommen außer sich, die Ärmste. Sie ist am Rande eines Nervenzusammenbruchs, wenn du mich fragst.«

»Wo ist sie jetzt?«

»Wir haben geredet, und dann ist sie wieder gegangen. Sie hat mir versprochen, keine Dummheiten zu machen.«

Ein Tuten im Telefon signalisierte, dass jemand versuchte, Stella anzurufen. »Oma, da kommt ein Anruf rein. Vielleicht ist das Tillikowski. Wir reden später, ja?« Sie nahm das zweite Gespräch an, und Ben brüllte ihr ins Ohr: »Es geht um Ruby! Ich befürchte, sie will etwas Dummes anstellen! Ich habe mich mit ihr auf einen Kaffee getroffen, und sie ist ziemlich schräg drauf.«

»Ich habe gerade mit Oma gesprochen. Ruby war an der Villa und hat dort eine Szene gemacht.«

Ben stöhnte. »Oh mein Gott – wirklich? Sie ist vorhin mitten im Gespräch gegangen. Sie müsse etwas unternehmen, hat sie gesagt, weil sie diese Ungewissheit nicht mehr aushalten. Stella, es geht ihr wirklich schlecht. Wo ist sie denn jetzt? Noch immer bei deiner Großmutter?«

»Nein. Aber Oma sagt, es ist alles in Ordnung. Sie hat sich um Ruby gekümmert.« Stella sah, dass Tillikowski die Pizzeria betrat und sich suchend umschaute. »Ben, ich muss jetzt aufhören. Ich melde mich aber auf jeden Fall später, denn Oma und ich haben einen Drohbrief bekommen.«

»Was? Einen Drohbrief? Du kannst doch jetzt nicht einfach auflegen! Wo bist du überhaupt? Läuft da italienische Schnulzenmusik? Du *hasst* diese Musik!«

Tillikowski hatte sie entdeckt und kam herüber zu ihrem Tisch. Er hatte sie gerade erreicht, als der Kellner auch schon angewieselt kam und trompetete: »Oh, Signore Tillikowski – wie ssöne, Ssie ssu sssehe!«

»Du triffst dich mit Arno? Ohne mich?«, blökte Ben aus dem Hörer. »Ich weiß genau, wo ihr seid! In der Pizzeria! Ich bin schon auf dem Weg!«

Ehe Stella reagieren konnte, hatte er aufgelegt. Mit einem Seufzen steckte sie das Handy in die Tasche. »Arno«, sagte sie dann, »sind Sie hier Stammgast? Mich hat man nicht halb so überschwänglich begrüßt.«

Er setzte sich ihr gegenüber und nickte. »Ja, Stammgast

trifft es wohl. Manchmal flüchte ich in meiner Mittagspause hierhin, wenn ich den Kantinenfraß nicht mehr ertrage. Mit den Fußballjungs bin ich auch öfter hier, außerdem immer dann, wenn das Dezernat mal was zu feiern hat.«

»Verstehe. Und Ihre traditionelle Pizza Mare ist vermutlich bereits in der Mache.«

»Keine Ahnung.« Er rieb sich die Augen.

»Sie wirken müde.«

»Warum sollte ich? Mir hängt ja nur die Staatsanwaltschaft im Nacken und löchert mich ständig, warum ich noch niemanden verhaftet habe!«

»Dann sollten wir uns schleunigst darum bemühen, den Schuldigen zu finden.«

Prompt ging er hoch wie eine Rakete. »Wir? Wohl kaum. *Mein* Problem, *mein* Fall, *meine* Ermittlungen.«

»Vor allem *Ihre* schlechte Laune«, sagte Stella. »Die Sie nun nach Herzenslust an mir auslassen. Ich dachte, wir sitzen hier zusammen und unterhalten uns zivilisiert. Aber ich habe mich wohl getäuscht.«

Er sah sie nicht an. »Zeigen Sie mir mal den Wisch, den Sie bekommen haben.«

Sie holte das Blatt aus der Tasche und reichte es ihm über den Tisch. Sie gab ihm Zeit, die wenigen Zeilen zu lesen, und sagte dann: »Sehen Sie? Das beweist doch wohl, dass Ruby es nicht war, oder etwa nicht? Wie ich es Ihnen von Anfang an gesagt habe.«

Der Kommissar zuckte mit den Schultern. »Nein, wie Ihre merkwürdigen Planeten es Ihnen angeblich von Anfang an gesagt haben, und Sie haben es an mich weitergegeben. Hörensagen.«

Stella konnte es nicht fassen. »Sehr komisch, Herr Tillikowski. Denn so war es wohl gemeint, nehme ich an. Aber sehen Sie mich lachen? Nein. Was genau macht Sie mir gegenüber eigentlich so aggressiv?«

»Ich verstehe nicht, was Sie meinen. Leider muss ich wohl einsehen, dass Sie keinen Spaß verstehen, sobald es um ihre kugelrunden kosmischen Freunde geht. Ein wenig mehr Selbstironie könnte nicht schaden.«

Wäre dies eine Screwball-Komödie mit Lauren Bacall und Spencer Tracy, würde ich unseren verbalen Schlagabtausch vermutlich feiern, dachte Stella, aber leider sitze ich mit Tillikowski in einer blöden Pizzeria. Noch. Könnte nämlich gut sein, dass ich gleich aufstehe und gehe, damit ich ihm nicht quer über den Tisch mit ausgefahrenen Krallen an den Hals springe.

»Das sagt genau der Richtige«, erwiderte Stella. »Aber in Ordnung: Sie sollen Ihren Willen haben. Einigen wir uns darauf, dass ich keine Selbstironie besitze. Wenn es Ihnen dann besser geht ...« Sie blätterte durch die Speisekarte und murmelte: »Vielleicht wäre ein Composit von uns doch keine so schlechte Idee.«

»Ein was? Was ist das?«

Stella blickte hoch. »Composit. Das ist eine spezielle Form des Horoskops, das man von einer Beziehung anfertigen kann. Von unserer Beziehung, zum Beispiel.«

»Beziehung?« Tillikowski schnaubte. »Ich wüsste nicht, dass wir eine hätten. Aber natürlich gibt es dafür auch so einen Planetenquatsch, hätte ich mir ja denken können. Wie heißt das Ding? Kompost? Klingt ganz nach dem, was es vermutlich ist: ein Haufen Müll.«

»Seien Sie nicht albern, Herr Tillikowski.« Stella klappte die Karte zu und sah ihn an. »Natürlich haben wir eine Beziehung. Das Wort bedeutet nicht automatisch, dass man miteinander ins Bett gehen muss. Sobald zwei Menschen aufeinandertreffen, passiert etwas zwischen ihnen. Das ist eine *Beziehung*. Liebe, Hass, Zuneigung, Abneigung … das ganze Programm. Aber es kann auch eine berufliche Beziehung sein. Und ein Composit betrachtet die Beziehung als etwas Eigenständiges. Für ein solches Horoskop werden die Mittelwerte der Planeten der beiden Personen benutzt, die daran beteiligt sind. So entsteht ein Bild der Dynamik innerhalb der Beziehung, denn an diesen Prozessen – positiven wie negativen – sind immer beide Partner beteiligt. Wenn man speziell die negativen erkannt und analysiert hat, kann man daran arbeiten und die Beziehung verbessern.«

Sie wunderte sich schon, dass er keine Scherze machte. Er hatte ihr einfach zugehört und keine Miene verzogen. Konnte es tatsächlich sein, dass er …

Aber dann sagte er: »Das meinen Sie tatsächlich ernst, oder? Mittelwerte der Planeten? Das ist so ziemlich das Blödsinnigste, was ich je gehört habe. Meine *Mittelwerte* werden Sie jedenfalls *niemals* kriegen, und wenn Sie sich auf den Kopf stellen. So weit kommt das noch, dass ich mich von Ihnen in einem Kompi…, äh, Kompost-Dingsbums verwursten lasse.«

»Keine Sorge«, gab Stella zurück, »so megaspannend finde ich Sie nun auch wieder nicht, dass meine Glückseligkeit davon abhinge.«

Beide fuhren zusammen, als Ben, der unbemerkt an den Tisch getreten war, fröhlich rief: »Was höre ich denn da? Meine beiden liebsten Freunde streiten sich? Mal wieder Ärger im Paradies?«

»Dein Freund Arno hat …«, rief Stella, während Arno gleichzeitig sagte: »Deine Freundin Stella hat …«

Ihre Zeigefinger, mit denen sie empört aufeinanderdeuteten, stießen fast perfekt mittig über dem Tisch zusammen.

Beide brachen ab und starrten sich verblüfft an.

»Das tat weh!« Stella rieb sich den Finger. Sie konnte nicht anders: Sie fing an zu lachen; sie benahmen sich wirklich zu blöd.

Auch Arno verlor die Fassung. »Wir sind wirklich kindisch, oder?«, prustete er mit dem letzten Rest Beherrschung, bevor er schallend loslachte.

»Das gefällt mir schon sehr viel besser.« Ben grinste und setzte sich. »Wird auch verdammt noch mal Zeit, dass ihr euch endlich wieder vertragt.« Er schnappte sich den Zettel, der noch immer auf dem Tisch lag. »Ist das der Drohbrief?«

»Ja, er lag heute Morgen in meinem Briefkasten, zusammen mit der Zeitung.«

Ben hatte die Nachricht gelesen und sah hoch. »Aber der Zeitungsbote dürfte ihn wohl kaum gebracht haben.«

»Natürlich nicht«, sagte Stella. »Ich erwähne es nur deshalb, weil die Nachricht sich *unter* der Zeitung befand.«

»Und was sagt uns das?«, fragte Ben geistesabwesend, während er erneut die Zeilen auf dem Zettel las.

»Es sagt uns, dass die Nachricht bereits im Briefkasten lag, als der Zeitungsbote kam.« Tillikowski schüttelte den Kopf. »Seit wann muss man dir so etwas erklären? Du bist doch sonst nicht so begriffsstutzig. Was mich noch interessiert, Stella: Wann davor waren Sie zuletzt am Briefkasten?«

»Gestern am späteren Abend, so gegen zehn. Ich hatte den ganzen Tag über nicht daran gedacht, nach meiner Post zu sehen. Ich hatte mit meiner Großmutter lange in der

Orangerie gesessen, und als wir zurück in die Villa gingen, hab ich in den Briefkasten geguckt. Er war leer.«

»Also wurde die Nachricht zwischen zehn Uhr gestern Abend und circa fünf bis sechs Uhr heute Morgen dort deponiert«, sagte Tillikowski. »Es war demzufolge keiner der Maler. Obwohl – das ist die falsche Formulierung: zumindest nicht während oder nach der gestrigen Schicht beziehungsweise zu Beginn der heutigen, das können wir ausschließen. Jemand ist extra dafür zur Villa gekommen.«

Der Kellner erschien am Tisch.

»Dreimal Pizza Mare«, orderte Ben und zwinkerte schelmisch in die Runde. »Und eine große Flasche Mineralwasser mit drei Gläsern, bitte.« Als der Kellner weg war, sagte er: »Euch musste ich ja nicht groß fragen, was ihr essen wollt, oder? Ich kenne meine Pappenheimer schließlich. Und eingedenk der Tageszeit sowie der Tatsache, dass wir bestimmt alle noch arbeiten müssen, halte ich Wasser für das angemessene Getränk.«

Kaum hatte er ausgesprochen, wurden auch schon Flasche und Gläser serviert.

Tillikowski schenkte allen ein und seufzte. »Bei der Frage, die ich jetzt stellen werde, mache ich mich wieder zum Arschloch der Runde, aber es muss sein: Können wir mit Bestimmtheit ausschließen, dass Frau Rubikon die Nachricht selbst geschrieben hat?«

»Spinnst du? Warum sollte sie das denn tun?«, fragte Ben entgeistert.

»Ganz einfach: um den Verdacht von sich abzulenken. Nach diesem Brief scheint doch sonnenklar zu sein, dass sie nicht die Täterin sein kann, oder? Alle haben sofort gesagt: Hurra, das ist der Beweis für ihre Unschuld.«

»Da haben Sie natürlich recht«, sagte Stella. »Aber das halte ich für ausgeschlossen. Sie war übrigens vorhin an der Villa und hat dort eine Riesenszene gemacht. Sie hat die Maler angepöbelt und wollte wissen, warum sie mit diesen Lügen ihr Leben zerstören. Würde sie das tun, wenn sie den Brief geschrieben hätte?«

Tillikowski zuckte mit den Schultern. »Ich habe schon die dollsten Dinger erlebt. Die Täter – oder Täterinnen – greifen zu den erstaunlichsten Finten, um von sich abzulenken. Das Problem ist: Ich kann noch immer nicht mit Sicherheit sagen, wer hier auf wen zeigt. Doch, das kann ich natürlich: Frau Rubikon zeigt auf die Maler und umgekehrt. Aber wer von denen lügt?«

»Haben Sie eigentlich schon mit Braukmanns Tochter gesprochen?«, fragte Stella.

»Heute Morgen. Und nicht nur mit ihr, auch mit Tim Lessing. Sie bleibt felsenfest dabei, kein Verhältnis mit Wehling gehabt zu haben, während Lessing zugegeben hat, sich Braukmann gegenüber als Susannes Freund ausgegeben, das Mädchen dann aber immer zu Wehling kutschiert zu haben. Das hat ihn übrigens nicht davon abgehalten, trotzdem mit Wehling auf Frauenjagd zu gehen. Loyalität scheint nicht seine starke Seite zu sein. Egal, wem gegenüber.«

»Stimmt nicht«, warf Ben ein. »Wehling gegenüber ist er doch wohl sehr loyal. Wie die anderen Männer auch. Sie bleiben stur bei der Geschichte, dass er Ruby nicht belästigt hat, sondern beschuldigen sie.«

»Ich kann euch sagen, warum das so ist«, sagte Stella. »Falls sie zugeben würden, dass Kevin so gehandelt hat, wie Ruby behauptet, würde alles auffliegen. Erinnert ihr euch an das Gespräch, das Ruby mitgehört hat? Offenbar ging die zweifelhafte Ehre, den Exhibitionisten zu spielen, reihum. Wie also würde Braukmann reagieren, wenn er das wüsste? Er würde – nein: *müsste* – die Bande entlassen. Keine Firma kann sich leisten, so eine Truppe auf die Menschheit loszulassen. Es geht um ihren Job, deshalb bleiben sie bei dieser Version. Sie müssen die Männer knacken, Arno.«

Sie schwieg, weil die Pizzen serviert wurden. Als der Kellner gegangen war, fuhr sie fort: »Ich bin gespannt, was Otto später zu erzählen hat. Ich kann mir nicht vorstellen, dass Rubys Auftritt vor der Villa unkommentiert bleiben wird. Vielleicht kann er ja was rausfinden, mit dem Sie dann wieder arbeiten können, Arno.«

Der Kommissar nickte. »Zu wissen, dass es ein Verhältnis zwischen Susanne Braukmann und Wehling gab, hat mir bei den Befragungen heute sehr geholfen. Ihr habe ich ganz klar angemerkt, dass dieses Thema ein rotes Tuch für sie ist. Sie ist zugeklappt wie eine Auster.«

»Bestimmt, weil ihr gestern durch das Gespräch mit Oma erst klar geworden ist, dass der Typ sie nur ausgenutzt hat und von Liebe keine Rede sein konnte. Oma ist übrigens der Meinung, dass Susanne Braukmann schwanger ist. Ist reine Intuition, aber Oma irrt sich selten. Vielleicht hat sie ja auch deshalb derart dichtgemacht, als Sie sie nach diesem Kevin gefragt haben. Sie muss furchtbar unglücklich sein.«

Tillikowski stieß einen Seufzer aus und legte sein Besteck beiseite. »Wer hatte also ein Motiv, Kevin Wehling zu schaden?«

»Schaden? Ist das dein Euphemismus für versuchten Mord?«, fragte Ben. »Niemand schubst jemanden im zweiten Stock vom Baugerüst und geht davon aus, dass derjenige den Sturz überlebt – es sei denn, unten liegt ein Sprungkissen der Feuerwehr. Da war aber leider nur blanker Asphalt. Damit, dass er den Sturz tatsächlich überlebt, konnte niemand rechnen, oder?«

»In Ordnung.« Tillikowski seufzte erneut. »Wir suchen also nach einem Motiv, Wehling umzubringen. Aus meiner Sicht wäre da erstens Andrea Rubikon, weil sie seinen Psychoterror nicht mehr ertragen konnte – wenn ich davon ausgehe, dass der tatsächlich stattgefunden hat. Zweitens … hm, sagen wir Braukmann, weil er hinter das Liebesverhältnis gekommen ist und weil er genau weiß, was Kevin so treibt – Braukmann wollte seine Tochter schützen. Drittens … was ist eigentlich mit diesem Lessing? Er hintergeht seinen Chef *und* dessen Tochter, obwohl er ihr gleichzeitig hilft, die Liaison zu verheimlichen.« Er grinste und fuhr fort: »Damit habe ich ihn übrigens aus dem Stuhl gehebelt, nachdem er sich gerühmt hat, wie viel Respekt er vor seinem Chef hat. Ich bin ziemlich ruppig mit ihm umgesprungen. Ab jetzt will er nur noch in anwaltlicher Begleitung mit mir sprechen. Und wenn ich ihm eine offizielle Vorladung schicke.«

»Aber wem gehört wirklich seine Loyalität?«, fragte Ben. »Nach außen hin seinem komatösen Kollegen, aber was wäre, wenn sein schlechtes Gewissen ihn dazu getrieben hätte, Susanne von Kevin befreien zu wollen? Und er keinen anderen Weg gesehen hätte, als ihn umzubringen? Überlegt doch mal: Er hätte das Brett manipulieren und sich an Wehling anschleichen können. Er könnte derjenige sein, der Stella erkannt und nachts die Nachricht in den Briefkasten geworfen hat.«

»Exakt diese Argumente passen auch zu Braukmann«, sagte Stella. »Wir müssen unbedingt rausfinden, ob er von dem Verhältnis wusste. Und was ist mit den beiden anderen Männern?«

»Horst Keppler und Sascha Müller?« Tillikowski schüttelte den Kopf. »Nee, die schließe ich eigentlich aus. Die beiden waren nicht so eng mit Wehling verstrickt wie Brauckmanns Tochter oder Lessing. Und so trifft es sich bestens, dass ich Braukmann für heute Nachmittag ins Präsidium bestellt habe.«

Kapitel 24

»Ich muss mal eine rauchen«, sagte Otto. »Timmy, kommste mit?«

Der junge Mann blickte sich um. »Wenn Hotte und Sascha das mitkriegen …«

Otto lachte meckernd. »Wat dann? Verpetzen die uns beim Alten? Die sollen mal schön den Ball flach halten. Bei dem Schlendrian der beiden wundert es mich, dass wir überhaupt weiterkommen.«

»Und die beiden Weiber?«

»Die junge ist nicht da, die haben wir doch wegfahren sehen. Und die alte Hexe macht jeden Tag Mittagsschlaf. Immer von eins bis drei, da kannste die Uhr nach stellen. Wir haben also mindestens 'ne halbe Stunde Zeit.«

Sie kletterten vom Gerüst und gingen in den Garten. Otto steuerte eine Bank an, die unter einem üppig berankten Rosenbogen stand. Sie setzten sich, und Otto zog eine Packung Tabak heraus. Während er sich eine Zigarette drehte, nahm er aus dem Augenwinkel wahr, dass Tim sich staunend im Garten umblickte.

»Schön hier, wat?«, sagte Otto und zündete sich die Zigarette an. »Alles mein Werk.«

»Echt? Das ist ja fast ein Park. Das macht bestimmt jede Menge Arbeit.«

»Und erhält mir den Job. So anstrengend die beiden Hexen auch sind – ich könnte mir keinen besseren Job wünschen. Hier kann ich immer so tun, als hätte ich unheimlich viel Arbeit, verstehste? Die wissen doch nicht, dass ich den Rasen auch in der Hälfte der Zeit mähen könnte, ohne mich besonders anzustrengen.« Er lachte meckernd. »Oder vertrocknete Blüten abknipsen. Dabei kann man herrlich rumtrödeln.«

»Und was ist da drin?« Lessing nahm den angebotenen Tabak und deutete auf die Orangerie. »Ist das ein Gewächshaus oder so was?«

»Früher mal. Jetzt haben die beiden Weiber sich darin eingerichtet. Die eine macht einen auf Psychodoktor, und die Alte … keine Ahnung, was genau die da drin veranstaltet. Vielleicht Puzzles zusammenklöppeln, was weiß ich. Interessiert mich auch nicht besonders.«

»Warst du noch nie da drin?« Er gab den Tabak zurück und stand auf, um ein Feuerzeug aus der Hosentasche zu kramen. Er zündete die Zigarette an und setzte sich wieder.

Otto schüttelte den Kopf. »Nee. Da ist immer abgeschlossen. Den Umbau hat eine Firma gemacht. Wieso? Bist du neugierig? Du siehst bestimmt viele Wohnungen, oder? So vom Gerüst aus, meine ich. Da guckst du den Leuten doch ganz locker zum Fenster rein. Stelle ich mir spannend vor.«

Lessing winkte ab. »Ach, geht so. Am Anfang, ja. Aber mittlerweile … langweilig. Ich gucke nicht mehr in die Wohnungen rein.«

Angelegentlich blickte Otto in die Botanik; er sah Lessing bewusst nicht an, als er sagte: »Aber trotzdem hast du gesehen, dass die komische Blauhaarige immer halb nackt rumstolziert ist. Sowieso 'ne merkwürdige Frau. Sieht aus wie ein Bengel. Sollte man gar nicht meinen, dat die so drauf ist.«

Obwohl er nicht hinsah, bemerkte Otto das leichte Zusammenzucken des jungen Mannes neben ihm.

»Die spinnt total«, erwiderte Lessing. »Du hast doch gesehen, wie die sich vorhin aufgeführt hat. Die ist 'ne abgerissene Handgranate. Volles Rohr psycho, die Tussi. Die ist zu allem fähig.«

»Hm. Die Blauhaarige hat nicht zufällig wat mit dem Unfall von eurem Kollegen zu tun? Wat ist da neulich eigentlich genau passiert?«

»Der ist vom Gerüst gefallen. Ein Sicherungsbrett ist zerbrochen, weißte doch.«

»Aber dat zerbricht doch nicht einfach. Oder hat der sich vielleicht mit aller Kraft dagegengeschmissen? Und selbst wenn er dat gemacht hätte …« Otto schüttelte den Kopf. »Unglaublich.«

»Vielleicht hat die Blauhaarige das Brett ja irgendwie manipuliert«, sagte Lessing und zog an der Zigarette. »Der traue ich alles zu.«

»Du meinst, die hat das heimlich angesägt oder so? Und deinem Kollegen dann im richtigen Moment einen kleinen Schubs gegeben?«

Lessing zuckte mit den Schultern. »Kann doch sein? Weißt du, die hat den Kevin sogar vorher bedroht. Die hat gebrüllt, dass sie ihn umbringen will, weil er …« Er brach ab und biss sich auf die Unterlippe.

Tja, Jungchen, jetzt hättest du dich beinahe verplappert, was?, dachte Otto frohlockend.

»Weil er …?« Otto stupste Lessing in die Seite. »Komm, mir kannste es doch sagen. Ich wette, die hatte es verdient, was immer dein Kumpel auch angestellt hat.«

Lessing rang sichtlich mit sich, dann platzte er heraus: »Der Kevin hat ihr den Pimmel unter die Nase gehalten, der hässlichen Kröte. Und was macht die? Lacht Kevin aus, das muss man sich mal vorstellen. Das hat den Kevin ohne Ende sauer gemacht, also hat er angefangen, die Blauhaarige richtig zu triezen.«

Na also, dachte Otto.

»Und wie darf ich mir dat vorstellen? Also, wir sind uns einig, dat sie dafür eine Strafe verdient hatte, dat auf jeden Fall. Keine Frau darf ungestraft einen Mann auslachen. Dat geht eindeutig gegen die männliche Ehre. Und gehört auf jeden Fall bestraft, finde ich.«

Offensichtlich hocherfreut, auf Verständnis zu stoßen, rief Lessing: »Oder? Das hat der Kevin auch gesagt. Ab dem Tag durfte die Blauhaarige sich häufiger an seinem Pimmel erfreuen. Das hat die total wahnsinnig gemacht.«

»Gut so«, sagte Otto, innerlich vor Ekel mit den Zähnen knirschend. »Sag mal, weiß euer Boss eigentlich, wat ihr so treibt?«

Das brachte Lessing zum Lachen. »Dann wäre aber die Hölle los. Der würde uns alle feuern, aber sofort. Nee, wir Kollegen halten fest zusammen. Wenn eine Olle sich beschwert, wissen wir entweder von nix oder sagen, die hätte uns angemacht und würde sich jetzt rächen, weil keiner von uns an die ranwollte.«

Otto schauderte innerlich.

Er hatte nicht übel Lust, dem Bengel neben sich das Grinsen aus dem Gesicht zu prügeln, aber er riss sich zusammen, auch wenn es ihn einige Mühe kostete.

»Dat macht ihr also öfter? Bei jeder Baustelle? Ich glaube, ich sollte fest bei euch anheuern. Dat hört sich nach 'ner Menge Spaß an.«

»Nee, nicht bei jeder Baustelle. Wir sind ja nicht blöd. Wenn zu viele Leute tagsüber im Haus sind, ist das auch zu gefährlich. Aber bei der Blauhaarigen war das perfekt, denn sie hat keine Zeugen für ihre Anschuldigungen.«

»Verstehe. Dat meinte sie also vorhin damit, dat eure Lügen ihr Leben zerstören.«

»Na und?« Lessing winkte ab. »Sie hätte Kevin bloß nicht auslachen müssen, dann hätte sie jetzt keinen Ärger. Selbst schuld.«

»Deswegen schrie die so rum, dat ihr lügen würdet. Ich dachte schon, die denkt sich dat aus.«

»Und die Polizei denkt das auch, und dabei muss es auch bleiben. Wird es auch, weil wir fest zusammenhalten. Keiner von uns Männern wird umkippen, das kann ich dir versichern. Die hat keine Chance.«

Tja, Jungchen, leider hast du dich gerade dem falschen Mann anvertraut, dachte Otto. Und ich verwette meinen faltigen Hintern, dass du was mit dem Drohbrief zu tun hast. *Dabei muss es bleiben* … genau diese Formulierung habe ich darin gelesen.

Als Stella an der Villa vorfuhr, sah sie Otto zusammen mit Lessing aus dem Garten kommen. Sie kannte Otto nicht nur lange, sondern vor allem gut genug, um sofort zu erkennen, dass er vor mühsam unterdrückter Wut kaum an sich halten konnte.

Sie stieg aus dem Auto und rief: »Herr Korittke, kann ich Sie kurz sprechen? Und Sie, Herr Lessing, bitte machen Sie sich umgehend wieder an die Arbeit, sonst sehe ich mich genötigt, Ihren Chef von Ihren unkonventionellen Pausenzeiten zu unterrichten. Zudem kann ich mich nicht erinnern, Ihnen oder Ihren Kollegen gestattet zu haben, sich in unseren privaten Bereichen aufzuhalten, wozu ich den Garten zähle.« Sie wartete, bis Otto näher herangekommen war, bedeutete ihm, ihr in die Villa zu folgen und sagte betont laut: »Ich hoffe, Sie halten die Maler nicht von der Arbeit ab, Herr Korittke. Ich wette, *Sie* haben vorgeschlagen, in den Garten zu gehen, um dort ein bisschen herumzusitzen, oder?«

Sie hatten die Haustür erreicht, und Stella schob Otto ins Foyer. Kaum hatte sie die Tür geschlossen, fragte sie: »Was habt ihr im Garten besprochen? Ich sehe dir doch an, dass du stinksauer bist.«

»Das sind solche Mistkerle«, sagte Otto gepresst. »Ein Wunder, dass ich mich zusammenreißen konnte. Ich hätte den Bengel am liebsten im Teich ersäuft.«

»Was ist hier denn los?«, fragte Maria, die aus ihrer Wohnung gekommen war. »Ich habe eure Stimmen gehört. Ist das ein konspiratives Treffen?«

Stella nickte Otto zu, und der berichtete von seinem Gespräch mit Tim Lessing.

»Das ist ja wohl die Höhe«, sagte Stella entsetzt. »Das hat er wirklich so formuliert? Ruby sei selbst schuld, dass sie in dieser Situation ist? Weil sie diesen Kerl *ausgelacht* hat?«

»Genau so hat er es gesagt – sie hätte deshalb eine Strafe verdient. Und er hat mir zudem ganz stolz von den Umtrieben der Kolonne erzählt und dass sie immer fest zusammenhalten, wenn eine Frau sich über sie beschwert.«

»Also sind die Aussagen der Männer nichts wert, weil sie sich vermutlich abgesprochen haben«, murmelte Stella. »Das gilt vermutlich auch für die Alibis, die sie sich gegenseitig gegeben haben. Angeblich waren sie ja alle im Hof, als Kevin Wehling vom Gerüst fiel. Wahrscheinlich hat in Wirklichkeit keiner auch nur die geringste Ahnung, wo der andere zu diesem Zeitpunkt war, aber zur Sicherheit behaupten sie, zusammen gewesen zu sein.«

»Was tun wir jetzt? Der Kommissar sollte davon erfahren, oder?«

Stella nickte. »Darum kümmere ich mich morgen. Heute hatte er schon eine Überdosis von mir. Und wir sind im Frieden auseinandergegangen. Das will ich nicht dadurch aufs Spiel setzen, dass ich ihm schon wieder mit *Hörensagen* komme. Ihr wisst ja, wie er darauf reagiert.«

Johannes Braukmann schien bester Stimmung zu sein – zumindest hatte Tillikowski spontan diesen Eindruck, als der Mann schwungvoll sein Büro betrat.

»Dann wolln wir mal«, sagte Braukmann, als er sich setzte. »Aber möglichst flott, denn ich hab später noch wat vor, Meister.«

»Das klingt ja vielversprechend«, erwiderte Arno und rang sich ein Lächeln ab.

Braukmann rieb sich die Hände. »Ja, allerdings. Könnte sehr gut sein, dat im Hause Braukmann demnächst eine Hochzeit stattfindet.«

»Ach was. Doch nicht etwa Sie?«

»Na, so alt bin ich nun auch nich, Meister.« Braukmann lachte dröhnend, dann sagte er: »Nee, meine Tochter. Da haben sich Umstände ergeben, die … na ja, normalerweise heiratet man dann, wennse verstehn, wat ich mein. Gute alte Tradition. Und es geht um die Zukunft meiner Firma.«

»Aha. Die vermutlich Ihre Tochter mal übernehmen wird, nehme ich an?«

»Wat?« Braukmann schien es nicht fassen zu können. »Die Susi? Wie kommense denn dadrauf?«

»Immerhin führt sie dochIhr Büro. Da ist es doch nicht unwahrscheinlich, dass sie später einmal Ihre Geschäfte weiterführen wird.«

Braukmann kniff die Augen zusammen. »Sagense, bin ich hier, weil Sie mit mir über meine Firma sprechen wolln?«

Arno schüttelte den Kopf. »Nein. Verzeihen Sie bitte. Ich bin irgendwie vom eigentlichen Thema abgekommen. Obwohl: Eigentlich geht es tatsächlich um Ihre Firma. Die Malertruppe, die mit Wehling gearbeitet hat: Sind das alles vertrauenswürdige Männer?«

»Der Timmy, der Sascha und der Hotte auf jeden Fall. Erledigen zuverlässig ihre Arbeit, da kann ich echt nich meckern. Für den Wehling würd ich aber nich grad meine Hand ins Feuer legen, wennse verstehn, wat ich mein. Der war ein ganz windiger Typ. Faul und großspurig, dat war der außerdem. Hat keinen Handschlag mehr als nötig gemacht. Ständig haben sich irgendwelche Weiber über den beschwert, aber die anderen Jungs haben gesagt, da wär nix dran. Am liebsten hätt ich den schon längst gefeuert, aber dafür muss man ja heutzutage einen echten Grund haben. Mir hat gar nich gefalln, dat der Timmy so viel mit dem rumgehangen hat. Nach Feierabend, meine ich. Dat war kein guter Einfluss für den Jungen.« Er zwinkerte Arno zu. »Aber dat hat sich ja nun von ganz allein erledigt.«

»Sie halten große Stücke auf Tim Lessing, wie mir scheint. Wie kommt das? Arbeitet er besonders gut?«

»Dat auch. Aber ...« Braukmann rang sichtlich mit sich, dann grinste er breit. »Ach, wat solls – Ihnen kann ich es ja sagen: Der Timmy wird mein Schwiegersohn. Und mein Nachfolger! Meine Susi is nämlich schwanger von dem Jungen, und dat is die beste Nachricht seit Langem!«

»Dann gratuliere ich.«

Braukmann strahlte über das ganze Gesicht.

Wenn dieser Mann etwas über das Verhältnis seiner Tochter mit Wehling wusste, dann war er der talentierteste Schauspieler, dem Arno jemals begegnet war.

Nein, Braukmann war eine Sackgasse.

Kapitel 25

»Feierabend, Männer!«, rief Johannes Braukmann. Er war vom Präsidium aus gleich zur Villa gefahren, um Timmy abzufangen. Als der junge Mann auf ihn zukam, sagte er: »Auf ein Wort, Timmy.«

Lessing blickte sich um. »Hier? Um was geht es denn? Hat die Al…, hat Frau Schmidt sich beschwert?«

Braukmann lachte dröhnend. »Nix da, mein Junge. Komm, setz dich in den Wagen, wir zwei gehen jetzt ein Bierchen trinken. Dein Auto steht an der Firma, oder? Da muss ich hinterher ja sowieso hin.«

Er merkte, dass Timmy ihm nur zögernd folgte, und er konnte ihn gut verstehen. Da taucht der Chef auf und will dich sprechen, allein das ist ja schon seltsam. Und dann sollst du auch noch mit ihm ein Bier trinken gehen … Braukmann grinste vergnügt.

Beide schwiegen, während Braukmann sie ein paar Straßen weiter zu einer Kneipe chauffierte. Erst, als sie am Tresen standen, machte Lessing den Mund auf.

»Vielen Dank für die Einladung, Chef, aber … ich verstehe nicht. Warum nur ich?«

Braukmann bestellte zwei Pils und klopfte ihm kumpelhaft auf die Schulter. »Weil dat, wat ich mit dir zu besprechen hab, die andern nix angeht. Dat sind reine Familienangelegenheiten, wenn du verstehs, wat ich mein.«

Offenkundig verstand Lessing nicht, wenn Braukmann dessen Miene richtig deutete. Er war kein großer Menschenkenner, aber aus Timmys Gesicht sprach reines Unverständnis.

»Du has keine Ahnung, von wat ich sprech, oder?« Als Lessing den Kopf schüttelte, fuhr Braukmann fort: »Na, von dir und meine Susi, natürlich!«

»Ich verstehe immer noch nicht …«

Zwei Gläser Bier wurden auf den Tresen gestellt. Braukmann hob seins und rief: »Prost, Junge.«

Lessing nahm sein Glas hoch und stieß mit ihm an. Ihm schien dabei nicht wohl zu sein.

»Also, Junge«, sagte Braukmann und stellte sein halb leeres Glas zurück auf den Tresen, »reden wir Tacheles. Meine Susi und du – ist dat wat Ernstet mit euch?«

Lessing fuhr zurück. »Was? Keine Ahnung, Chef. Wir haben über so was bisher noch nicht gesprochen.«

»Na, dann wird's aber Zeit. Weißte, ich werd ja nich jünger. Und so ganz allmählich muss ich mir einen Nachfolger suchen. Am liebsten wär mir natürlich, wenn dat mein Schwiegersohn wär.« Er zwinkerte Lessing zu. »Und genau dat sollz du werden, Timmy.«

»Was, ich? Aber …«

»Wat is los mit dir? Wat biste denn so blass geworden? Schließlich soll euer Kind in geordnete Verhältnisse aufwachsen, oder etwa nich? Also muss die Susi ganz schnell unter die Haube, viel Zeit is nich mehr. Wilde Ehe und so – da halt ich nix von. Nenn mich ruhig altmodisch, aber dat is nun mal so.«

»Aber … aber … Sie können die Susi doch nicht zwingen, schwanger zu werden, nur damit Ihr Traum vom Schwiegersohn als Nachfolger wahr wird. Das können Sie doch nicht machen!«

»Zwingen?« Braukmann lachte dröhnend. »Die is doch längst schwanger! Ich weiß, ihr wolltet dat noch nich anne große Glocke hängen, aber ich habs gestern ganz zufällich rausgekriegt.« Schlagartig wurde er ernst. »So, wie du grad ausse Wäsche gucks … du weißt noch gannix davon, oder? Die Susi hat dat also nich nur vor mir verheimlicht, sondern auch vor dir? Dat tut mir jetz echt leid, dat ich meine Kleine die Überraschung verdorben hab. Aber ich hab mich doch so gefreut!«

»Verstehe …«, murmelte Lessing wie zu sich selbst, dann sagte er zu Braukmann: »Chef, ich möchte erst mal mit Susi reden, in Ordnung? Ich bin … ich kann jetzt gar nicht … ich weiß nicht, was ich sagen soll.«

»Schon gut, Junge. Ich nehm dich jetzt mit zu uns, dann kannste sofort mit ihr sprechen. Ganz in Ruhe.«

Tim Lessing wäre am liebsten geflüchtet, egal wohin, nur sehr weit weg. So weit weg, dass er niemals mehr gefunden würde. Nach dem, was der Alte ihm gerade eröffnet hatte, fühlte er sich wie betäubt. Er selbst hatte von der Schwangerschaft gewusst, aber Braukmann hätte es nie erfahren sollen, das hatte Susi ihm fest versprochen.

Schwiegersohn … Nachfolger … bei aller Freundschaft, aber das ging ihm jetzt erheblich zu weit. Und viel zu schnell sowieso. Wie um Himmels willen sollte er aus der Nummer wieder rauskommen?

Selbst, wenn das Kind nie zur Welt kam, musste er sich so schnell wie möglich einen anderen Job suchen, denn in dieser Firma gab es keine Zukunft für ihn. Kaum vorstellbar, dass Braukmann ihn weiterhin beschäftigen würde, wenn Susi und er ihm vorgespielt hatten, dass sie das Kind verloren und sie sich getrennt hatten. Denn das war die einzige Möglichkeit, dieser Falle zu entgehen. Susi und er sollten heiraten, nur damit der Alte seinen Willen kriegte? Niemals.

Gut – später mal eine Firma zu übernehmen, war nicht die schlechteste Mitgift. Aber er wollte sich keinesfalls in eine Ehe zwingen lassen, das kam nicht infrage.

Er musste mit Susi sprechen, und zwar so schnell wie möglich.

Er schreckte hoch, als Braukmann sagte: »Wir sind da.«

Ohne dass Tim Lessing es mitbekommen hatte, standen sie mittlerweile auf dem Hof der Firma. Sehnsüchtig blickte er zu seinem Auto, aber zuerst hatte er etwas anderes zu erledigen.

Er folgte Braukmann in die Privatwohnung, die er noch nie betreten hatte. Es duftete nach Essen.

»Susi!«, rief Braukmann aufgeräumt. »Ich hab dir jemanden mitgebracht!«

Susanne Braukmann kam offenbar aus der Küche, denn sie hatte eine Schürze umgebunden und trocknete gerade die Hände an einem Geschirrtuch ab. Ihr Gesicht versteinerte, als sie ihn sah.

Ihr muss klar sein, was die Glocke geschlagen hat, dachte Lessing, verdammt, sie hätte mich warnen können!

»Guten Abend, Susi«, sagte er. »Wir sollten uns unterhalten. Jetzt.«

»Timmy«, sagte Susanne Braukmann lahm, »das ist aber eine Überraschung.«

»Na, na, wat is denn hier los?«, dröhnte Braukmann. »Ihr braucht euch ja nich grade gegenseitich die Zunge innen Hals stecken, aber ein bissken wat verliebter könnte eure Begrüßung schon sein! Aber wisst ihr wat? Ich lass euch jetz mal alleine. Ich hab sowieso noch im Lager zu tun. Sprecht euch aus, Kinder.«

Braukmann zwinkerte Lessing zu und verließ die Wohnung.

»Dein Vater weiß, dass du schwanger bist?«, fragte Lessing sofort. »Wie konnte das passieren?«

»Er hat den Schwangerschaftstest gefunden.«

»Wie bitte? Hast du das Scheißding mitten auf den Küchentisch gelegt? Herrgott! Er will, dass wir heiraten! Das ist doch absurd! Wie soll das funktionieren? Ich spiele da nicht mit, verstehst du?«

»Ich habe auch nicht vor, dich zu heiraten, Timmy«, erwiderte sie schmallippig.

Innerlich atmete Lessing auf. Darin waren sie sich immerhin einig, das war doch schon mal ein guter Anfang. Nicht auszudenken, wenn sie mit ihrem Vater einer Meinung wäre!

»Aber wie kommen wir jetzt raus aus der Nummer? Er denkt doch, wir sind ein Paar. Ich muss verrückt gewesen sein, mich darauf einzulassen, nur um dir und Kevin einen Gefallen zu tun.«

»Du kannst mir glauben – du bereust es nicht halb so sehr wie ich. Mittlerweile ist mir nämlich klar, dass er mich nie geliebt hat. Nicht einen Tag lang. Mir hat jemand die Augen geöffnet, Timmy. Ich war die ganze Zeit blind! Vielleicht wäre es für mich besser, wenn ich nie mit Frau Schmi… wenn ich nie mit dieser Person gesprochen hätte, aber mittlerweile bin ich dankbar. Und ich wette, dass er neben mir Dutzende anderer Frauen hatte. Ihm ging es nur darum, die Tochter vom Chef zu bumsen, hab ich recht?«

Lessing konnte nichts sagen, sie nur anstarren.

»Was ist? Hat es dir die Sprache verschlagen?« Ihre Stimme wurde immer schriller. »Macht aber nichts, denn ich sehe dir an, dass ich recht habe, Timmy. Habt ihr euch hinter meinem Rücken über mich lustig gemacht, ja? Die dämliche Susanne Braukmann, die alles glaubt, was man ihr auftischt! Die sogar so unglaublich dämlich ist, dass sie jetzt ein Kind im Bauch hat – von einem Kerl, den sie hasst! Und dich hasse ich auch, Timmy. Abgrundtief, verstehst du?«

Lessing rang um Worte. Dann sagte er: »Ich gehe jetzt besser. Was sagen wir deinem Vater?«

Sie zuckte mit den Schultern. »Keine Ahnung, ich werde mir irgendwas einfallen lassen. Ich verschanze mich gleich in meinem Zimmer, dann habe ich bis morgen früh Zeit, um nachzudenken. Und jetzt hau endlich ab.«

Sie drehte sich um und verschwand in der Küche.

Fluchtartig verließ er das Haus. Es gelang ihm, in sein Auto zu steigen und vom Hof zu fahren, ohne dass Braukmann ihn erwischte.

Mit wem hatte Susi bloß gesprochen? Aber ernsthaft: Wenn sie während der Zeit mit Kevin auch nur eine Sekunde lang nachgedacht hätte … die kurzen Treffen, nach denen sie umgehend wieder zu Hause abgeliefert worden war – welche Frau, die bei klarem Verstand war, ließ sich so eine Behandlung gefallen? Bei aller Freundschaft zu Kevin hatte er wirklich Mitleid für sie empfunden. Ihm war sonnenklar gewesen, dass Kevin sie sofort aus dem Bett gejagt hätte – genau in der Sekunde, wenn sie ihm die Schwangerschaft gebeichtet hätte. Kevin hätte nicht einmal davor zurückgeschreckt, die Ärmste nackt auf die Straße zu setzen.

Beinahe hätte sie den Namen der Person genannt, mit der sie gesprochen hatte. *Frau Schmi …* großer Gott, sie meinte doch nicht etwa Frau Schmidt? Die alte Hexe mit der Villa? Was hatte die denn damit zu schaffen? Wie verworren und verrückt konnte es denn noch werden?

Susanne Braukmann stellte das Essen in den Backofen und legte eine Nachricht auf den Küchentisch, dass sie nicht mehr gestört werden wollte. Noch einmal mit ihrem Vater zu sprechen, würde sie nicht durchstehen. Nicht heute. Vielleicht nie wieder.

Sie schleppte sich in ihr Zimmer und schloss die Tür hinter sich ab. Minutenlang stand sie einfach nur da; ihr Kopf war vollkommen leer. Dann spürte sie etwas, das sich wie ein Tritt in den Magen anfühlte. Mit einem Stöhnen taumelte sie einige Schritte rückwärts, bis die Bettkante sie aufhielt und der Schwung sie in eine sitzende Position zwang.

Gut so, denn sonst wäre sie vermutlich einfach umgekippt.

Endlich nahm das Gehirn seine Arbeit wieder auf, feuerte aber lediglich wirre Gedanken ab, die wie unkontrollierbare Flipperbälle durch ihren Kopf schossen.

Sie presste die Hände auf die Schläfen, als könnte das helfen, Ordnung ins außer Rand und Band geratene System zu bringen.

Was sollte sie nur tun?

Noch niemals in ihrem Leben war sie in einer derart verfahrenen Situation gewesen. Sie mochte sich nicht ausmalen, wie ihr Vater reagieren würde, wenn er die Wahrheit über ihre Schwangerschaft und über den Vater des Kindes erfuhr. Zudem würde seine Enttäuschung über Timmy grenzenlos sein. Und darüber, dass er mitnichten einen

Nachfolger gefunden hatte, der ihm auch noch einen Enkel schenkte.

Das Bedürfnis, mit jemandem zu reden – und sei es auch nur, um sich auszuheulen –, war beinahe übermächtig. Sie wühlte hektisch ihr Handy aus der Handtasche und wählte die Nummer der einzigen Person, die ihr einfiel.

Maria und Otto hatten sich gerade zum Abendessen hingesetzt, als das Telefon klingelte.

»Geh ruhig dran, Liebste«, sagte Otto, »ich warte gerne. Vielleicht ist es wichtig.«

Maria lächelte. »Nichts ist wichtiger als ein gemütlicher Abend mit dir.«

Er küsste galant ihre Hand, dann stand sie auf und nahm das Gespräch an. Zunächst hörte sie nur das Schluchzen einer weiblichen Stimme und unzusammenhängende Worte, aber nach und nach begriff sie, dass es Susanne Braukmann war.

»Beruhigen Sie sich bitte, Kindchen«, sagte Maria, »atmen Sie ganz tief durch … Sehen Sie? So ist es schon besser. Jetzt putzen Sie sich die Nase, und dann erzählen Sie noch einmal von vorne.«

»Ruby?«, fragte Otto leise.

Maria schüttelte den Kopf und deckte den Hörer mit der Hand ab. »Susanne Braukmann. Sie ist vollkommen außer sich. Ich lasse dich mithören.«

Sie aktivierte den Lautsprecher und legte den Finger an die Lippen, damit Otto seine Anwesenheit nicht preisgab.

»Hallo?«, tönte es aus dem Hörer. »Ich bin wieder da.«

»Wunderbar, meine Liebe. Was ist denn überhaupt geschehen, dass Sie derart durcheinander sind?«

Für einige Minuten hörte sie – bis auf ein paar bedauernde Laute – nur zu, während Susanne Braukmann die Geschehnisse des Abends schilderte, dann sagte Maria: »Du liebe Güte, das klingt ja fürchterlich. Kein Wunder, dass Sie so aufgeregt sind. Aber glauben Sie mir: Es gibt für alles eine Lösung.«

»Aber welche könnte das sein?«, fragte die junge Frau. »Mein Vater wird durchdrehen. Er wirft mich raus, garantiert. Was soll denn das für ein Leben sein: obdachlos und schwanger?«

»Was Ihr Vater will oder denkt, spielt jetzt erst einmal keine Rolle. Es geht um Sie. Was wollen Sie?«

»Ich kann das Kind auf keinen Fall behalten. Es ist von Wehling. Ich hasse ihn, verstehen Sie? Wie könnte ich sein Kind lieben? Es wird mich immer an ihn erinnern. Daran, wie lächerlich ich mich gemacht habe.«

»Liebe ist niemals lächerlich«, erwiderte Maria sanft. »Wenn der Mann ein falsches Spiel mit Ihnen gespielt hat, ist das keinesfalls Ihre Schuld. Und die des Kindes erst recht nicht. Es ist vollkommen unschuldig. Ich bin sicher, Sie werden es lieben – falls Sie sich dazu entschließen, es auszutragen. Und auch Ihr Vater wird sich wieder beruhigen. Sie sind sein Kind, und das werden Sie immer bleiben. Sie sollten ihm die Wahrheit sagen, das wäre das Beste.«

»Wie?« Susanne stieß ein kurzes, bitteres Lachen aus. »Sie kennen ihn nicht. Er wurde nicht nur von mir hintergangen, sondern auch von Timmy. Das allein reicht schon. Wenn er auch noch erführe, dass ich von Wehling schwanger bin … nicht auszudenken. Das wird er mir niemals verzeihen. Er wird mich *und* das Kind verstoßen. Um nichts in der Welt wird er Wehlings Brut akzeptieren.«

Sie nennt ihn nur noch beim Nachnamen, dachte Maria, das spricht für gewollte Distanz. Vermutlich ist das ihr Weg, eine endgültige Trennung zu vollziehen.

»Vielleicht wird er in seinem ersten Zorn böse Dinge zu Ihnen sagen, Susanne, aber ich bin sicher, er wird sich wieder beruhigen. Versuchen Sie unbedingt, Ruhe zu finden. Heute wird sich die Situation nicht mehr ändern lassen. Morgen früh sehen wir weiter, einverstanden? Wenn Sie möchten, rede ich mit Ihrem Vater. Oder stehe Ihnen zur Seite, wenn Sie es tun. Wollen Sie das?«

»Ich weiß nicht«, murmelte Susanne Braukmann. »Ich muss darüber nachdenken.«

»Tun Sie das, mein Kind. Und morgen früh rufen Sie mich an und sagen mir, wofür Sie sich entschieden haben. Und wenn Sie keine Entscheidung treffen konnten, finden wir gemeinsam einen Weg. Ich bin für Sie da, versprochen.«

Eine Zeit lang herrschte Schweigen. Dann sagte sie: »Vielen Dank, Frau Schmidt. Bis morgen.«

»Bis morgen, meine Liebe. Versuchen Sie, ein wenig Schlaf zu finden.«

Maria beendete das Gespräch und sah Otto an. »Ich mache mir größte Sorgen. Ich fühle mich verantwortlich. Hätte ich ihr nicht die Augen über Wehling geöffnet …«

»Ich bitte dich, Liebste. Du hast richtig gehandelt. Susanne Braukmann hat es verdient, die Wahrheit zu wissen. Erst recht nach dem, was ich heute von Lessing erfahren habe. Ich kann noch immer nicht fassen, dass Ruby seiner Meinung nach voll und ganz verdient hat, als Verdächtige zu gelten. Und warum? Weil sie die Frechheit besaß, Kevin Wehling auszulachen, das muss man sich mal vorstellen. Wehling war ein unglaublicher Mistkerl.«

»Schon. Aber dieser Mistkerl liegt im Koma und wird vermutlich nie wieder aufwachen. Er kann also keinen Schaden mehr anrichten, oder? Auch bei der armen Susanne nicht. Wäre es nicht wesentlich gnädiger gewesen, ihr die Wahrheit zu verschweigen?«

Kopfschüttelnd ergriff Otto Marias Hand. »Du vergisst eines, Liebste: Wir arbeiten gerade mit allen Mitteln daran, dass die Wahrheit ans Licht kommt. Wir tragen Puzzleteil für Puzzleteil zusammen, horchen die Beteiligten aus und geben unsere Erkenntnisse an Tillikowski weiter, damit Ruby entlastet wird. Auch dein Gespräch mit Susanne Braukmann diente ursprünglich nur diesem Zweck. Niemand – auch du nicht, Liebste – konnte damit rechnen, dass dieses arme Mädchen nun in einer so verzweifelten Lage sein würde. Wenn wir erfolgreich sind, wird sie außerdem früher oder später ohnehin erfahren, was für ein Mensch Wehling war.«

»Du hast recht«, sagte Maria leise und lehnte sich an ihn. »Ich habe trotzdem ein ungutes Gefühl.«

Otto lächelte und nahm den Deckel vom Topf mit dem Gulasch, das er zubereitet hatte. Köstlich duftender Dampf stieg auf. »Das nennt sich Hunger, mein Engel.«

»Irgendwie denke ich, dass ich etwas unternehmen sollte – ich weiß nur nicht, was.«

Kapitel 26

Natürlich hatte sie keinen Schlaf gefunden, aber immerhin hatte sie eine Entscheidung getroffen. Sie hatte sich an ihren Schreibtisch gesetzt und ihrem Vater einen langen Brief geschrieben, in dem sie ihm alles erklärte. Der Morgen graute, als sie auf Zehenspitzen die Wohnung verließ und zum Krankenhaus fuhr.

In der Schleuse zu Intensivstation zog sie einen Besucherkittel an und stülpte Plastikschoner über die Schuhe, dann betrat sie die Station.

»Sie sind aber früh dran«, sagte eine Schwester zu ihr, »schön, dass Sie Herrn Wehling besuchen. Wir haben Sie schon vermisst.«

Ehe Susanne antworten konnte, erklang aus einem der Räume der Alarm, und die Schwester rannte los, während aus allen Richtungen weiteres Personal heranstürmte.

Sie ging ruhig weiter zu Kevins Raum. Lange stand sie neben dem Bett und betrachtete ihn. Sein Kopf war dick verbunden; seitlich ragte ein dünner Schlauch heraus, an dessen Ende ein Beutel mit einer rötlichen Flüssigkeit hing. Das sei nötig, um den Druck vom verletzten Gehirn zu nehmen, hatte man ihr erklärt. Gleichzeitig hatte man ihr auch mitgeteilt, dass ein Wachkoma das Äußerste an gesundheitlicher Besserung war, das sie erhoffen dürfe – zu schwer war das Gehirn verletzt. Sein Schädel war an mehreren Stellen gebrochen und der Hirnmantel irreparabel geschädigt. Wachkoma … wie hatten sie es noch genannt? Genau: *Apallisches Syndrom.*

Zusätzlich hatte er etliche Knochen gebrochen und konnte nicht selbstständig atmen, also war er intubiert. Über diverse Monitore und Geräte wurden verschiedene Körperfunktionen, wie zum Beispiel der Herzschlag, permanent überwacht.

»Du Schwein«, sagte sie leise zu der reglosen Gestalt, »du hast mein Leben zerstört. Wer immer dich vom Gerüst gestoßen hat – er hat das Richtige getan. Nur leider nicht gründlich genug. Aber das werde ich jetzt ändern.«

Sie ging um das Bett herum und zog alle Stecker aus den Wanddosen. Der Alarm ging los, als das Beatmungsgerät verstummte.

Susanne Braukmann setzte sich auf den Stuhl neben dem Bett und wartete. Sie hatte keinen Ort, zu dem sie hätte gehen können.

Eine Schwester kam in den Raum gehetzt. Mit einem Blick erfasste sie die Situation, die toten Monitore. »Was haben Sie getan?«, fragte sie entsetzt, aber Susanne antwortete nicht.

Sie leistete keinen Widerstand, als das umgehend alarmierte Sicherheitspersonal sie in die Mitte nahm und hinausführte. In einem anderen Raum wartete sie gelassen auf das Eintreffen der Polizei. Sie fühlte sich unendlich erleichtert.

Arno Tillikowski stand kaffeetrinkend in seiner Küche, als in aller Herrgottsfrühe sein Diensthandy klingelte. Er lauschte einige Minuten lang, bevor er auflegte und ausgiebig fluchte. Er hörte damit auch nicht auf, während er sich hastig anzog und danach in halsbrecherischer Geschwindigkeit zum Präsidium raste.

Susanne Braukmann saß im Verhörraum. Vor ihr stand ein Becher mit Kaffee, den sie nicht angerührt hatte. Bei Arnos Eintreten blickte sie auf und sagte: »Guten Morgen, Herr Tillikowski. Es tut mir leid, wenn Sie meinetwegen geweckt wurden.«

»Das sollte Ihre geringste Sorge sein«, erwiderte Arno und nahm ihr gegenüber Platz. Er legte sein Handy auf den Tisch und aktivierte die Aufnahmefunktion. Er nannte Datum, Uhrzeit und ihre Namen. Seine Frage, ob sie einen Anwalt wünsche, verneinte sie kategorisch.

Dann sagte er: »Frau Braukmann, man hat Sie verhaftet, weil Ihnen vorgeworfen wird, Kevin Wehling getötet zu haben. Nach dem Gesetz steht es Ihnen frei, sich zur Beschuldigung zu äußern oder *nicht* zur Sache auszusagen. Zu Ihrer Entlastung können Sie einzelne Beweiserhebungen beantragen. Haben Sie verstanden, was ich Ihnen eben erklärt habe?«

»Selbstverständlich verstehe ich das. Er ist also wirklich tot. Endlich.« Ein erfreutes Lächeln huschte über ihr Gesicht. »Dann bin ich zufrieden.«

»Sie haben ihn also vorsätzlich getötet?«

»Herr Tillikowski, ich habe in seinem Zimmer auf der Intensivstation alle Stecker gezogen, die ich finden konnte. Warum hätte ich das wohl sonst tun sollen?« Wieder lächelte sie. »Bestimmt nicht, um dem Personal einen Streich zu spielen und alle dort auf Trab zu halten. Die haben schon genug zu tun.«

Sie wirkte vollkommen entspannt. Arno hatte dergleichen während seiner Laufbahn schon ein- oder zweimal erlebt: Täter, die mit ihrer Tat absolut im Reinen waren und danach nichts als Erleichterung spürten.

»Warum haben Sie das getan, Frau Braukmann?«

»Er hat mein Leben zerstört, und deshalb hasste ich ihn. Nicht nur mein Leben ist kaputt, sondern auch das meines Vaters. Er hat mir Liebe vorgeheuchelt, und jetzt bin ich schwanger, Herr Tillikowski. Von diesem Monster. Das wird meinen Vater umbringen. Das meine ich natürlich nur sinnbildlich, aber es wird ein schwerer Schlag für ihn sein. Ich konnte selbst dieses letzte bisschen Leben in Kevin Wehling nicht ertragen. *Deshalb* habe ich es getan. Und ich würde es immer wieder tun.«

»Wusste Ihr Vater, dass Sie von Wehling schwanger sind?«, fragte Tillikowski.

Sie schüttelte den Kopf. »Dass ich schwanger bin, weiß er seit gestern. Nein, es war vorgestern Abend. Aber er dachte, Lessing sei der Vater. Ich habe keine Ahnung, wie spät es ist, aber vermutlich wird er ungefähr jetzt den Brief lesen, den ich ihm hinterlassen habe. Dort habe ich ihm alles erklärt. Auch, dass ich ins Krankenhaus fahren würde, um Wehling umzubringen.« Sie kicherte plötzlich und fuhr dann fort: »Können Sie sich vorstellen, dass ich ihm eigentlich ein Kissen aufs Gesicht drücken wollte? Ist das nicht unglaublich albern, wo er doch künstlich beatmet wurde? Da würde ich jetzt noch stehen und drücken, und er wäre noch immer nicht tot! Erst als ich vorhin im Krankenzimmer stand, wurde mir klar, wie dämlich dieser Plan war.«

Zu Tillikowskis Erstaunen machte sie tatsächlich nicht den geringsten Versuch, sich zu verteidigen.

»Wann fassten Sie den Plan, Kevin Wehling zu töten?«

»Heute Nacht. Nachdem mein Vater von der Schwangerschaft erfahren hatte, plante er sofort die Hochzeit zwischen Timmy – Tim Lessing – und mir. Er dachte nämlich, ich hätte was mit Timmy. Alles lief aus dem Ruder.«

»Wie erfuhr Ihr Vater von Ihrer Schwangerschaft?«

»Tut das was zur Sache? Ach, was soll's.« Sie zuckte mit den Schultern. »Er fand zufällig meinen Schwangerschaftstest. Noch ein Beweis dafür, wie dämlich ich bin. Timmy wusste schon vorher Bescheid. Vielleicht dachte ich sogar zunächst, Wehling und ich könnten … aber das war absurd. Frau Schmidt hat mir die Augen geöffnet, wissen Sie?«

Arno traute seinen Ohren nicht. »Frau Schmidt? Reden Sie von Maria Schmidt?«

Susanne Braukmann nickte. »Ja. Lange Geschichte. In Kurzform: Ich brauchte jemanden zum Reden, weil ich so unglücklich wegen Kevins Unfall war. In diesem Gespräch mit ihr wurde mir nach und nach bewusst, dass er mich nicht liebte, sondern nur ausnutzte. Und wie krank unsere Beziehung war – falls man das, was wir hatten, überhaupt so nennen konnte. Ihm ging es nur darum, die Tochter des Chefs flachzulegen. Das war keine besonders schöne Erkenntnis, wie Sie sich vorstellen können. Aber alles hätte glimpflich ausgehen können, verstehen Sie? Ich war schon beinahe bereit, das Kind abzutreiben. Aber dann trat mein Vater auf den Plan. Er sprach mit Timmy, bevor ich ihn warnen konnte. Wie ich schon sagte: Ab dann lief alles aus dem Ruder.«

Arno war von Minute zu Minute erstaunter. Ungeachtet ihrer Gelassenheit hatte er ab einem gewissen Punkt Tränen erwartet, vielleicht sogar Verzweiflung oder gar Reue. Aber nichts dergleichen. Sie sprach über die Sache, als würde sie von ihrem letzten Urlaub erzählen. Ob sie auch …?

»Frau Braukmann, haben Sie etwas mit Kevin Wehlings Sturz vom Gerüst zu tun?«

Beinahe amüsiert schüttelte sie den Kopf. »Selbstverständlich nicht. Zu dem Zeitpunkt dachte ich ja noch, das sei die große Liebe zwischen uns.«

»Es ist so, dass er offenbar eine junge Frau in dem Haus massiv sexuell belästigt hat. Es wäre ja möglich, dass Sie davon erfahren haben.«

Zum ersten Mal entdeckte er eine Regung bei ihr; sie wirkte tief betroffen.

Sie benötigte ein wenig Zeit, um sich wieder zu fassen. Dann sagte sie: »Ich … nein, das wusste ich nicht. Hat er das wirklich getan? Nun, das passt zu ihm, oder? Er hat also nicht nur mir wehgetan, sondern auch ihr. Und weiß Gott wie vielen anderen Frauen noch.« Sie nickte, als habe sich für sie gerade etwas bestätigt, und lächelte ihn an. »Wie es scheint, habe ich richtig gehandelt. Ich verstehe natürlich, dass es unrecht war.« Sie rieb sich die Augen und fügte hinzu: »Allmählich spüre ich den Schlafmangel.«

»Frau Braukmann, wenn Sie eine Pause brauchen, sagen Sie es bitte. Allerdings ist es so, dass ich Ihre Vernehmung beenden muss, damit ein Protokoll davon angefertigt werden kann. Vielleicht möchten Sie ein Getränk? Oder etwas zu essen?«

»Aber nein, mir geht es bestens. Wir können gerne weitermachen.«

»In Ordnung. Zurück zu dem, was Sie vorhin sagten – ich zitiere Sie: *Ab dann lief alles aus dem Ruder*. Was genau meinen Sie damit?«

»Timmy war stinksauer auf mich. Er hatte mir ja nur helfen wollen, als er sich als mein Freund ausgab; gleichzeitig war er Kevins Komplize. Und plötzlich konfrontierte ihn mein Vater mit einer bevorstehenden Hochzeit. Großer Gott – Timmy und ich mögen uns ja nicht einmal besonders. Keiner von uns würde tatsächlich heiraten, nur um den Schein zu wahren. Also, Timmy war schon sauer auf mich, schlimm genug. Wie mein Vater auf die Wahrheit reagieren würde, vermag ich mir nicht vorzustellen. Ich … ich wusste einfach nicht mehr ein noch aus.«

»Haben Sie in Betracht gezogen, mit jemandem zu reden, dem Sie vertrauen?«

»Sie werden lachen – das habe ich sogar getan. Ich habe gestern noch mit Frau Schmidt telefoniert. Sie riet mir, eine Nacht über die Sache zu schlafen und möglichst nicht in Panik zu geraten. Und sie bot mir an, mich bei meinem anstehenden Gespräch mit meinem Vater zu unterstützen. Oder es sogar zu übernehmen, falls ich zu viel Angst davor hätte.«

Das ist die Maria Schmidt, die ich schätze, dachte Tillikowski.

»Das hört sich doch nach einem sehr vernünftigen Vorschlag an«, sagte er. »Warum haben Sie ihr Angebot nicht angenommen?«

»Eine schlaflose Nacht kann sehr lang sein, Herr Tillikowski. Ich habe sehr intensiv nachgedacht. Und irgendwann stand für mich fest, was ich zu tun hatte.«

»Nämlich Kevin Wehling zu töten?«

»Ganz genau.«

»Aber Sie werden dafür ins Gefängnis kommen, Frau Braukmann. Zumal Sie – nach allem, was Sie mir bisher erzählt haben – vorsätzlich gehandelt haben und nicht im Affekt oder dergleichen.«

Susanne Braukmann beugte sich über den Tisch zu ihm und sah ihn eindringlich an. »Bei unserem Gespräch hat Frau Schmidt gesagt, ich müsse tun, was gut und richtig für mich ist. Nicht für meinen Vater oder sonst wen. Glauben

Sie mir, Herr Tillikowski: Ins Gefängnis zu gehen, ist keine Schreckensvorstellung. Die Alternative wäre gewesen, die nächsten Jahre weiterhin in der Firma meines zutiefst enttäuschten Vaters zu hocken und mir tagtäglich seine Vorwürfe anzuhören. Dazu fehlt mir die Kraft, Herr Tillikowski.« Sie lachte plötzlich bitter auf. »Wissen Sie, was der größte Witz ist? Ich weiß noch nicht einmal sicher, ob ich schwanger bin. Vielleicht bin ich es ja nicht einmal. Diese Tests aus der Drogerie können falsch sein, oder? Ich war bisher noch nicht beim Arzt. Gibt es im Gefängnis eigentlich gute Ärzte?«

Schon beim Aufstehen wunderte Johannes Braukmann sich, dass es nicht nach Kaffee duftete wie sonst üblich. Auf dem Weg ins Bad warf er einen Blick in die Küche – Susanne war dort nicht am Werk. Alles war unberührt und sah aus wie gestern Abend. Sogar sein benutztes Geschirr stand noch auf dem Tisch. Er hatte es natürlich nicht weggeräumt; das war schließlich ihre Aufgabe. Er klopfte an ihre Zimmertür, aber nichts rührte sich dort.

Er ballte die Faust und bollerte gegen die Tür. »He, wat is los? Haste verschlafen? Du musst aufstehen! Außerdem hab ich Kaffeedurst.«

Kopfschüttelnd schlurfte er ins Bad, um dort seine Morgentoilette zu erledigen. Als er wieder herauskam, hatte sich noch immer nichts getan. In der Wohnung war es still. Zu still für seinen Geschmack. Sein Klopfen musste sie doch geweckt haben …

Er drückte die Klinke ihrer Zimmertür herunter und steckte vorsichtig seinen Kopf in den Raum – schließlich wollte er sie nicht in einer … nun ja … für sie beide unangenehmen Situation überraschen. Man stelle sich vor, sie wäre gerade dabei, sich anzuziehen, und stünde halb nackt da! Undenkbar.

Ihr Zimmer war leer, das Bett unbenutzt.

Was waren das denn für neue Methoden?

Braukmann ging zurück in sein Schlafzimmer und zog sich an, noch immer zutiefst verwirrt. Noch nie war es vorgekommen, dass Susanne eine Nacht außer Haus verbracht hatte – jedenfalls nicht, ohne es vorher anzukündigen. Und das war auch schon Jahre her, wenn er es recht bedachte.

Dass sie bei Timmy war, hielt er für unwahrscheinlich. Gestern Abend war Timmys Wagen vom Hof verschwunden gewesen, nachdem er aus dem Lager gekommen war. Und Susanne hatte sich in ihrem Zimmer verschanzt. Dass sie zu Hause gewesen war, wusste er ganz sicher, denn er hatte durch die geschlossene Tür mit ihr gesprochen. Sie sei müde und wolle sich hinlegen, hatte sie gesagt, also hatte er sich das Essen im Backofen erhitzt und allein gegessen.

Als er in die Küche ging, um sich einen Kaffee zuzubereiten, sah er den Brief, der an sein gestern benutztes Glas gelehnt war.

Er öffnete den Umschlag und fand zwei eng beschriebene Seiten, die er zunächst nur rasch im Stehen überflog. Dann aber fiel er schwer auf einen Stuhl und fegte mit einer unbeherrschten Armbewegung das Geschirr vom Tisch, das mit lautem Klirren am Boden zerschellte.

»Ich glaub, ich spinne!«, brüllte er, dann las er den Brief noch einmal. Satz für Satz, Wort für Wort.

Eine Zeit lang saß er danach starr am Tisch. Sein Gehirn weigerte sich, zu verstehen, was in ihrer Nachricht stand.

Dann sprang er plötzlich auf und rannte zur Garderobe

im Flur. Mit zitternden Fingern holte er sein Handy aus der Jackentasche und wählte Susannes Nummer, erreichte aber nur die Mailbox.

»Dat Krankenhaus«, murmelte er, während er hastig durch das örtliche Telefonbuch blätterte, »welche Scheißnummer hat dat verfickte Krankenhaus?«

Schließlich fand er die Telefonnummer und wählte sie. Es meldete sich die Zentrale, und er ließ sich mit der Intensivstation verbinden. Eine Schwester nahm das Gespräch an; er war viel zu aufgeregt, um ihren Namen zu verstehen.

»Wat is mit Kevin Wehling?«, fragte er mit mühsam beherrschter Stimme. »Lebt der noch?«

»Einen Moment bitte«, erwiderte die Schwester, dann hörte er Stimmen im Hintergrund.

»Wer ist denn da?«, fragte ein Mann. »Hier spricht die Polizei. Was haben Sie mit Kevin Wehling zu …«

Sofort legte Braukmann auf. Verdammt, sie hatte es wirklich getan. Susanne hatte Wehling umgebracht.

Ein paar Minuten stierte er vor sich hin, dann schnappte er seinen Autoschlüssel und rannte aus der Wohnung. Er musste Susanne retten.

Und er wusste genau, was er zu tun hatte.

Kapitel 27

Maria Schmidt hatte Stella zum Frühstück eingeladen, um ihr vom Telefonat mit Susanne Braukmann zu berichten und ihre Enkelin um Rat zu fragen.

»Du scheinst ja wirklich besorgt«, sagte Stella, »es wird Zeit, dass Ordnung ins Chaos kommt. Was denkst du, wofür Susanne sich entscheiden wird?«

»Ich weiß es nicht.« Maria zuckte mit den Schultern. »Aber ich hatte gestern Abend schon ein ungutes Gefühl, und heute ist es nicht besser. Seit dem Aufwachen bin so unruhig, dass ich vorhin meine Tarotkarten bemüht und eine Tageskarte gezogen habe: Es ist der Turm, stell dir vor.«

»Da ist er wieder: Mars«, erwiderte Stella. »Anscheinend zeigt er sich in dieser ganzen Geschichte vor allem von seiner destruktiven Seite. Allerdings bedeutet der Turm ja auch gleichzeitig die Chance auf Erkenntnis und Neubeginn. Für mich hat sich Rubys ungelebter Mars in Kevin Wehling manifestiert. Wie brutal er in ihr Leben eingebrochen ist und wie viel Zerstörung er angerichtet hat, wissen wir mittlerweile. Nicht nur bei Ruby, sondern auch bei der bedauernswerten Susanne. Es ist wirklich traurig, dass viele Menschen immer noch nicht gelernt haben, mit ihren Marskräften für die guten Dinge im Leben zu kämpfen.«

»Ich hoffe, dass sie mich anruft und mich helfen lässt. Nicht auszudenken, wenn sie irgendeine Dummheit anstellt.«

»Befürchtest du, dass sie sich etwas antut?«

In diesem Moment klingelte Stellas Handy.

Es war Ruby, die ohne weitere Vorrede fragte: »Stella, kannst du bitte herkommen? Sofort? Du hast doch Zeit? Es ist sehr wichtig.«

»Ich ... ja, in Ordnung. Ist etwas passiert?«

Ruby klang beherrscht, als sie antwortete: »Das würde ich dir gern persönlich erklären, nicht am Telefon. Bis gleich.« Es wurde aufgelegt.

»Das war Ruby«, sagte Stella verblüfft. »Es scheint ihr schlecht zu gehen. Sie hat sich zwar sehr zusammengerissen, aber in ihrer Stimme schwang Panik mit.«

»Dann mach dich auf den Weg und steh ihr bei. Ich habe später einen Termin. Hoffentlich meldet Susanne sich nicht ausgerechnet dann, wenn ich Besuch habe.« Lächelnd schüttelte sie den Kopf. »Unsere beiden Sorgenkinder, hm? Aber ich bin zuversichtlich, dass wir es bis heute Abend schaffen, das Chaos zu vertreiben.«

Stella umarmte ihre Großmutter. »Ganz bestimmt. Bis später.«

Schon als Ruby ihr die Wohnungstür öffnete, läuteten bei Stella die Alarmglocken. Rubys Augen waren riesengroß und voller Panik. Bevor Stella allerdings reagieren konnte, erschien Johannes Braukmann ebenfalls in der Tür und zerrte sie so heftig in die Wohnung, dass sie strauchelte und stürzte.

Was war hier los?

Benommen richtete sie sich auf und blickte in den Lauf eines Gewehrs.

Ruby half ihr hoch und flüsterte: »Ich habe Angst. Er ist verrückt geworden.«

»Denkste, Puppe«, blaffte Braukmann. »Ich bin ganz klar im Kopp. Euch passiert nix, wenn allet so läuft, wie ich dat will. Und jetzt hopp, hopp, die Damen.« Mit vorgehaltener Flinte trieb er sie vor sich her in Rubys Schlafzimmer. »Hinsetzen. Aufs Bett. Und keine Mätzchen, wenn ich bitten darf.«

Stella nahm allen Mut zusammen und fragte: »Was wollen Sie von uns?«

»Von euch? Eigentlich nix. Aber vom Kommissar, und deshalb brauch ich euch als Geiseln. Ich tausch euch aus. Gegen meine Tochter.«

»Gegen Ihre Tochter?« Stella verstand kein Wort. Sie blickte Ruby fragend an, die mit den Schultern zuckte. »Was ist mit Ihrer Tochter?«

»Dat will ich dir sagen: Die is verhaftet«, erwiderte Braukmann. »Und die hol ich da raus, und dafür is mir jedes Mittel recht, verstanden?«

»Verhaftet?«, fragte Ruby verblüfft. »Aber wieso denn? Hat sie etwa das Brett angesägt?«

»Wat? Quatsch. Natürlich nich. Aber sie hat … sie war …« Braukmann rang um Luft, auf seiner Stirn wurden Schweißperlen sichtbar. Er atmete tief durch und fuhr fort: »Die Susi hat den Kevin Wehling umgebracht. Heute Nacht. Im Krankenhaus.«

Oh, du liebe Güte, dachte Stella, also hatte Oma recht mit ihren düsteren Vorahnungen … noch mehr Zerstörung … das ist furchtbar.

»Sind Sie sicher?«, fragte sie. »Woher wissen Sie das? Sie waren doch bestimmt nicht dabei.«

»Natürlich nich, du dumme Gans. Aber sie hat es mir angekündigt. In dem Brief, den ich heute Morgen gefunden habe. Und als ich im Krankenhaus angerufen hab, war die Polizei dran. Ich kann eins und eins zusammenzähln, verstehste? Meine Susi darf nich innen Knast.«

»Aber wie genau soll es hier nun weitergehen?«, fragte Stella weiter. »Was wollen Sie denn jetzt tun?«

Braukmann sah sie ratlos an; offenbar hatte er seinen Plan nicht bis zum Ende durchdacht. Vermutlich war er Hals über Kopf hierhergefahren und hatte sie alle in eine Situation gebracht, aus der es so leicht keinen Ausweg gab. Vielleicht konnte sie ihn zur Vernunft bringen.

»Herr Braukmann, lassen Sie uns gehen, bitte«, sagte Stella, »noch ist nichts passiert. Noch ist niemand verletzt. Ich verstehe, dass Sie verwirrt sind und deshalb überstürzt gehandelt haben.«

Er schien zu überlegen, und Ruby übernahm. »Und Stella hat überhaupt nichts mit der Sache zu tun. Lassen Sie wenigstens sie gehen.«

»Nix damit zu tun?«, brüllte Braukmann sofort. »Verarschen kann ich mich alleine! Ihr steckt doch unter einer Decke! Und die Oma von der da«, er zeigte mit dem Lauf der Waffe auf Stella, die zurückzuckte, »diese Schmidt, die hat meine Susi aufgehetzt und durcheinandergebracht. Ihr Weiber steckt doch alle unter einer Decke! Und da kommt nie wat Gutet bei raus! Nie! Und jetzt haltet beide endlich die Klappe, ich muss nachdenken.«

Na super, dachte Stella, pathologischer Frauenhass als Motiv für diese Geiselnahme? Aber besser, ich sitze hier, als dass er Oma mit der Knarre bedroht. Glaubt er ernsthaft, dieser Plan könnte klappen? Er muss extrem verzweifelt sein. Selbst, wenn die Polizei auf seine Forderungen eingehen würde – will er dann mit seiner Susi auf der Flucht leben? Oder im Untergrund? Das ist doch vollkommener Blödsinn …

Aber gleichzeitig wusste sie, dass Braukmann weit davon entfernt war, auf vernünftige Argumente zu reagieren.

»Also«, sagte Braukmann unvermittelt, »ich sage euch, wat jetzt passiert. Die Blauhaarige gesteht, dat sie das Brett angesägt und Kevin vom Gerüst gestoßen hat. Ich liefer sie an die Bullen aus, und im Gegenzug krieg ich meine Susi wieder.«

»Ich werde nichts gestehen, was ich nicht getan habe.« Ruby war sichtlich empört.

»Wat du getan has oder nich – danach fragt hier kein Mensch!«, brüllte Braukmann. »Du tust einfach, wat ich sage, kapiert? Wenn ich meine Susi hab, kannste dem erzähln, wat du willz. Und du«, er fuchtelte mit dem Gewehrlauf vor Stellas Gesicht herum, »du rufs jetz den Kommissar an und sachs ihm, wat hier los is.«

Stella nickte. »In Ordnung. Soll ich mein Handy nehmen?«

»Mir egal«, blaffte Braukmann. »Ruf den jetz an, bevor ich die Geduld verlier.«

Tillikowski saß an seinem Schreibtisch und las Susanne Braukmanns Aussage noch einmal durch. Sie hatte das Protokoll anstandslos unterschrieben, nachdem sie es flüchtig überflogen hatte. Auch danach hatte sie keinen Anwalt gewollt, obwohl er es ihr dringend geraten hatte. Seinen Hinweis, dass dann ein Pflichtverteidiger ihren Fall übernehmen würde, hatte sie mit einem Achselzucken beantwortet. Da sie voll geständig war, hatte man sie in eine der Zellen im Präsidium gebracht.

Ihm kam jetzt die Aufgabe zu, ihren Vater zu informieren. Auch, weil sie einige Dinge benötigte. Sie hatte ja nur dabei, was sie am Leib getragen hatte.

Mit einem Seufzen legte er das Protokoll zur Seite, als das Telefon klingelte. Das ist Stella, dachte er bei der ihm mittlerweile vertrauten Nummer auf dem Display. Eigentlich hatte er anderes zu tun als zu plaudern, aber er nahm das Gespräch dennoch an. Ein wenig Ablenkung konnte jetzt nicht schaden.

»Stella, haben Sie Neuigkeiten für mich?«

»Herr Tillikowski, ist es richtig, dass Susanne Braukmann heute Nacht Kevin Wehling umgebracht hat? Im Krankenhaus?«, fragte sie ohne Umschweife.

Tillikowski war sprachlos.

Woher zum Henker wusste sie davon?

Mochte ja sein, dass die Planeten ihr das eine oder andere zuflüsterten oder Madame Pythia Zwiesprache mit ihrer Glaskugel hielt, aber das konnte sie nicht wissen. Und wieso sprach sie ihn mit *Herr Tillikowski* an?

Er räusperte sich umständlich. »Selbst, wenn es so wäre – ich dürfte Ihnen darüber keine Auskunft geben, das wissen Sie doch. Aber wie kommen Sie darauf? Haben Ihre Planeten geplaudert?«

»Sehr witzig, Herr Tillikowski. Ruby – Frau Rubikon – und ich befinden uns gerade in Gesellschaft von Herrn Braukmann. Nicht ganz freiwillig, übrigens, aber er bedroht uns mit einem Gewehr. Er hat uns davon in Kenntnis gesetzt, seine Tochter habe Wehling umgebracht.«

Tillikowski brauchte einen Moment, um diese Information zu verarbeiten. Braukmann hatte Stella und Ruby als Geiseln genommen?

»Wo sind Sie gerade?«

»In Rubys Wohnung. Er hat Ruby gezwungen, mich herzulocken.«

»Ich möchte mit ihm sprechen«, sagte Tillikowski.

Er hörte, wie Stella mit Braukmann sprach, der nach einiger Diskussion schließlich ans Telefon ging.

»Braukmann hier.«

»Herr Braukmann, hier spricht Arno Tillikowski.«

»Na, dat will ich auch schwer hoffen. Is meine Tochter bei Ihnen?«

»Ich bin nicht sicher, um ehrlich zu sein. Wir haben uns lange miteinander unterhalten, und dann wurde sie übergangsweise in eine der Zellen im Präsidium gebracht. Ich vermute, sie ist bereits auf dem Weg in die Untersuchungshaft.«

»Sie hat es also wirklich getan. Wie … wie wurde sie geschnappt?«

»Sie hat im Krankenhaus auf die Polizei gewartet, Herr Braukmann. Sie hat keinen Versuch unternommen, vom Tatort zu fliehen.«

»Wirklich? Aber sie hat doch wohl wenigstens die Aussage verweigert?«

Eigentlich hätte Arno nichts dazu sagen dürfen, aber in Anbetracht der Situation entschloss er sich zur Wahrheit. Zwar hoffte Braukmann offenbar noch, seine Tochter irgendwie raushauen zu können, aber es würde nichts bringen, ihn anzulügen.

»Nein, Ihre Tochter hat ein umfassendes Geständnis abgelegt. Und zwar, ohne dass ich irgendeinen Druck auf sie ausgeübt habe, was sie Ihnen sicherlich bestätigen wird.«

Braukmann schwieg einen Moment, dann blaffte er:

»Dat is mir egal. Ich will nich, dat meine Susi im Knast is. Meine Tochter is *schwanger*, die gehört nich hinter Gitter. Also: Sie geben mir die Susi, und Sie kriegen von mir die Blauhaarige und die Frau Albrecht. Die Blauhaarige hat Ihnen übrigens wat zu erzähln, Herr Kommissar.«

Tillikowski hörte Murmeln, dann sagte eine Frauenstimme, die er als die von Andrea Rubikon erkannte: »Hier ist Andrea Rubikon. Ich habe das Brett angesägt und Wehling vom Gerüst gestoßen.«

»Wie bitte?«, fragte Tillikowski verdutzt. »Stimmt das?«

»Nein, natürlich nicht«, fauchte Andrea Rubikon, »aber ich habe den Lauf einer Knarre am Kopf. Und da sage ich so ziemlich alles, was von mir verlangt wird.«

Undefinierbare Geräusche drangen aus dem Hörer, dann ertönte wieder Braukmanns Stimme. »Also, ich liefer Ihnen die Blauhaarige aus, und dafür krieg ich die Susi. Is doch ein fairer Deal, oder? Sie holen jetzt die Susi, und dann tanzen Sie hier an. In der Zwischenzeit sorg ich dafür, dat die Blauhaarige ihr Geständnis schreibt. Wir machen einen Austausch, und allet is wieder gut.«

Glaubte der Mann das wirklich? Glaubte er tatsächlich, mit einem erzwungenen Geständnis seine Tochter freipressen zu können?

»Herr Braukmann«, sagte Arno mit der beruhigendsten Stimme, zu der er imstande war, »lassen Sie uns doch vernünftig sein. Wollen Sie das wirklich? Mit Ihrer schwangeren Tochter auf der Flucht sein?«

»Dat is nich Ihr Problem, Herr Kommissar. Sie kriegen jetzt erst mal raus, ob meine Susi noch im Präsidium is. Ich warte auf Ihren Rückruf.«

Es wurde aufgelegt.

Herauszufinden, dass Susanne Braukmann sich noch im Gebäude befand, kostete Arno nur einen kurzen Anruf. Sofort machte er sich auf den Weg zum Trakt, in dem sich die Zellen befanden, um mit ihr zu sprechen. Vielleicht hatte sie eine Idee, wie man ihren Vater zum Aufgeben bewegen konnte.

Tillikowski ließ sie zu sich in einen Befragungsraum bringen.

»Was gibt es denn noch?«, fragte sie und setzte sich an den Tisch, an dem er bereits auf sie wartete.

»Ihr Vater hat zwei Geiseln genommen und will Sie freipressen«, erwiderte er.

Gut, damit hatte er ihr ohne Vorwarnung vor den Latz geknallt, was Sache war, aber für langes Palaver hatte er einfach keine Zeit. Niemand konnte vorhersagen, wie kurz die bereits brennende Lunte ihres Vaters war. Der Mann konnte jederzeit explodieren, und Arno hatte nicht vor, das Leben von Stella und Ruby aufs Spiel zu setzen.

»Zwei Geiseln?«, fragte sie fassungslos. »Wen denn?«

»Nicht, dass das wichtig wäre: Es sind Stella Albrecht und Frau Rubikon.«

»Stella Albrecht? Wer ist das?«

Herrje. Arno war kurz davor, die Geduld zu verlieren.

»Das ist die Enkelin von Frau Schmidt. Ihr Vater hat außerdem von Frau Rubikon ein Geständnis erpresst. Sie soll zugeben, am Unfall von Kevin Wehling schuld zu sein. Dann will er Sie gegen die beiden austauschen.«

»Was für ein Schwachsinn ist das denn? Da mache ich nicht mit, sagen Sie ihm das. Und jetzt möchte ich zurück in die Zelle.« Sie stand auf und ging zur Tür.

»So einfach ist das nicht, Frau Braukmann«, sagte Arno.

»Mit dieser Nachricht kann ich ihm keinesfalls kommen. Er ist bewaffnet und bedroht die beiden Frauen. Sie müssen wenigstens mit ihm sprechen. Bitte.«

»Und wieder versucht er, sich in mein Leben einzumischen. Kann er mich nicht einfach in Ruhe lassen?«

»Sie sind sein Kind«, sagte Arno sanft. »Er will Sie aus dieser Situation retten. Und dafür ist er zu allem bereit, wie es scheint.«

»Pfff.« Sie schnaubte, dann sagte sie: »Er hat Angst davor, dass ich ihn nicht mehr versorge, das ist alles. Er müsste ja nun selbst putzen und kochen. Das kann er nicht.«

»Aber das hätte er doch auch gemusst, wenn Sie heiraten und ausziehen würden. Das kann nicht der Grund sein.«

»Sie haben ja keine Ahnung. Ausziehen? Nie im Leben. Garantiert würde er einen Anbau aus dem Boden stampfen, damit ich nur ja in seiner Nähe bleibe und er die Kontrolle behält.«

Arno seufzte innerlich. Sie verloren gerade das eigentliche Thema aus dem Fokus. Um ganz ehrlich zu sein: Die innerfamiliären Strukturen der Braukmanns waren ihm egal wie nur was.

»Frau Braukmann«, sagte er rigoros. »Ich werde jetzt Ihren Vater zurückrufen. Und ich möchte, dass Sie mit ihm sprechen. Bitte gehen Sie wenigstens zum Schein auf seinen Plan ein. Wir müssen ihn unbedingt besänftigen, um die beiden Frauen zu schützen. Später können wir dann weitersehen. Sind Sie einverstanden?«

Sie verschränkte die Arme vor der Brust und schob die Unterlippe vor wie ein bockiges Kind. »Na gut«, sagte sie schließlich, und Arno Tillikowski atmete auf.

Kapitel 28

Der Vormittag verging langsam, und Maria – zurzeit allerdings eher Madame Pythia – schaute immer wieder auf ihr Handy. Seltsam, dass Susanne Braukmann sich nicht meldete.

Sogar während Maria Kundschaft hatte, war sie abgelenkt. Gut, dass sie mehr als fünfzig Jahre Erfahrung mit dem Legen von Tarotkarten hatte, so konnte sie sich leichte geistige Abwesenheit leisten, ohne dass die Kundin etwas davon bemerkte.

Es war sonst nicht ihr Stil, so eine Beratung lediglich routiniert herunterzuspulen, aber die Sorge um Susanne Braukmann war stärker. Sie war sehr erleichtert, als die vereinbarte Zeit um war und sie ihren Besuch verabschieden konnte.

Sofort wählte sie die Nummer der Firma Braukmann. Es meldete sich ein Anrufbeantworter mit der Ansage, dass man außerhalb der Bürozeiten angerufen habe – was eindeutig nicht der Fall war. Maria verzichtete darauf, eine Nachricht zu hinterlassen, und legte auf.

Ihre Unruhe stieg. Was sie wirklich alarmierte, war die Tatsache, dass die Ansage auf dem Band nicht geändert war. Es konnte natürlich sein, dass Susanne heute einfach psychisch nicht in der Lage war, im Büro zu sitzen, das wäre nur zu verständlich. Aber würde sie einfach wegbleiben, ohne eine Information für Anrufer zu hinterlassen?

Kurz dachte sie daran, Stella anzurufen. Aber die war gerade bei Ruby, da wollte sie nicht stören.

Ob Susanne Braukmann ein Handy hatte? Bestimmt. Vielleicht sollte sie diesen jungen Mann, diesen Tim Lessing, um ihre Nummer bitten? Aber das würde unter Umständen nur schlafende Hunde wecken.

Bestimmt war es besser, einfach noch abzuwarten.

»Wat ist los mit dir, Timmy?«, fragte Otto, denn Lessing zog alle paar Minuten sein Handy heraus und wählte eine Nummer, ohne dass er jemanden erreichte.

»Sag mal, hast du den Chef heute Morgen gesehen?«, fragte Lessing.

Otto schüttelte den Kopf. »Nee. Und dat finde ich auch gar nicht schlimm. Ein Morgen ohne Chefvisite beginnt doch gleich viel harmonischer. Warum – ist deine Sehnsucht nach dem Kerl so groß? Ich könnte dich aber auch ein bisschen herumkommandieren, wenn es dat ist, wat dir fehlt.«

»Rede nicht so einen Quatsch«, fuhr Lessing Otto an. »Aber … irgendwas ist komisch. Heute Morgen, als wir an der Firma den Lieferwagen geholt haben, stand Braukmanns Auto auf dem Hof. Aber das von der Susi war nicht da. Und jetzt geht sie im Büro nicht ans Telefon, das ist noch nie vorgekommen.«

»Bestimmt gibt es dafür eine vernünftige Erklärung«, sagte Otto.

»Sie haben ja keine Ahnung, was …«, erwiderte Lessing, dann brach er ab.

Oh doch, Otto hatte sehr wohl eine Ahnung; immerhin wusste er ja von der Verzweiflung der jungen Frau und von dem, was sich am Abend zuvor zwischen ihr, ihrem Vater und Lessing abgespielt hatte. Eine griechische Tragödie war ein Kasperletheater dagegen. Aber natürlich musste er weiter seine Rolle spielen und vorgeben, ahnungslos zu sein.

»Lass uns weiterarbeiten, Junge«, sagte Otto also und fuhr damit fort, den Teil der Fassade anzustreichen, der heute auf dem Plan stand. Er und Timmy waren an der seitlichen, zum Garten gewandten Mauer des Hauses eingeteilt, Hotte und Sascha waren an der Rückseite beschäftigt.

»Wenn wir uns tüchtig ranhalten, schaffen wir die Wand heute. Wat meinste – um die Wette?«, fragte Otto.

Er bekam keine Antwort. Lessing befand sich nicht mehr auf dem Gerüst. Otto schaute sich nach ihm um und sah plötzlich, dass Lessing eilig auf die Orangerie zuging.

»Was hat der denn vor?«, murmelte Otto, aber dann sah er es: Lessing betrat Marias Räumlichkeiten. So schnell er konnte, nahm Otto die Verfolgung auf.

Maria blickte erschrocken hoch, als plötzlich jemand hereingestürmt kam. Sie war in ihre Karten versunken gewesen, und unvermittelt stand ein sehr aufgeregter Tim Lessing vor ihr.

Bei ihrem Anblick blieb er wie angewurzelt stehen. »Was sind Sie? Eine Hexe oder so was?«

Maria schüttelte den Kopf, und der junge Mann verfolgte mit dem Ausdruck höchster Irritation das Wippen der Pfauenfeder auf ihrem Turban. Maria erhob sich aus dem Sessel, setzte behutsam ihre Kopfbedeckung ab und deponierte sie auf dem Tisch.

»Nein, ich bin keine Hexe«, sagte sie ruhig. »Wie kommen Sie darauf?«

»Na, das hier alles!« Lessing wedelte aufgeregt mit den Händen und zeigte im Raum herum. »Und wie Sie aussehen! Das ist doch nicht normal! Bestimmt sind Sie eine Hexe! Das erklärt auch, warum Susanne auf einmal so merkwürdig war! Sie haben doch bestimmt … Sie müssen irgendwie ihr Gehirn vergiftet haben!«

»Nein, das habe ich selbstverständlich nicht getan«, erwiderte Maria. »Was ist mit Susanne? Wo ist sie?«

»Das weiß ich nicht!«, schrie Lessing. »Und wo der Chef ist, weiß ich auch nicht! Keiner von beiden geht ans Telefon! Ich habe Angst, dass etwas Schlimmes passiert ist – und Sie sind schuld daran!«

Maria schüttelte den Kopf. »Nein, das bin ich nicht. Susanne ist sehr wohl in der Lage, ihre eigenen Entscheidungen zu treffen. Sie braucht niemanden, der ihr sagt, was sie zu tun und zu lassen hat.«

Er starrte sie wild an, dann sagte er: »Herrgott, wie ich dieses Emanzengeschwätz hasse. Mussten Sie sich unbedingt einmischen? Und Ihre dämliche Enkelin auch? Hättet ihr euch nicht raushalten können?«

Otto hatte sich auf Strümpfen in die Orangerie geschlichen und hielt den Baseballschläger in der Hand, der seinen Platz im Schirmständer neben der Eingangstür hatte. Lessing stand mit dem Rücken zu ihm, und Maria gab sich alle Mühe, sich Ottos Auftauchen nicht anmerken zu lassen. Er würde dieses Drama beenden; sie musste Lessing nur ablenken.

»Was ist mit meiner Enkelin?«, fragte sie ruhig.

»Herrje – habt ihr oberschlauen Weiber wirklich gedacht, ich würde nicht merken, was hier läuft? Ich habe Ihre Enkelin sofort erkannt, verstehen Sie?«

»Dann ist der Brief von Ihnen gewesen?« Auf sein Nicken hin fuhr Maria fort: »Was haben Sie denn gedacht, was wir vorhaben?«

»Keine Ahnung. Vermutlich irgendeinen Voodoo-Kram, so, wie ich es jetzt sehe. Gucken Sie sich doch nur mal an! Die eine hat blaue Haare, die Nächste rennt rum wie eine Hexe und hat hier eine Glaskugel stehen … ihr seid doch alle verrückt. Wenn Sie sich nicht eingemischt hätten, dann … dann …«

»Dann würde vielleicht jemand, der unschuldig ist, für etwas bestraft werden, das Sie getan haben. Das wäre ein großes Unrecht, Herr Lessing. Sie haben es doch getan, oder? Sie haben das Brett manipuliert und Ihren Kollegen vom Gerüst gestoßen, habe ich recht?«

»Er hatte es *verdient*!«, schrie Lessing.

»Aber warum? Das verstehe ich nicht. Ich dachte, Sie wären eng befreundet gewesen.«

Er rang sichtlich mit sich. Er machte einen Schritt auf Maria zu, dann blieb er wieder stehen. Unvermittelt brach es aus ihm heraus: »Es war wegen Susanne. Ich hatte mit ihm geredet, so von Mann zu Mann. Ich hatte ihm gesagt, dass sie schwanger von ihm ist und dass er zu ihr stehen muss. Er … er hat mich ausgelacht und mich einen schwuchteligen Frauenversteher genannt. Er hat gesagt, er würde sie nie wieder anrühren, dieses dämliche Weibsstück, nicht mal mit der Kneifzange, und sie sollte ja nicht auf die Idee kommen, ihn mit der Schwangerschaft zu belästigen, das könnte ich ihr gerne von ihm ausrichten. Und der Chef würde ja sowieso denken, dass ich ihr Freund bin, also könnte ich mich auch um die Sache kümmern. Ich war so unglaublich wütend auf ihn.« Lessing rieb sich die Schläfen und seufzte. »Er bürdete mir die ganze Verantwortung auf. Ich sollte Susanne erklären, dass er nichts mehr von ihr wissen wollte. Warum ich? Ich wusste einfach nicht, was ich tun sollte.«

»Und da haben Sie ...«, begann Maria.

»Genau«, fiel er ihr ins Wort. »Er hatte auf jeden Fall einen Denkzettel verdient. Und deshalb habe ich das Brett angesägt. Ich wusste an dem Morgen, dass er die Blauhaarige wieder schocken wollte, er hatte es mir ganz stolz erzählt. Können Sie sich das vorstellen? Er tat so, als hätte es unser Gespräch wegen der Susi nie gegeben, er ging einfach zur Tagesordnung über! Wenn er das nicht getan hätte, wenn ich nur eine *Spur* von schlechtem Gewissen bei ihm gesehen hätte ... wer weiß, vielleicht hätte ich es mir noch einmal überlegt. Aber so ... er hatte es *verdient*. Ich versteckte mich hinter der Hausecke und beobachtete ihn. Und als die Blauhaarige dann noch brüllte, sie wolle ihn umbringen ... so eine Gelegenheit kommt nie wieder, dachte ich. Als er sein dreckiges Ding wieder in die Hose stopfte und abgelenkt war ... zwei große Schritte reichten, dann stand ich hinter ihm. Es war ganz leicht, wissen Sie? Er glotzte mich noch so erstaunt an, und dann war er weg. Er hat nichts gesagt, aber es war mir eine Genugtuung, dass er noch mitgekriegt hat, wer ihn ...«

Es gab einen dumpfen Knall. Lessing verdrehte die Augen, dann fiel er um.

Otto schwenkte den Baseballschläger und grinste. »Ich glaube, wir haben genug gehört. Dat war ja eine richtige Lebensbeichte. Aber man sollte aufhören, wenn es am spannendsten ist, finde ich.«

Maria nickte. »Wir fesseln ihn am besten, dann kann er keinen Unsinn mehr anrichten, bis die Polizei ihn übernimmt. Und jetzt müssen wir irgendwie herausfinden, was mit Susanne ist. Aber erst rufe ich Tillikowski an und teile ihm mit, dass er denjenigen hier abholen kann, der das Brett angesägt und Wehling vom Gerüst gestoßen hat.«

An der Pforte zeigte man sich ziemlich sperrig, als sie darum bat, ins Büro von Kommissar Tillikowski durchgestellt zu werden, sofern dieser im Hause sei.

Das sei er zwar, aber er sei beschäftigt, hieß es, man dürfe ihn nicht stören.

»Es geht um den Fall Wehling«, sagte Maria streng, »es ist überaus wichtig. Wollen Sie riskieren, Ärger mit ihm zu bekommen? Es dauert höchstens eine Minute.«

Der Beamte an der Pforte schien zu überlegen, für was er mehr Ärger bekäme: wenn er den Kommissar trotz anderslautender Anweisung jetzt doch störte oder wenn er diese strenge Frau nicht durchstellte, die angeblich wichtige Informationen zu dem brisanten Fall hatte, den der Kommissar gerade bearbeitete.

»Also gut, ich versuche es«, sagte er und verbannte die ungeduldige Maria in die Warteschleife, in der nervtötende Musik lief, die offenkundig ein ambitionierter Amateur auf einer Heimorgel herunterstümperte.

Maria rollte mit den Augen und zuckte zusammen, als Tillikowski aus dem Hörer bellte: »Ich hoffe, Sie haben einen guten Grund, mich zu stören!«

»Ja, den habe ich, Arno«, erwiderte Maria, »bei mir liegt eine kleine Liebesgabe für Sie. Es ist Herr Lessing, der Otto und mir gerade mitgeteilt hat, dass er für den Unfall des Herrn Wehling verantwortlich ist.«

»Was? Oh. Das kommt unerwartet … ich schicke jemanden vorbei.«

»Sie *schicken* jemanden?«, fragte Maria pikiert.

»Ja … äh … ich bin zurzeit nicht abkömmlich«, sagte der Kommissar.

Maria hörte, dass bei ihm an die Tür geklopft wurde und

dann jemand fragte: »Soll ich Frau Braukmann jetzt bringen oder soll sie doch zurück in die Zelle?«

»Moment«, antwortete der Kommissar, dann sagte er: »Frau Schm… äh, Maria, ich habe wirklich gerade zu tun. Ich melde mich später bei …«

»Was ist da los?«, rief Maria in den Hörer. »Wieso soll Frau Braukmann in die Zelle? Was hat sie getan? Ich versuche schon den ganzen Morgen, sie zu erreichen. Ich mache mir größte Sorgen um sie! Wagen Sie es nicht, aufzulegen!«

»Maria, bitte … also gut.« Er senkte die Stimme und fuhr leise fort: »Sie war heute Nacht im Krankenhaus und hat Wehling umgebracht. Das hat gerade Vorrang, verstehen Sie? Ich lege jetzt auf.«

Maria ließ den Hörer sinken und sah Otto an. »Susanne hat Wehling getötet. Heute Nacht.«

»Was?«, brüllte Lessing, der unbemerkt aus seiner Ohnmacht erwacht war. »Was hat Susanne getan? Und was ist mit ihrem Vater?« Er machte Anstalten, sich aufzurappeln.

»Schön liegen bleiben, Jungchen«, sagte Otto und hob den Baseballschläger, »sonst lasse ich meine hölzerne Freundin noch mal auf deiner Birne tanzen. Sei brav, sonst verschnüre ich dich wie einen Rollbraten von Muttern.«

Tim Lessing schlug die Hände vors Gesicht und begann zu weinen. »Wenn Sie sich nicht eingemischt hätten, dann wäre das alles nicht passiert«, schluchzte er.

Maria musterte ihn und seufzte. »Sie haben auch ohne mein Zutun oder meine Einmischung dafür gesorgt, dass Ihr Arbeitskollege diesen schrecklichen Unfall hatte. Zeigen Sie nicht auf mich, Tim, sondern übernehmen Sie die Verantwortung für das, was Sie getan haben. Für Krokodilstränen ist es jetzt wirklich zu spät.«

Ihre Beine gaben nach; sie musste sich setzen.

So viel Unglück.

Und sie hatte das bange Gefühl, dass es noch nicht zu Ende war.

Wo war Johannes Braukmann?

Kapitel 29

Stella und Ruby saßen eng nebeneinander auf dem Bett, Johannes Braukmann stand mit dem Rücken zum Fenster und ließ sie nicht aus den Augen.

Stella hatte keine Ahnung, wie lange sie nun schon dort hockten und auf Tillikowskis Rückruf warteten – vermutlich waren es nicht mehr als 15 Minuten, aber es kam ihr vor wie Stunden. Sie hatte jegliches Zeitgefühl verloren, zumal sie vollauf damit beschäftigt war, keine Angst zu zeigen. Zwischendurch hatte ihre Großmutter angerufen, aber Braukmann hatte angeordnet, das Gespräch nicht anzunehmen. Logisch.

»Wann ruft der Kerl denn endlich an? Vielleicht muss ich allmählich mal andere Saiten aufziehen«, blökte Braukmann so unvermittelt, dass die beiden Frauen synchron zusammenfuhren.

»Möglicherweise ist Ihre Tochter ja doch schon unterwegs ins Gefängnis«, sagte Stella. »Der Kommissar wird alles versuchen, um Ihre Forderung zu erfüllen, da bin ich sicher.« In diesem Moment klingelte ihr Handy, und erleichtert erkannte sie Arnos Nummer. »Das ist Tillikowski.«

»Los, rangehen«, befahl Braukmann.

Sie nahm das Gespräch an, und Arno sagte sofort: »Ich hatte größte Mühe, Susanne Braukmann zu diesem Gespräch zu überreden. Jetzt ist sie hier, aber Braukmann wird nicht begeistert sein. Das nur als Vorwarnung. Stellen Sie bitte auf Lautsprecher, Stella.«

Was meint er damit? dachte sie alarmiert, ließ sich aber nichts anmerken.

Sie folgte seiner Anweisung, und der Kommissar fuhr fort: »Herr Braukmann, Frau Albrecht hat auf meine Anweisung hin auf laut gestellt; ich mache es auf meiner Seite ebenso. Sie werden verstehen, dass ich mithören möchte. Falls Sie sich weigern oder das Gespräch abbrechen, werden meine Männer die Wohnung stürmen. Wenn ich das Gefühl habe, dass Sie Frau Albrecht oder Frau Rubikon zu nahe kommen oder ihnen gegenüber gewalttätig werden, ebenfalls. Meine Leute stehen bereits vor der Tür.«

»Spinnen Sie?«, brüllte Braukmann. »Dat is gegen die Abmachung!«

»Ist es nicht«, entgegnete Tillikowski, »denn darüber haben wir gar nicht gesprochen. Die Männer sind lediglich in Bereitschaft. Wenn es keinen Grund für sie gibt, einzugreifen, werden sie es auch nicht tun. In erster Linie geht es mir um die Sicherheit Ihrer beiden Geiseln, das werden Sie verstehen.«

»Wo is meine Tochter?«

»Die steht neben mir. Sie können mit ihr sprechen, wenn Sie wollen.«

»Susanne!«, rief Braukmann sofort. »Keine Angst, ich hol dich da raus!«

»Das will ich nicht, Papa«, erwiderte Susanne Braukmann. »Ich will nicht von dir gerettet werden.«

»Wat? Hast du 'ne Gehirnwäsche gekriegt oder so wat? Zwingen die dich, dat zu sagen?«

»Nein, Papa, niemand zwingt mich zu irgendetwas. Ich möchte, dass du aufgibst. Sofort. Mach es nicht noch schlimmer. Was soll aus deiner Firma werden?«

Johannes Braukmann sah aus, als würde ihn jeden Augenblick der Schlag treffen. Er rang um Luft, dann blaffte er: »Dat is doch ganz egal, wat aus der Firma wird! Nie im Leben geb ich auf! Ich hab dem Kommissar schon gesacht, dat ich die beiden Frauen gegen dich eintausch! Und dann werden wir zwei irgendwo ganz neu anfangen. Niemand wird uns finden, dat versprech ich dir! Du bis doch mein Kind! Ich muss dich beschützen! Ich liebe dich!«

Ein leises Seufzen kam aus dem Hörer. »Das hättest du mir vielleicht schon früher mal sagen sollen, Papa, jetzt ist es zu spät. Viel zu spät. Was ich getan habe, bereue ich nicht. Und ich bin mehr als bereit, die Konsequenzen dafür zu tragen und die Strafe zu akzeptieren, die ich verdiene. Ich fühle mich gut, glaub mir. So gut wie schon lange nicht mehr. Ich bin vollkommen mit mir im Reinen.«

In diesem Moment gab Braukmann auf. Die Flinte fiel ihm aus der Hand, dann sank er in sich zusammen, bis er auf dem Fußboden saß. Tränen liefen über seine Wangen, aber er weinte völlig lautlos.

»Was ist da los?«, fragte Tillikowski in die Stille hinein. »Was ist passiert?«

»Ich glaube, Herr Braukmann hat verstanden, dass seine Tochter nicht von ihm befreit werden will. Er bedroht uns nicht mehr«, sagte Stella.

Sie stand auf und ging langsam zu dem weinenden Mann, der keine Notiz von ihr nahm. Sie bückte sich und nahm das Gewehr, das circa zwei Meter von ihm entfernt lag – auch darauf reagierte er nicht. Rückwärts bewegte sie sich zum Bett und legte die Waffe darauf ab.

»Ich hab die Knarre, Arno.«

»Gut«, erwiderte der Kommissar. »Sie und Frau Rubikon, Sie gehen jetzt zur Wohnungstür und lassen meine Männer rein. Seien Sie vorsichtig und beobachten Sie genau, was Braukmann macht. Sobald er sich bewegt, schreien Sie um Hilfe.«

»Er wird uns nichts tun, Arno. Es ist vorbei.«

Sie nickte Ruby zu, die sofort vom Bett aufstand und ihr aus dem Raum in den Flur folgte. Kaum hatten sie die Wohnungstür geöffnet, stürmten auch schon drei schwer bewaffnete und vermummte Einsatzkräfte hinein, während zwei weitere Ruby und sie im Eiltempo die Treppe herunterzerrten.

»Hey«, sagte Stella und riss sich los. »Immer mit der Ruhe. Es besteht keine Gefahr mehr.«

»Das haben Sie nicht zu entscheiden«, blaffte der Mann und griff wieder nach ihrem Arm.

Unten vor dem Haus wurden sie in einen Polizeitransporter verfrachtet, der umgehend losfuhr.

»Ich weiß echt nicht, was ich schlimmer finde«, sagte Ruby, »die verrückte Episode mit Braukmann gerade oder diese Nummer hier. Ich dachte immer, so etwas gibt's nur im Film.«

Stella grinste und fragte den Fahrer: »Haben Sie etwas dagegen, wenn ich telefoniere?«

»Nee«, erwiderte die vermummte Gestalt am Steuer, »machen Sie ruhig. Sie sind ja nicht verhaftet.«

Stella wählte die Nummer ihrer Großmutter und sagte sofort: »Alles ist gut, Braukmann hat aufgegeben. Die Geiselnahme – wenn man das überhaupt so nennen will – ist vorbei. Ruby und ich sind in Sicherheit. Wir sind jetzt auf dem Weg zu Tillikowski ins Präs…«

»Stopp mal!«, rief ihre Großmutter dazwischen. »Welche

Geiselnahme? Wieso in Sicherheit? Was ist denn überhaupt los? Ich weiß von nichts!«

Stella wurde klar, dass Tillikowski ihre Großmutter offenbar nicht informiert hatte.

»Dabei habe ich vorhin noch mit dem Kommissar telefoniert«, fuhr Maria Schmidt aufgeregt fort. »Er hat mir verschwiegen, dass du in Gefahr bist – na, der kriegt was von mir zu hören.«

»Er wollte dich bestimmt nicht beunruhigen«, sagte Stella. »Wieso hast du überhaupt mit ihm gesprochen?«

»Weil Otto und ich den Mörder von Wehling geschnappt haben. Obwohl, eigentlich ist ja Susanne Braukmann die Mörderin. Aber Tim Lessing hat Wehling vom Gerüst gestoßen. Und das Brett manipuliert. Selbstverständlich ist er auch derjenige, der den Drohbrief geschrieben hat. Hier ist vorhin alles ein bisschen eskaliert, weißt du? Aber am Ende war es so, dass er seine Tat zugegeben hat. Zumindest mir und Otto gegenüber. Das reicht hoffentlich.«

»Du liebe Güte. Das ist aber eine wirklich gute Nachricht für Ruby.«

»Allerdings, und ich freue mich sehr für sie. Aber ich frage mich gerade, was jetzt mit unserer Baustelle ist. Das Haus ist ja erst halb gestrichen, und diese fürchterlichen Männer will ich hier nicht mehr sehen. Was passiert mit dem Gerüst und dem ganzen anderen Kram, wenn Braukmann verhaftet ist? Hier steht literweise Farbe herum.«

Stella lachte. »Erstaunlich, wie pragmatisch du sein kannst. Ich bin sicher, dafür finden wir eine Lösung. Wir sprechen uns später, ja?«

»Was ist eine gute Nachricht für mich?«, fragte Ruby neugierig, nachdem Stella das Gespräch beendet hatte.

»Tim Lessing war es. Das mit dem Brett und das … also, das mit Wehling.«

»Wirklich?« Ruby wurde blass, dann füllten ihre Augen sich mit Tränen. »Ich kann es nicht glauben, dass dieser Alptraum zu Ende sein soll, Stella. Du kannst dir nicht vorstellen, wie viel Angst ich hatte.«

Spontan legte Stella ihr den Arm um die Schultern und zog sie an sich. »Doch, das kann ich. Aber jetzt hast du es erst einmal überstanden.«

»Hoffentlich. Und vielleicht kann ich endlich wieder konzentriert arbeiten.«

»Fühlst du dich noch immer so unwohl in deiner Wohnung?«, fragte Stella.

»Es geht langsam wieder. Es wird jeden Tag ein bisschen besser.«

Aber vermutlich wird noch einige Zeit ins Land gehen, bis Ruby alles verarbeitet hat, dachte Stella.

Arno Tillikowski war schon beinahe auf dem Weg zu Tim Lessing, der im Verhörraum auf ihn wartete, als er die Nachricht bekam, dass die beiden befreiten Geiseln eingetroffen waren. Nur Sekunden später traten sie in sein Büro.

»Wie geht es Ihnen beiden?«, fragte er. »Sie sind hoffentlich unverletzt?«

Stella und Ruby nickten, dann sagte Stella: »Ich glaube, wir waren nie wirklich in Gefahr. Braukmann ist nur ein verzweifelter Vater, der seine Tochter retten wollte. Ich hoffe wirklich, Ihre Männer sind nicht allzu ruppig mit ihm umgesprungen. Er war nur noch ein Häufchen Elend, als wir die Wohnung verlassen haben. Und ich werde keine Anzeige gegen ihn erstatten. Es ist ja nichts passiert. Oder was meinst du, Ruby?«

Ruby schüttelte den Kopf. »Ich auch nicht. Er gehört ja auch nicht zu denen, die gelogen haben, um mir Wehlings Unfall anzuhängen, oder?«

»Das stimmt«, erwiderte Tillikowski, »er hat lediglich weitergegeben, was die Männer ihm gesagt haben, wenn es um Sie ging, Frau Rubikon. Dennoch fürchte ich, dass es nicht so einfach werden wird. Er hat ein Kapitaldelikt begangen, als er Sie festgehalten und mit der Flinte bedroht hat. Ob Sie Anzeige erstatten oder nicht – wir werden es tun und ihn dafür vor Gericht stellen. Dort haben Sie natürlich die Möglichkeit, sich zu seiner Entlastung zu äußern, was sich bestimmt strafmildernd auswirken wird. Aber ungeschoren wird er keinesfalls davonkommen.« Er nahm einige Unterlagen vom Schreibtisch und fuhr fort: »Ich muss jetzt leider los zum Verhör von Lessing. Meine Kollegen werden Ihre Aussage aufnehmen, Sie kennen das ja.«

Er hielt die Bürotür auf und ließ Ruby und Stella an sich vorbei hinausgehen. Dann klopfte er an die gegenüberliegende Tür und steckte seinen Kopf in das Büro. »Frau Rubikon und Frau Albrecht sind jetzt da. Nehmt ihr bitte die Aussagen auf?« Er wandte sich wieder zu ihnen um. »Immer hereinspaziert, die Damen.«

Ruby ging voraus, und Stella wollte ihr folgen, aber er hielt sie auf.

»Ich bin sehr froh, dass Ihnen nichts passiert ist«, sagte er leise. »Man sieht sich.«

Er ging davon, und Stella blickte ihm nach.

»Man sieht sich«, murmelte sie, dann betrat sie das Büro.

Epilog

Es war drei Tage später, genauer gesagt: Es war Abend, und Ben hatte sie zur Pizza eingeladen, um den glücklichen Ausgang zu feiern.

Vor der Tür der Pizzeria traf Stella mit Tillikowski zusammen, also gingen sie gemeinsam hinein. Ben und Ruby erwarteten sie bereits, und Ben feixte übers ganze Gesicht.

»Nanu, ihr zwei kommt zusammen?«

»Du kannst dich wieder beruhigen«, sagte Stella, »wir haben uns zufällig vor der Tür getroffen.«

Sie beschlossen, erst in Ruhe ein Glas Wein zu trinken, bevor sie das Essen bestellten.

»Und?«, fragte Stella den Kommissar. »Haben Sie mittlerweile alle Fäden entwirrt?«

Tillikowski nickte. »Es drohte noch einmal kompliziert zu werden, als ich Lessing vernommen habe. Natürlich hat er auf einen Anwalt bestanden, aber das war weniger problematisch, das hat die Vernehmung nur ein wenig verzögert. Zuerst hat er wieder versucht, sich herauszuwinden und Ruby zu beschuldigen, aber ich hatte ja die beiden Aussagen von Maria und Otto, denen gegenüber er die Tat gestanden hatte. Es ging eine Zeit lang hin und her, und dann tischte er mir irgendeine Geschichte auf, dass alle sich gegen ihn verschworen hätten, um Frau Rubikon den Hals zu retten.«

»Ausgerechnet«, sagte Ruby verächtlich. »Das behauptet der Richtige. Ich hoffe, diese Mistkerle Hotte und Sascha kriegen sie auch noch dran wegen Falschaussage.«

»Worauf Sie sich verlassen können, Frau Rubikon. Es gibt eine ganze Latte von Anklagepunkten; immerhin haben sie dadurch die Ermittlungen behindert. Und es wird mir ein persönliches Vergnügen sein, die Herren vor Gericht zu zerren. Aus einer ganzen Reihe von Gründen.«

»Unser Freund und Helfer ist ziemlich empört darüber, wie diese Kerle über Frauen denken, und deshalb möchte ich jetzt auf meinen ehrenwerten Freund und Fußballkumpel Arno anstoßen. Übrigens auch darauf, dass ich eine prima Story für den Ruhrgebiets-Anzeiger habe. Mein Chef ist begeistert, kann ich euch sagen. Auf Arno!«

Ben hob sein Weinglas, und die anderen taten es ihm nach. Fröhlich prosteten sie dem Kommissar zu, der sichtlich verlegen war.

»Was ich besonders bemerkenswert an dem Fall finde«, sagte Stella dann, »ist, dass die Männer sich als ziemliche Memmen entpuppt haben, während die Frau – ich rede von Susanne Braukmann – als Einzige die Eier hatte, zu dem zu stehen, was sie getan hat.«

»Das stimmt«, erwiderte Tillikowski. »Keinerlei Ausflüchte, nichts. Sie hat ihm die Stecker rausgezogen und dann gewartet, dass wir kommen und sie mitnehmen. Auch beim Verhör war sie ganz klar und ruhig. Sie war und ist bereit, die Verantwortung zu tragen. Daran können sich die Männer wirklich ein Beispiel nehmen.«

»Ich bin jedenfalls froh, dass es vorbei ist«, sagte Ruby und griff nach der Speisekarte. »Ich weiß nicht, wie es mit euch aussieht, aber ich habe einen Bärenhunger.« Sie blätterte die Seiten hin und her, dann blickte sie auf. »Wollt ihr nicht in die Karte gucken?«

»Nicht nötig«, sagte Stella, »wir wissen, was wir wollen.«

Sie winkte den Kellner heran.

»Ich nehme eine Pizza Mare«, verkündete Ruby.

Eindeutig verstand sie nicht, warum die drei anderen am Tisch in schallendes Gelächter ausbrachen.

Kurz vor Mitternacht brachte Tillikowski Stella nach Hause, nachdem Ben sich verdächtig übereilt mit Ruby verabschiedet hatte. Stella wusste, warum: Er hatte sie und Arno allein lassen wollen.

Sie saßen vor der Villa im Wagen, und Tillikowski sagte: »Das Gerüst steht ja immer noch. Was passiert denn jetzt damit?«

»Braukmann hat erlaubt, dass wir es noch benutzen. Wahrscheinlich aus Dankbarkeit, weil wir ihn nicht angezeigt haben. Oma hat mit ihm gesprochen. Er hockt jetzt in seiner leeren Wohnung und weiß nicht, wie es weitergehen soll. Seine Welt ist vollkommen zerstört. Ich glaube, er kapiert immer noch nicht so ganz, warum.«

»Und wer streicht jetzt die Villa?«

»Otto hat ein paar alte Freunde mobilisiert, das kriegen die schon hin. Sie sind sogar schon beinahe fertig. Das sind alles alte Zirkushasen, das Gerüst haben die im Nullkommanix wieder abgebaut und zu Braukmanns Firma gebracht. Die Villa wird strahlen wie frisch gefallener Schnee. Und es wird viel billiger als gedacht.«

»Na, das ist doch was«, sagte Arno.

Sie schwiegen eine Zeit lang, dann fragte Stella: »Wollen Sie noch einen Kaffee?«

Arno räusperte sich. »Das möchte ich auf jeden Fall. Aber ich weiß nicht, ob es eine gute Idee ist.«

»Ja, Sie haben vermutlich recht.«

»Ich möchte einen Gegenvorschlag machen. Was halten Sie davon, wenn ich Sie zum Essen einlade? Und dann versuchen wir …« Er brach ab.

Stella lächelte. »Und dann versuchen wir, den Abend miteinander zu verbringen, ohne zu streiten. Vielleicht können wir uns sogar über unsere Berufe unterhalten; das fände ich großartig. Ich mag Sie nämlich, Arno.«

»Ich mag Sie auch«, erwiderte Arno.

»Dann ist ja alles klar. Gute Nacht, Arno.«

»Gute Nacht. Ich rufe Sie an. Bald.«

Stella stieg aus dem Auto und ging auf die Villa zu. Er wartete, bis sie im Haus war, dann erst fuhr er los.

Sie lächelte noch immer, als sie schon längst im Bett lag und durch das Dachfenster in den sternenklaren Himmel blickte.

Ruhrpott-Krimödien mit Loretta Luchs

Lotte Minck **Band 1**
Radieschen von unten
ISBN 978-3-7700-1489-7

Lotte Minck **Band 2**
Einer gibt den Löffel ab
ISBN 978-3-7700-1491-0

Lotte Minck **Band 3**
An der Mordseeküste
ISBN 978-3-7700-1513-9

Lotte Minck **Band 4**
Wenn der Postmann nicht mal klingelt
ISBN 978-3-7700-1514-6

Lotte Minck **Band 5**
Tote Hippe an der Strippe
ISBN 978-3-7700-1525-2

Lotte Minck **Band 6**
Cool im Pool
ISBN 978-3-7700-1526-9

Lotte Minck **Band 7**
Die Jutta saugt nicht mehr
ISBN 978-3-7700-1559-7

Lotte Minck **Band 8**
Voll von der Rolle
ISBN 978-3-7700-1560-3

Lotte Minck **Band 9**
Mausetot im Mausoleum
ISBN 978-3-7700-1561-0

Lotte Minck **Band 10**
3 Zimmer, Küche, Mord
ISBN 978-3-7700-2019-5